世說新語 風物

魏晉人的生活日常與文化

余佐贊 著

華中科技大學出版社
http://press.hust.edu.cn
中國·武漢

永和九年歲在癸丑暮春之初會于會稽山陰之蘭亭脩禊事也羣賢畢至少長咸集此地有崇山峻領茂林脩竹又有清流激湍暎帶左右引以為流觴曲水列坐其次雖無絲竹管弦之盛一觴一詠亦足以暢敘幽情是日也天朗氣清惠風和暢仰觀宇宙之大俯察品類之盛所以遊目騁懷足以極視聽之娛信可樂也夫人之相與俯仰一世或取諸懷抱悟言一室之內或因寄所託放浪形骸之外雖趣舍萬殊靜躁不同當其欣於所遇暫得於己快然自足不

晋·王羲之《兰亭序》局部

唐·孙位《高逸图》

元·钱选《王羲之观鹅图》

东晋·顾恺之《洛神赋图》局部(宋摹本)

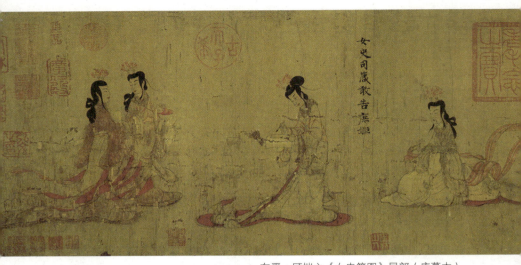

东晋·顾恺之《女史箴图》局部（唐摹本）

魏晋壁画砖：耕种图

魏晋壁画砖：牧畜图

魏晋壁画砖：烤肉煮肉图

魏晋壁画砖：宴居图

前　言

《世说新语》虽然是一本志人小说,但却真实地留下了以魏晋两个时代为主、涉及后汉和刘宋近三百年时间的政治、生活、艺术等历史事实。正因为其中的史料价值,清代藏书家孙星衍把该书归为"史学传记类"。

其实魏晋并不是一个好时代,战争频仍,门阀倾轧,读《三国志》《晋书》会发现这段时间中原大地烽火连天、民不聊生。不要说短命(四十五年)的魏,就是国祚一百五十多年的晋,皇位更迭频繁。西晋始于晋武帝司马炎终于晋愍帝司马邺,有四位帝王;东晋始于晋元帝司马睿终于晋恭帝司马德文,有十一位帝王,两晋一百五十多年共有十五位帝王,在位超过十五年的皇帝只有五位(他们五位的在位时间加起来超过一百年),其余时期皇帝就如走马灯一样。但一提起魏晋,大家都会想到鲁迅所说的魏晋风度、大沼枕山所说的魏晋风流,还有后世文人常说的魏晋风华、魏晋风骨等。具有独特的风韵,是魏晋这个时代最为突出的文化特征,以至于一说起魏晋人物,人们常歆羡不已。从这个角度看,《世说新语》这本书功不可没。

读《世说新语》时,仿佛进入了一个风流、洒脱的时代,那是因

《世说新语》风物：魏晋人的生活日常与文化

为《世说新语》真实地表现了高门士族、风流名士之间的风流和尴尬。只有风流，不过是一些倜傥的人物，仿佛满画面的青春年少，看多了会让人审美疲劳，加上尴尬，就有了复杂的人性和人生况味；只有风流，高高在上，让人只有顶礼膜拜，加上尴尬，也就让人多了扼腕长叹。有雪夜访戴的兴之所至，也有咄咄怪事的无限幽怨，就这样脱俗又入俗。"一种风流吾最爱，魏晋人物晚唐诗"，魏晋人物最为可爱的是真实。尽管《世说新语》有小说的笔法，甚至个别地方与史实有出入，但细节动人。书中那些以片段为主的内容，同一个人，多个侧面，有些片段洒脱，也有些片段世故，还有些片段之间前后相悖，真正勾画出了复杂的人性。譬如王戎（"竹林七贤"之一），一说"致赠数百万，戎悉不受"（德行 1：21），十分大气；又说"王戎俭吝，其从子婚，与一单衣，后更责之"（俭啬 29：2），无比吝啬。书中的各个片段组合起来，就为我们提供了一个个性分明、极有神韵的魏晋人物。

《世说新语》中魏晋人物形象生动，也因为其中生活细节的生动。登车揽辔、独拜床下、床头捉刀、王粲驴鸣和行散、覆瓿、菖蒲、射雉等，这些细节，还有爱好，可以让我们进入魏晋人物的内心，了解人性，看清世相。从这个角度看，了解《世说新语》中的饮食、衣着、出行、游戏、娱乐、军政等方面的知识和细节，对我们更好地理解这本书和其中的人物，也是有所裨益的。

《世说新语》成书于 439—440 年间，是编纂者刘义庆担任庆州刺史任上完成的，至今 1500 多年，文字里记录的服饰、器物、饮食以及语言词汇、礼仪制度、民俗风尚、军事政治等，因为时移世易，有的已经不好理解了。我每次读《世说新语》时，都会随手摘录下其中有疑问之处,也包括有特点的风物,参照相关资料,为这些一知半解的风物做注,为自己再次阅读时增加知识储备,所以每次读的时候都会有新的收获。日积月累,关于《世说新语》中魏晋时期的生活、社会、政治、思想等方面的札记,积累了将近两百篇,于是就把这些自认为比较辛苦整理出来的东西,分享给其他阅读《世说新语》的读者做参考,免得其他读者坐在桌前青灯黄卷,再去下这种笨功夫和苦功夫。值得说明的是,本书在翻译、注释时借鉴了前人与时贤的研究成果,重要的独家见解正文中会标明依据和出处,在此一并敬致谢忱。

明嘉靖袁褧嘉趣堂翻刻南宋陆游刻本,简称明本或袁本,商务印书馆《世说新语》(《四部丛刊》)以此为底本,流传最广,影响也最大,本书刘义庆撰和刘孝标注的内容,主要参照了这个本子。同时参考了中华书局《世说新语译注》(刘义庆著,张万起、刘尚慈译注),书中标注的门类及序号均以此本为准。

目　录

长物

下榻：取下来的坐榻　3

床榻：可坐可卧的榻　5

胡床：马扎前身　6

五碗盘：一个盘子里的五个碗　8

笏板：相当于一个记事本　9

曲柄斗笠：被人想象成了皇家伞盖　11

杫盘：古代的星盘　12

尺牍：古代的书信　14

麈尾：一把大毛刷　15

如意：手持的雅物　17

刀：武器还是文具　20

辎车、轺车、露车及槛车：载货载人　21

肩舆：简易轿子　24

玉尺：天下正尺 25

障泥：护马"神器" 27

几：依凭器具 28

香囊：古代挂件 29

琉璃屏：早期玻璃 31

青庐：成婚之处 32

水碓：舂米"神器" 34

陵云台：那时高楼 35

饮食

烤肉：有专人代烤 39

牛心炙：宫廷菜 40

箅和甑：用了几千年的炊具 42

施设：准备酒食 44

薤：有人爱有人嫌 45

鹅：王羲之最爱 47

彭蜞：螃蟹家族的成员 48

腌鱼：咸香美味 50

茶与茗：喝茶人的讲究 51

粽：和糉长得很像 53

奶酪：炫富的资本 54

酒店：喝酒的场所 56

禁酒令：为的是节约粮食 57

宴舞：酒席助兴 58
王不留行草：不仅是一味中药 59

民俗

蜡日：腊日之前 63
上巳节：三月初三 65
请佛日：四月初八 66
七月七日：晒书晒衣 67
广莫长风：北风 69
宵禁：晚上禁足 70
中朝和西朝：西晋的代称 71
牛车：缓缓而行 73
车马：就近作喻的素材 76
清歌：后来的挽歌 77
覆瓿之物：书的别称 79
樗蒲：疯狂赌具 80
射雉：残酷猎杀 82
詈语：语言暴力 84
"嫁"到公主府 90

礼仪

名和字 95
国讳和家讳 96

正会礼　*101*

坐礼　*102*

士相见礼　*104*

婚礼　*105*

交礼　*112*

喝酒要行拜礼　*115*

穿屐和着履　*116*

生祠　*117*

伏魄　*118*

祔葬　*119*

哭吊　*121*

居丧期间饮酒食肉　*123*

居丧期间披锦被　*125*

为妻服丧丧期一年　*126*

谥号　*127*

服饰

袴和襦：上衣和裤子　*131*

从褒衣博带到披襟解带　*133*

首服：头上冠戴　*135*

单衣：礼服　*138*

氍毹：那时地毯　*139*

褥：坐或睡时的铺垫物　*140*

帐：自上而下覆之　*142*

鹤氅：披风　*145*

单练衫和复衣：区别在是否有隔层　*146*

筒中筊布：名贵布料　*147*

军政

冠军将军：将军满街走　*151*

龙虎狗：兵家思想体系　*153*

罢州郡兵：晋武帝留下的后患　*154*

黄钺：帝王专用兵器　*155*

坞壁：城堡　*156*

露布：军队公报　*157*

北府军：早期的郗家军　*159*

德行：以孝治国的必然　*160*

太子：立嫡立长　*162*

才性论：论的是政治　*164*

九锡：篡位先声　*166*

佛教：佛理的玄理　*167*

晋鼎：东晋的天下　*169*

侨置：用旧名在异地重建　*170*

新贵与旧望：不可逾越的阻隔　*172*

官场

送故：官员敛财的借口 177

徒、髡：纳粟纳帛赎罪 179

十恶：不会赦免的罪 181

密启选录：任命前的酝酿 182

乡品：乡里的口碑 183

官品：官职的品第等级 185

登闻鼓：人有穷冤则挝 186

中书令：皇帝身边的官员 187

名籍：政府税收的依据 188

共天下：那时的明争暗斗 190

旧时王谢：原来矛盾也很大 191

驸马爷：皇帝选的女婿 192

风尚

正始之音是谈玄声 197

服五石散的第一人 199

行散就是行走散药 201

服五石散后的禁忌 202

首过：五斗米道治病 205

卫浴品：甲煎粉、沉香汁和干枣、澡豆 206

小赋：时髦的文学体裁 207

王羲之喜欢音乐 209

《广陵散》绝了吗？ 210
顾恺之以神统形 211
洛生咏和吴越调 212
开放的魏晋女子 214
打响指的前世今生 217
学驴叫很时尚 218
高人脸上无喜怒 219
用数字来归纳人 221

人物

一头乌发：简文帝的得意 227
著名士族：数百年世家 228
当时人的身高 230
同名同姓人 231
孙绰：成也是文败也是文 233
谢安：扬州的邵伯 235
道人也是僧人 236
郑玄家的文化气息 238
胡毋氏：源于齐鲁的复姓 239
竹林七贤也分为三派 241
"气"人 243

辨析

圣人是否有情　247

郗鉴讲不讲卫生　249

天人能否感应　250

月亮和眼睛是一回事吗　252

室如悬磬是有多穷　253

穿墉还是穿牅　254

中国不仅仅指中原　255

水镜是见识还是人　257

吴方言"伊"的登堂入室　258

袁虎是个大胖子吗　259

鹰能变鸠吗　261

主要参考书目　264

后记　266

长 物

"长物"一词典出《世说新语·德行》"王恭从会稽还"篇，长物即多余之物，这里指器物，主要有三类：一类是名存物非的，如魏晋时的床榻虽然和今天的床有点相似，但魏晋时没有今天的坐具，床榻是卧具也是坐具；还有魏晋时的案头捉刀，这个刀是刮刀，此刀非彼刀；还有几，魏晋时席地而坐或者坐在榻上时的凭几，和今天的几案已经不是一回事。一类是名实皆亡的，如麈尾、笏板、拭盘和马障泥之类的物件，它们是特定时代的产物，今天只能通过古书描绘或者发掘出来的文物才能看到。还有一类是沿用至今的，如五碗盘、如意、香囊、水碓等，但这些物件的形制、名称以及寄寓的内容已经发生了很大的变化。

下榻：取下来的坐榻

东汉名臣陈蕃设榻待友。其在青州属城任乐安太守时，与郡人周璆交好，周璆洁身自爱，独与陈蕃时有往来。陈蕃独为周璆设了一榻，其来展开，其去悬之。后来陈蕃去豫章任太守，据袁宏《汉纪》载："蕃在豫章，为（徐）穉独设一榻，去则悬之。见礼如此。"为专人设专榻，只为绝俗者。陈蕃情商堪忧，于政治人物来说，此举并非好事，其后来在官场几度沉浮，最后遭斩，都间接证明了这一点。

后汉及魏晋时还没有垂足而坐，从出土的墓室壁画和青瓷俑来看，坐榻是汉末和魏晋时除了席以外主要的坐具，人们交谈、进食或者在室内观看演出时都是在榻上。

榻分为卧榻和坐榻。卧榻比较狭长，就是四足一个平面，有点类似于今天的罗汉床，但比今天的罗汉床低且无围栏。东汉刘熙《释名·释床帐》："长狭而卑曰榻，言其榻然近地也。小者曰独，坐主人无二,独所坐也。"就是指卧榻。卧榻平时可坐,困时可卧,也叫床榻,卧榻一般是"八尺曰床",即1.9米左右,但与今天的床完全不可同日而语。坐榻分独榻和连榻。独榻比较小,仅能容身。明代文震亨《长物志·几榻》说"坐高一尺二寸""横一尺五寸",榻到明时已经有不少变化,但当时尺寸也就是坐榻四只脚大约高35厘米,宽大约45厘米。当时招待尊贵的客人都是用独榻,陈蕃等客人走了就把榻悬挂起来,可见是独榻。下榻,也就是礼遇宾客的意思,可见下的也是独榻。

刘遵祖少为殷中军所知,称之于庾公,庾公甚忻然,便取为佐。既见,坐之独榻上,与语。刘尔日殊不称,庾小失望,遂名之为"羊公鹤"。昔羊叔子有鹤善舞,尝向客称之,客试使驱来,氃氋而不肯舞,故称比之。(排调25:47)

庾公即庾亮,字元规,东晋时名臣、名士,其妹明穆皇后庾文君是晋明帝司马绍皇后。其坐在独榻与人交谈,也属正常。

主人待客,甚至皇上召集臣子,也有坐在连榻上的。不过,有时让宾客坐在连榻上,有的客人或耻于与其中某人同列,或觉得自己没被重视,也会因此引起不快。

杜预拜镇南将军,朝士悉至,皆在连榻坐,时亦有裴叔则。羊稚舒后至,曰:"杜元凯乃复连榻坐客!"不坐便去。杜请裴追之,羊去数里住马,既而俱还杜许。(方正5:13)

西晋名将杜预,字元凯,担任镇南将军,朝廷人士都来祝贺,均在连榻上落座,当时名士裴楷也在座。羊琇即羊稚舒也来了,看到这么多人都坐在连榻上,他觉得很不体面,就走了。后来杜预请裴楷去追了几里地才追回。羊琇出身名门,是当时皇帝晋武帝司马炎的亲信,平日穷奢极欲的他很不愿意屈尊与众人坐在连榻上。

不论是卧榻还是坐榻,独榻还是连榻,讲究的在榻足有各种雕饰,坐席上也有各种褥子即坐垫,雕饰的做工和坐垫的材质,也会区分出档次的高低。

床榻:可坐可卧的榻

南阳宗世林,魏武同时,而甚薄其为人,不与之交。及魏武作司空,总朝政,从容问宗曰:"可以交未?"答曰:"松柏之志犹存。"世林既以忤旨见疏,位不配德。文帝兄弟每造其门,皆独拜床下。其见礼如此。(方正5:2)

汉末名士宗世林虽然鄙薄曹操的为人,但对曹操的儿子没有什么成见,曹丕和曹植他们每次登门拜访宗世林时也都独拜床下,很是尊重。

这里的"床"指坐榻。《说文解字》中:"床,安身之坐也。"在唐宋开始垂足而坐之前,古人读书、饮食、睡觉和谈天都在榻上。"床"在《世说新语》中出现了很多次,如曹操的"床头捉刀"、王羲之"坦腹东床"之类,一般都是指榻。书中也多次出现"御床",这个御床指帝王的坐榻。

桓玄既篡位后，御床微陷，群臣失色。侍中殷仲文进曰："当由圣德渊重，厚地所以不能载。"时人善之。（言语2：106）

元帝正会，引王丞相登御床，王公固辞。中宗引之弥苦……（宠礼22：1）

宋以后床和榻开始分野，也就有了我们今天所说的床，且一般摆在房间里，成为隐秘性的躺具。魏晋时，人们睡觉一般在床榻上，睡觉完毕后又将床榻收拾出来当坐具。所以我们也会看到《世说新语》里有在床榻上睡觉的记录。

桓大司马诣刘尹，卧不起。桓弯弹弹刘枕，丸迸碎床褥间。刘作色而起曰："使君，如馨地宁可斗战求胜？"桓甚有恨容。（方正5：44）

东晋权臣桓温官至大司马，去拜访刘惔（曾作丹阳尹）时，用弹弓弹睡在床榻上的刘惔，弹丸弹在床褥中崩碎，刘惔非常不开心，恨恨地说了桓温几句，桓温听后也很不开心。可见当时的床榻还都不是摆在隐秘的房间里，但为了增加床榻的隐秘性，已经开始有了床帐，类似"床帷新丽，饮食丰甘"（言语2：69）的记载渐多。

胡床：马扎前身

庾太尉在武昌，秋夜气佳景清，使吏殷浩、王胡之之徒登南楼理咏，音调始遒，闻函道中有屐声甚厉，定是庾公。俄而率左右十许人步来，诸贤欲起避之，公徐云："诸君少住，老子于此处兴复不浅！"

因便据胡床与诸人咏谑,竟坐甚得任乐……(容止14:24)

庾亮(去世后朝廷追赠太尉)在武昌时,属官在美好的秋夜里歌咏,音乐刚高亢时,就传来了庾亮的木屐声,果然是他率领左右十来人走来了。大家本来想起身回避,庾亮说:"大家都再留一会,我今天兴致也很高。"于是他就坐在胡床上和大家一起开心玩乐……查《世说新语》一书,全书一共出现了五次"胡床"。除了上述部分,还有四人也曾"据胡床"。

戴渊少时,游侠不治行检……渊使少年掠劫。渊在岸上,据胡床指麾左右,皆得其宜……(自新15:2)

王子猷出都,尚在渚下……桓时已贵显,素闻王名,即便回下车,踞胡床,为作三调。弄毕,便上车去。客主不交一言。(任诞23:49)

谢公尝与谢万共出西,过吴郡……良久,(王恬)乃沐头散发而出,亦不坐,仍据胡床,在中庭晒头,神气傲迈,了无相酬对意……(简傲24:12)

王君夫有牛名"八百里驳",常莹其蹄角……武子一起便破的,却据胡床,叱左右速探牛心来。须臾,炙至,一脔便去。(汰侈30:6)

以上五人:庾亮、戴渊、桓伊(小字子野)、王恬和王济(字武子),他们的动作都出奇的一致,即据(踞)胡床。"据胡床"的动作,应该是张开两脚跨坐在胡床上,因为绳条床面兜不住,下肢必须踏在地上,即据(踞),与后来垂足坐不一样。庾亮是皇亲国戚,戴渊早年是流氓地痞,桓伊、王恬和王济是曾习武之人,他们据胡床都是不拘小节。

胡床是一种可以折叠的、轻便的绳椅，因为绳条床面，又名"绳床"，可折叠，类似于今天的马扎，又名"交床"和"交椅"。此物由胡人传入中原，因为汉末灵帝喜欢，上行下效，在魏晋时也就成了一种常见的坐具。据考证，胡床是公元前4世纪古希腊地区的折叠凳，公元前2世纪到公元前1世纪，随着古希腊和西亚的交往日益频繁，胡床逐渐由中亚传到了东方，再由秦汉时期境内外的胡人传入中原。胡床传入中原后，不断地被改造，到唐时胡床中有一种"倚床"，即坐具背后有倚者，后来的椅子就是在这个基础上形成的。

五碗盘：一个盘子里的五个碗

殷仲堪被人称为五碗盘刺史，就是因为他在做荆州刺史时，常常每餐只吃五碗盘。

殷仲堪既为荆州，值水俭，食常五碗盘，外无余肴。饭粒脱落盘席间，辄拾以啖之，虽欲率物，亦缘其性真素。每语子弟云："勿以我受任方州，云我豁平昔时意，今吾处之不易。贫者士之常，焉得登枝而捐其本？尔曹其存之！"（德行1：40）

五碗盘是什么盛器呢？这是古代一种成套的食器，由一托盘和放在其中的五只碗组成，形制较小。20世纪90年代洛阳机车工厂发掘的东汉晚期的墓中壁画已有其模样，福建等地也出土了五盅盘，类似的还有五盏盘等，可见这个器物最晚在东汉的时候就有。有人认为五盅盘就是五碗盘，虽然不能确认，但形制应该是一样的，都是小型的食器或者饮器。1972年长沙马王堆一号汉墓出土了一个西汉时期的漆案，这个平底漆案，也有五个盛有实物的小漆盘，只是多了两个酒卮和一个羽觞。

殷仲堪是一位清贫之士，并且要求家中的子弟也坚持这个志向，据此可以想象这个碗可能都是比较小的碗，五碗加起来的量也是比较小的，在当时比较崇尚奢侈的背景下，这应该是比较节俭的。后来多用五碗盘或者五盏盘喻节俭，《宋书·武三王传》说"高祖为性俭约，诸子食不过五盏盘"。《南齐书·崔祖思传》说："宋武节俭过人，张妃房唯碧绡蚊帱、三齐苴席，五盏盘桃花米饭。"

五碗盘发展到今天，变成了不锈钢或陶制的或方或圆的五格快餐盘了。

笏板：相当于一个记事本

谢重（字景重）和王恭（字孝伯，小字阿宁）是儿女亲家，太傅司马道子想离间他们。王恭谋反失败后，司马道子说："王孝伯谋反，说是你为他定的计谋。"谢重毫无惧色，收取笏板说："乐广说过，怎么会用五个男子的性命去换一个小女子呢？"司马道子觉得他明事理，举杯夸奖了他。

谢景重女适王孝伯儿，二门公甚相爱美。谢为太傅长史，被弹，王即取作长史，带晋陵郡。太傅已构嫌孝伯，不欲使其得谢，还取作咨议。外示縈维，而实以乖间之。及孝伯败后，太傅绕东府城行散，僚属悉在南门,要望候拜。时谓谢曰:"王宁异谋,云是卿为其计。"谢曾无惧色,敛笏对曰:"乐彦辅有言:'岂以五男易一女?'"太傅善其对,因举酒劝之曰:"故自佳!故自佳!"(言语2:100)

　　谢重收取笏板,也就是搢笏板于绅,这个动作还是很有傲骨的。今天看古装戏,官员上朝都手持笏板,不少人以为它是朝中大官专用物品。其实,西周春秋时已有用笏之制,自天子至士皆执笏。《晋书·舆服志》说:"笏,古者贵贱皆执笏,其有事则搢之于腰带,所谓搢绅之士者,搢笏而垂绅带也。绅垂长三尺。"笏,忽也,备忽忘也。由此可见,笏板最早就相当于今天的记事本,有事就记在笏板上,以免忘记。官员上朝,或者汇报的事情多,或者因为紧张,容易记不起自己要说的事情,所以就带笏板上朝。当然也可以在笏上书写皇上的旨意,免得回去忘记了。

　　笏又称为笏板、手板、玉板、朝板或者手版,在《世说新语》中有多种称呼。

　　王子猷作桓车骑参军。桓谓王曰:"卿在府久,比当相料理。"初不答,直高视,以手版拄颊云:"西山朝来,致有爽气。"(简傲24:13)

　　当时参军也用笏板,还用来拄颊,这也说明当时笏板使用比较普遍,并且笏板不会太长太大。《礼记》中记载了笏的尺寸,当时尺寸为长二尺六,宽三寸,毕竟笏板上记的都是简短的面奏的内容,不是上表和奏章,所以这个记事本肯定不会太夸张,有人对留存下来的笏板上的文字做过考证,发现一般都是"其词务简"。

晋简文为抚军时,所坐床上,尘不听拂,见鼠行迹,视以为佳。有参军见鼠白日行,以手板批杀之,抚军意色不说。门下起弹,教曰:"鼠被害尚不能忘怀,今复以鼠损人,无乃不可乎?"(德行1:37)

参军用手板把在床榻上爬行的老鼠打死了,这个手板的材质应该是比较坚硬的。《礼记·玉藻》说:"笏,天子以球玉,诸侯以象,大夫以鱼须文竹,士竹、本、象可也。"本来是贵贱都使用的笏,后来因为上朝时官员使用,所以被称为朝笏。不过到了后来,笏板开始为品官所执,官员的级别不同,笏板的材质也不同,最贵的是珠玉和象牙材质的,一般的都是竹木做成的,如明代规定四品以上的官员用象牙,五品以下用木料,为了好看可以用粉饰之。

汉代有簪笔制度,汉代官员为奏事之便,常簪戴毛笔,即将笔杆末端削尖,插在头发里,以备随时取用。这种携带笔的方法,主要和当时的席地而坐、携带书写工具不方便有关。《晋书·舆服志》说:"笏者,有事则书之,故常簪笔,今之白笔是其遗象。三台五省二品文官簪之,王、公、侯、伯、子、男、卿尹及武官不簪,加内侍位者乃簪之。手版即古笏矣。尚书令、仆射、尚书手版头复有白笔,以紫皮裹之,名曰笏。"晋以后,"簪笔"制度不再施行时,"簪白笔"主要成为一种遗制及文官服饰制度的特征之一,一直保留到宋代。

曲柄斗笠:被人想象成了皇家伞盖

汉代开始实行朝仪,制定了皇帝、后妃、太子、王公和大臣等的卤簿。从汉画像等可以看出,当时有权有势者身后都有侍从举着伞盖。因为侍从地位低下,不能与前面的有权有势者并列同行,所以有人将伞盖设计成了曲柄,撑伞者在身后举着,不妨碍前面人的使用,又不会僭越到与主人并行。目前发掘的魏晋墓壁画上常见这种曲柄伞盖。可以说,曲柄伞盖是等级和威权的象征。

谢灵运喜欢戴一种笠,笠的后面拖着一个曲柄,有点类似曲柄伞盖的样子。当时的隐士孔淳之对他说:"你想追求高远的理想,为什么不丢掉这种类似曲柄伞盖一样的曲柄斗笠呢?"谢灵运回答说:"恐怕是害怕影子的人不能忘记影子吧。"确实如此,真正的修行不会在乎外在某个东西像不像名利场中的某个东西。

> 谢灵运好戴曲柄笠,孔隐士谓曰:"卿欲希心高远,何不能遗曲盖之貌?"谢答曰:"将不畏影者未能忘怀。"(言语2:108)

笠是用竹篾或棕皮编制的遮阳挡雨的帽子,有多种形制,从顶来看,有尖顶、圆顶和无顶几种。南方多雨,常在竹篾里絮箬叶的箬笠,亦称斗笠。就如文人爱山泉一样,历代文人可能也都爱具有隐逸气息的渔樵,所以也都爱戴笠。谢灵运之后,唐人张志和的《渔歌子》、柳宗元的《江雪》等诗文里都有文人戴笠的形象。

栻盘:古代的星盘

东汉大儒马融在关中设帐授徒,因为嫉妒学生郑玄的才学,感到若郑玄回了山东高密老家,那么"礼乐的重心就要东移了"。于是在郑玄离开后,马融就带着栻盘去追郑玄了。后来他转栻,上面显示的卦象是郑玄在土下水上,且身下有木板。据此马融认为郑玄应该是死了,就停止了追寻。实际上,当时的郑玄坐在桥下,抓着木屐浮在水上,那样子就是土下木上,与棺埋差不多。

郑玄在马融门下,三年不得相见,高足弟子传授而已。尝算浑天不合,诸弟子莫能解。或言玄能者,融召令算,一转便决,众咸骇服。及玄业成辞归,既而融有"礼乐皆东"之叹,恐玄擅名而心忌焉。玄亦疑有追,乃坐桥下,在水上据屐。融果转式逐之,告左右曰:"玄在土下水上而据木,此必死矣。"遂罢追。玄竟以得免。(文学4:1)

郑玄在马融门下三年,都是由马融的高足传授学业。一次用浑天仪测算天体位置,大家都算不对,有人说郑玄能算出,马融找来郑玄,郑玄转动浑天仪很快便算出了结果。等郑玄学成东归时,马融担心"礼乐皆东"和郑玄名声越来越大,想阻止他回去,就带着栻盘来追郑玄了。这里书中原文用的"式",也写成栻。栻盘,是古代一种占卜的卜具。栻盘上圆下方,中心有轴相连,使用时转动上盘,故称转栻。转栻常与奇门遁甲之类相连,可卜知凶吉,也可知道人或物所在方位和位置。

据罗福颐《汉栻盘十考》(《古文字研究》1985年第11辑)和严敦杰《式盘研究》(《考古学报》1985年第4期),目前存世的汉代栻盘有6件,其中木质的4件,铜质的1件,象牙质的1件。根据描述可知,栻盘由天盘(上盘)、地盘(下盘)合起来使用,天盘圆,略小;地盘方,略大,天盘和地盘上都刻有天干、地支、二十八星宿和方位,通过相互旋转,天盘和地盘一对应就有了不同的卦象。栻盘应该是今天罗盘早期的样子。

郑玄喜欢钻研天文学,并掌握了"占候""风角""隐术"等一些以气象、风向的变化而推测吉凶的方术,所以就避开了老师马融的追逐。

尺牍:古代的书信

西晋名士庾敳读《庄子》,把简牍只打开一尺左右就放下了,说:"和我想法差不多嘛。"

庾子嵩读《庄子》,开卷一尺许便放去,曰:"了不异人意。"(文学4:15)

打开一尺左右是读了多少呢?战国到魏晋时代,书写的载体主要是竹片或者木片,字写在木片上的是木牍,写在竹片上的是竹牍。要在竹木上写字,一般要将竹木削成狭长的竹木片,然后用毛笔书写。从甘肃武威博物馆馆藏的三国魏左长衣物疏木牍来看,这个木牍是松木削制的,长条形,长度在20.5—24厘米之间,宽在3.1—3.7厘米之间,厚0.5厘米左右。长沙简牍博物馆馆藏的三国吴简,长25.1厘米,宽9.1厘米,可见,当时简的长度是不一致的,因内容而异,写诏书和律令的是一种简,一般长三尺(约67厘米);抄写经书的简,一般长二尺四寸(约56厘米);民间写书信的简,一般一尺(约23厘米)。因为写书信的简牍一般长一尺,所以也称为尺牍。

简牍的长度虽然因朝代和书写内容不同,差异很大,但除了公文简牍略宽以外,其他简牍的宽度一般都是3厘米左右,魏晋时的一尺大概相当于今天的24厘米,庾敱开卷一尺就相当于只读了8片左右。当然历史上也有用帛作为书写材料的,缣帛可以卷起来,也可以用尺来表示展开了多少。

竹木简写好后一般用熟牛皮等牢靠的绳子编联起来,置于案上慢慢展开,上文中开卷一尺,即指看了一个开头的意思。至于孔子"韦编三绝",那是指看了无数遍,把编联起来的熟牛皮绳都磨断了多次。

麈尾：一把大毛刷

麈尾是用麈的尾毛做成的拂尘,主要是用来驱赶蚊虫和掸尘的。麈是鹿一类的动物,头似鹿,脚似牛,尾似驴,颈背似骆驼,也就是俗称的"四不像"。又据《名苑》载："鹿大者也曰麈,群鹿随之,皆视麈尾所转而往。"这样说来,麈是鹿一类的动物。麈尾是魏晋人士清谈时必执的名流雅器,平时也执于手中用来驱虫掸尘。

庾法畅造庾太尉,握麈尾至佳。公曰："此至佳,那得在？"法畅曰："廉者不求,贪者不与,故得在耳。"（言语2:52）

晋僧人庾法畅（一说康法畅,因其来自康居,故名）去拜访庾亮,因为手上的麈尾非常好,庾亮问："这么好的东西,怎么留得住？"法畅说："廉洁的人不会要,贪婪的人我不给,所以还在我手上。"可见,麈尾是当时清谈名士很看重的一种手执之物,也是名士之间彼此索取或赠予的雅物。

说起麈尾,后人常把它与拂尘之类混淆,但从传世的图片看,麈尾和拂尘长得实在太不一样了。拂尘是一种在手柄前端附上兽毛类的器物,我们今天还能在影视剧中看到。

麈尾虽然已经失传,但我们还可以从魏晋留世的图画中看到,麈尾类似于今天的鹅毛扇,除了柄以外,麈尾夹兽毛的板整体呈上圆下方状,即树叶形。南陈徐陵《麈尾铭》说:"爰有妙物,穷兹巧制。员上天形,平下地势。"除了下端比较平的一面,其他三面都有兽毛,将兽毛修剪成树叶状,再在平的一端装上柄,柄很长。柄的材质也很多,有白玉柄、犀柄等。

王夷甫容貌整丽,妙于谈玄,恒捉白玉柄麈尾,与手都无分别。(容止14:8)

王长史病笃,寝卧灯下,转麈尾视之,叹曰:"如此人,曾不得四十!"及亡,刘尹临殡,以犀柄麈尾箸柩中,因恸绝。(伤逝17:10)

麈尾是清谈时候用来比画和指点的。

客问乐令"旨不至"者,乐亦不复剖析文句,直以麈尾柄确几曰:"至不?"客曰:"至。"乐因又举麈尾曰:"若至者那得去?"于是客乃悟服。乐辞约而旨达,皆此类。(文学4:16)

何次道往丞相许,丞相以麈尾指坐,呼何共坐曰:"来!来!此是君坐。"(赏誉8:59)

讨论到激烈时,麈尾有时还会被掷出,弄得一地毛。

孙安国往殷中军许共论,往反精苦,客主无闲。左右进食,冷而复暖者数四。彼我奋掷麈尾,悉脱落满餐饭中,宾主遂至莫忘食。殷乃语孙曰:"卿莫作强口马,我当穿卿鼻!"孙曰:"卿不见决鼻牛,人当穿卿颊!"(文学4:31)

麈尾是名士经常携带的。

殷中军为庾公长史,下都,王丞相为之集,桓公、王长史、王蓝田、谢镇西并在。丞相自起解帐带麈尾,语殷曰:"身今日当与君共谈析理。"……(文学4:22)

魏晋时的麈尾是清谈家显示自己身份的一种道具,平时拂尘、驱虫,文人常常随身携带,清谈时用来指指点点,此物到宋代以后不再行世,目前只能在传世的图画中看到其形制和模样。

如意:手持的雅物

晋时清谈,手中常持之物不只有麈尾,除此之外,还有人持如意。

殷仲堪写了一篇文章,自己觉得这篇文章能惹人发笑,就对王恭说:"刚看到一篇新作,很值得一看。"于是就从袋中将文章拿出来,王恭在读的时候,殷仲堪在旁边笑得不能自持。王恭读完后,只是用如意在文稿上来回摩挲,没有任何表示。殷仲堪见此,怅然若失。

殷荆州有所识作赋,是束皙慢戏之流,殷甚以为有才,语王恭:"适见新文,甚可观。"便于手巾函中出之。王读,殷笑之不自胜;王看竟,既不笑,亦不言好恶,但以如意帖之而已。殷怅然自失。(雅量6:41)

上面的如意就是一种器物,最早是搔背的器物,即民间说的搔背耙子,以骨、角、玉、铁、铜、竹、木制作成人的手指爪形或者心字形,有长柄。古制三尺许,如意就是如人心意,可以搔背部的痒以惬己意,故称为如意。因为它也可以拿在手上比画,所以也是魏晋时文人雅士清谈时手持的雅物。

陈林道在西岸,都下诸人共要至牛渚会。陈理既佳,人欲共言折,陈以如意拄颊,望鸡笼山叹曰:"孙伯符志业不遂!"于是竟坐不得谈。(豪爽13:11)

带兵驻守在江北的陈逵(字林道),被大家邀请到牛渚山。陈逵善于讲理和辩论,本来大家想借此机会和他辩论,陈逵却用如意拄着脸颊,望着鸡笼山大发感慨,说孙策立志做的事业终未实现。这样一来,大家都没有说话的兴致了。本来清谈带如意,是为了助谈兴,但陈逵却用来拄颊。

东晋名臣谢安之弟、名士谢万带兵北伐,因为文人气太重,召集诸将开会时用如意对着四座的军中武将指点,加上说话时语气不好,让将士们非常不满。

谢万北征,常以啸咏自高,未尝抚慰众士。谢公甚器爱万,而审其必败,乃俱行,从容谓万曰:"汝为元帅,宜数唤诸将宴会,以说众心。"万从之。因召集诸将,都无所说,直以如意指四坐云:"诸君皆是劲卒!"诸将甚忿恨之。谢公欲深著恩信,自队主将帅以下,无不身造,厚相逊谢。及万事败,军中因欲除之。复云:"当为隐士。"故幸而得免。(简傲24:14)

如意除了挂颊和比画,还有人用它做击打工具,如意持在手上,所以常常被人用来随手敲击。

王处仲每酒后,辄咏"老骥伏枥,志在千里。烈士暮年,壮心不已"。以如意打唾壶,壶口尽缺。(豪爽13:4)

一代枭雄王敦酒后吟诗,用如意来击节,以玉振之声助吟唱,美则美,只是如意敲打在痰盂上,把玉质的痰盂口敲坏了。下面这位还用如意击碎了一棵珍贵的珊瑚树。

石崇与王恺争豪,并穷绮丽以饰舆服。武帝,恺之甥也,每助恺。尝以一珊瑚树高二尺许赐恺,枝柯扶疏,世罕其比。恺以示崇;崇视讫,以铁如意击之,应手而碎。恺既惋惜,又以为疾己之宝,声色甚厉。崇曰:"不足恨,今还卿。"乃命左右悉取珊瑚树,有三尺、四尺,条干绝世,光彩溢目者六七枚,如恺许比甚众。恺惘然自失。(汰侈30:8)

西晋石崇比皇亲国戚还富有，晋武帝的舅舅王恺拿着皇帝赐予的珊瑚树来和石崇比富，哪知道石崇看了后直接用铁如意将王恺的珊瑚树敲碎了。王恺很生气，以为石崇是忌妒自己的宝贝才敲碎了珊瑚树，谁知石崇说我还你一棵更好的。他命人把自己的珊瑚树都搬出来，很多珊瑚树的品质都超过了王恺带来的珊瑚树。可见在魏晋时，如意的材质就有铁、铜等金属，石崇这里敲击珊瑚树用的就是铁如意。

除此之外，当时也有人借助其名，用来表达心意，如下文的折角如意也有不顺的意思。

庾征西大举征胡，既成行，止镇襄阳。殷豫章与书，送一折角如意以调之。庾答书曰："得所致，虽是败物，犹欲理而用之。"（排调25：23）

庾亮死后接替他执政的弟弟庾翼大张旗鼓地去北伐，出发后，部队驻扎在襄阳。豫章太守殷羡素来骄奢，曾被庾翼拒绝请托，这次特地写了一封信给他，并送了一只折角的如意来调笑他。

后世如意演变成了一种象征吉祥的陈设品，以金、玉等精致材料做成，顶端或是灵芝形或是祥云形，长柄微曲，可供赏玩。

刀：武器还是文具

曹操进位魏王后，匈奴来贺。曹操怕自己形陋不能压住对方的气势，请崔琰（字季珪）代自己接见匈奴使者，自己则捉刀立床头。

结束后,让秘探问匈奴使者魏王如何,匈奴使者赞扬魏王,不过却说床头捉刀的人才是真英雄。

魏武将见匈奴使,自以形陋,不足雄远国,使崔季珪代,帝自捉刀立床头。既毕,令间谍问曰:"魏王何如?"匈奴使答曰:"魏王雅望非常,然床头捉刀人,此乃英雄也。"魏武闻之,追杀此使。(容止14:1)

床头捉刀人,是指拿着刀笔的侍从,也就是负责记录的秘书、侍从。古代有专门的刀笔吏。在纸张广泛使用之前,主要的书写载体是竹简或者木简,有时竹木简错字需要改正,就要用刀削去,如今天的橡皮擦或者修正液一样。刀和笔一样,在古代都是重要的书写用的工具。一般认为,此处的刀是指用来辅助书写的削刀。捉刀,后来指代笔,今天称代人写文章或者做事为捉刀,就源于此。

有人将床头捉刀解释为武士提着军刀立在床头,即保护君主的人持着武器行使护卫的职责,这种说法似乎欠准确。

辎车、轺车、露车及槛车:载货载人

西晋名士陆机休完假回洛阳,带了不少家乡的特产,所以辎重甚盛,以至于那些游侠见了都起了劫财的念头。

戴渊少时,游侠不治行检,尝在江、淮间攻掠商旅。陆机赴假还洛,辎重甚盛。渊使少年掠劫,渊在岸上,据胡床,指麾左右,皆得其宜。渊既神姿峰颖，虽处鄙事，神气犹异。机于船屋上遥谓之曰："卿才如此，亦复作劫邪？"渊便泣涕，投剑归机，辞厉非常。机弥重之，定交，作笔荐焉。过江，仕至征西将军。（自新15：2）

　　辎重就是负载货物、粮草，或者出行时携带行李物品的辎车。辎车一般都是有帷盖的大车。《老子》第二十六章："君子终日行，不离辎重。"这里指辎车所带的日常生活用品。《三国志·魏书·荀攸传》："太祖拔白马还，遣辎重循河而西。"这里的辎重指军用物资。辎车多为军用，所以军用钱粮叫辎粮，随军物资叫辎囊，运粮和物资的士兵叫辎兵。

　　辎车是有帷幔的，用来遮风避雨的同时，也能遮人耳目。辎车一般都用来装物，偶尔也可以装人，《史记·孙子吴起列传》说："居辎车中，坐为计谋。"《汉书·朱买臣传》将辎车称为重车，如"后数岁，买臣随上计吏为卒，将重车至长安"。大概是因为辎车里面装载货物，负重而行吧。

　　在发掘出土的墓画像和随葬物中，我们可以看到牵引辎车的有马有牛，在魏晋时期使用牛更为普遍。

　　除了货车外，还有不少载人的车，如軺车、露车以及槛车。

　　王濬冲为尚书令，著公服，乘軺车，经黄公酒垆下过。顾谓后车客："吾昔与嵇叔夜、阮嗣宗共酣饮于此垆。竹林之游，亦预其末。自嵇生夭、阮公亡以来，便为时所羁绁。今日视此虽近，邈若山河。"（伤逝17：2）

　　曾为西晋竹林七贤之一的王戎（字濬冲）担任尚书令，穿着官服，坐着軺车，从黄公酒垆旁经过。他回头对后车的客人说："我以前和嵇康、阮籍一起在这个酒垆喝酒。在竹林中交游,我也跟在后面。自从嵇康和阮籍不在了,我就被时势拖累,今天看着酒垆离我很近,却觉得像隔着山河一样遥远。"轺车由车、马和伞三部分组成,是有车舆和伞盖且一马驾之的轻便车,多为官员乘坐。汉代时律法规定轺车是传车车型,因此轺车也被视为汉代邮运工具的缩影。2020 年 6 月中国邮政发行了一张纪念邮票,票面是汉代木轺车,以此纪念中华全国集邮联合会第八次代表大会。

王大将军始下,杨朗苦谏不从,遂为王致力。乘中鸣云露车径前,曰:"听下官鼓音,一进而捷。"王先把其手曰:"事克,当相用为荆州。"既而忘之,以为南郡。王败后,明帝收朗,欲杀之;帝寻崩,得免。后兼三公,署数十人为官属。此诸人当时并无名,后皆被知遇。于时称其知人。(识鉴 7:13)

露车,就是无帷盖的车子,是古代打仗时用的一种指挥车。中鸣云露车比较高,车上可以瞭望敌人进退,车中有指挥军队进退的鼓锣。

还有一种车,主要是押送犯人用的槛车。

诸葛厷在西朝,少有清誉,为王夷甫所重,时论亦以拟王。后为继母族党所谗,诬之为狂逆。将远徙,友人王夷甫之徒诣槛车与别。厷问:"朝廷何以徙我?"王曰:"言卿狂逆。"厷曰:"逆则应杀,狂何所徙!"(黜免 28:1)

诸葛厷在西晋时,年纪轻轻就有很好的声誉,得到大名士王衍(字夷甫)的推重,当时舆论也确实把他比作王衍。后来诸葛厷的继母亲族造谣中伤他,污其为狂放叛逆之人。他将要流放到远方时,朋友王衍等人来到槛车前与他告别。诸葛玄问朝廷为什么流放自己,王衍说是因为你狂逆。诸葛玄说:"逆是要斩,狂为什么要流放!"这里的槛车就是囚车,车子四周有栏杆,一般用于囚禁犯人或者装载野兽。

肩舆:简易轿子

  谢中郎是王蓝田女婿,尝著白纶巾,肩舆径至扬州听事,见王,直言曰:"人言君侯痴,君侯信自痴。"蓝田曰:"非无此论,但晚令耳。"(简傲 24:10)

  东晋名士王述(年少丧父,袭爵蓝田侯,故世称王蓝田)的女婿谢万戴着白色纶巾,乘坐肩舆,直接来到扬州刺史的办事厅,翁婿二人心平气和地谈论着王蓝田的性格和名誉。

  肩舆,其中舆是车厢,这里指轿子。肩舆又名步舆、步辇等,箱形,内坐人,架上竹竿后由人以肩抬着行走。肩舆最早是山行代步工具,后来走平路也用它代步。魏晋时上至天子,下至平民,都可以乘坐,没有具体规定。肩舆作为出行的交通工具,在当时使用比较普遍。

  肩舆的构架随着朝代的发展有着很大的改变,初期的肩舆为二长竿,箱中置椅子以坐人,其上无覆盖,有点类似于今天的滑竿。后来,椅子上下及四周增加了覆盖遮蔽物,其状如舆,并加以装饰,外观好看,乘坐舒适,唐宋以后大都是这一类。抬肩舆的人也由最初的二人发展到了多人轮流抬。

除了肩舆,当时还有蓝舆,也写作篮舆,就是坐在篮子里由人抬着代步。《宋书·陶潜传》说东晋陶渊明:"潜尝往庐山,弘令潜故人庞通之赍酒具于半道栗里要之。潜有脚疾,使一门生二儿舁篮舆,既至,欣然便共饮酌,俄顷弘至,亦无忤也。"

肩舆、篮舆都不设帷幔,虽然像轿子一样都是由人用肩膀抬,都可泛称为肩舆,但轿子的椅子是放进了轿厢里的,轿厢四周有遮蔽物,状如车厢。轿子有两人抬的,也有四人抬或者八人抬的。据说万历年间张居正回江陵,就乘坐了三十二人抬的大轿,不过也有人说这个可能是假的,根据当时的等级制度,连皇帝的龙辇都不会用到这么多轿夫。到了今天,箱式的运载工具都是依靠轿厢来传送人和物的,比如高楼里的电梯、乘坐的地铁也都是轿厢,就连摩天轮上的封闭空间也叫轿厢。古代,"轿"字与"桥"字通,肩舆和后来的轿厢式运载工具,追求的都是"平如桥也"。(《正字通》)

玉尺:天下正尺

西晋大臣荀勖懂音乐声律,名士阮咸善于欣赏音乐。因为计量关系,当时荀勖根据曹魏时太乐令协律都尉杜夔所定尺度造出来的乐器,声音和谐悦耳,阮咸觉得很好,但他认为乐器的声音偏尖偏高,尖不稳,高偏悲,总觉得是不祥之音,所以大家都说好的时候,阮咸从没有一句肯定的话。荀勖当时为中书监,心里忌恨阮咸,就把他调到始平担任太守。阮咸去世后,后来有人偶然得到周朝时的玉尺,也就是音律标准尺后,才发现根据当时尺寸造出来的乐器都短了一黍,至此,大家都很佩服阮咸的音乐欣赏能力。

荀勖善解音声,时论谓之"闇解",遂调律吕,正雅乐。每至正会,殿庭作乐,自调宫商,无不谐韵。阮咸妙赏,时谓"神解"。每公会作乐,而心谓之不调。既无一言直勖,意忌之,遂出阮为始平太守。后有一田父耕于野,得周时玉尺,便是天下正尺。荀试以校己所治钟鼓、金石、丝竹,皆觉短一黍,于是伏阮神识。(术解 20:1)

玉尺,这里指玉制的尺。后来玉尺比喻选拔人才及评价诗文的标准。魏晋时能发现周时的尺,应该是玉的材质让这个尺保留下来了。

荀勖虽然被和峤等看不起,《世说新语·方正》说"晋武帝时,荀勖为中书监,和峤为令。故事,监、令由来共车。峤性雅正,常疾勖谄谀",但他却是中国音乐史上不能忽视的一个人,因为他在音律方面做出了大贡献。荀勖在计量方面也是有重大贡献的人,他根据音乐标准尺计算出了周与当时魏晋的计量换算关系。阮咸也是中国音乐史上不可忽视的人,因为他对音乐有神解,高音低音一听他就能发现不协调之处,这促使荀勖去改进。阮咸尤擅弹奏汉魏时一种新乐器——直颈琵琶,后来人们为了把这一乐器与西域传来的曲颈琵琶予以区分,改称其为阮咸,简称阮,纪念这位懂音律的大师。

经过认真考察,荀勖发现杜夔使用的尺比周时的尺子长了四分半,依照此尺做出的乐器也就发不出标准音了,为此他做了新律尺。这不仅对当时的音乐标准有了修正,在计量史领域也有重大意义。"一日刑之,万世传之"的度量衡,时间久了原来会发生流变,当时的医学、建筑等领域因为这个新律尺都对古代的度量衡是否合适作了反思。比如中医剂量,不同年代的斤两不同,所以一味按照古代的已经变化了的标准去执行,完全有可能出事。

障泥:护马"神器"

西晋外戚王济(字武子)懂马,尝骑一马,马身披挂连钱障泥,前有水,马不肯渡。王济说:"这是马惜障泥。"使人解去,马一下就渡过去了。

王武子善解马性。尝乘一马,著连钱障泥,前有水,终日不肯渡。王云:"此必是惜障泥。"使人解去,便径渡。(术解20:4)

魏晋时骑马有讲究,在马鞯两旁还有障泥,它的作用是为了遮住尘土或者打仗时防止兵士的铠甲武器蹭到马腹。因为主要是为了遮住尘土,所以就叫障泥。

障泥的材质一般是布帛、织锦等物,披在马背上让其自然垂下,垂过马腹,所以拖垂较长的障泥过水时容易打湿。障泥一般长过马鞍,可以取下,取下后也不影响骑乘。

为了让障泥更好看,一般上面会有图案,最多的是连钱纹。连钱纹即外圆内方的装饰纹样,后演变出圆形四簇套垒的纹样,常见的障泥有两个钱状纹样的联合。障泥本来是以遮住马腹为主,但也有装饰得很繁复的,有的长过马肚子的障泥垂得很长,于是障泥也兼具装饰功能了。

几：依凭器具

几是古人坐时的凭依，即古人席地而坐或者坐在榻上时靠背的器具，和今天放置物件的几案不同。东汉班固《白虎通义·致仕》引《礼记·王制》说："七十致政。"又进一步解释说："卿大夫老有盛德者，留，赐之几杖。"《礼记·曲礼上》说："大夫七十而致事，若不得谢，则必赐之几杖，行役以妇人，适四方，乘安车。"《晋书·王祥传》载，晋武帝时，王祥因为年老要辞官，武帝下诏说："古之致仕，不事王侯。今虽以国公留居京邑，不宜复苦以朝请。其赐几杖，不朝，大事皆咨访之。"说明魏晋时和以前，朝廷就非常关心老人居家和出行的问题，颁赐凭几和鸠杖给老人，让他们居则凭几，行则携杖。古代几杖并提，杖就是拐杖，《礼记·曾子问》说："遂舆机而往。"孔颖达疏为："机者，以木为之，状如床。"可见早期的几可能是坐具，是老年人休息时用的。几作为小坐具，是后来榻的雏形，后与榻分野，成为小案。《说文解字》说："几，踞几也。象形。"《字汇》释为："几，故人凭坐者。"

魏晋时都还是席地而坐，但也有坐到床上的，为了坐得舒服，人们将先秦到汉代就有的凭几由直几改成了曲凭几。魏晋人物好凭几，也常见到这种器物。当时的人一般是跪坐，不是正式场合，身体能够靠着几，凭几或者据几，人自然会舒服不少，疲惫的时候也可以伏几休息。

刘庆孙在太傅府,于时人士多为所构,唯庾子嵩纵心事外,无迹可间。后以其性俭家富,说太傅令换千万,冀其有吝,于此可乘。太傅于众坐中问庾,庾时颓然已醉,帻堕几上,以头就穿取。徐答云:"下官家故可有两娑千万,随公所取。"于是乃服。后有人向庾道此,庾曰:"可谓以小人之虑,度君子之心。"(雅量6:10)

庾敳喝醉了酒,头趴在凭几上,所以巾帻都掉在几上。

据出土的凭几(东吴墓葬中)来看,凭几是比较小巧别致的家具,一般放在所坐的席或者榻上,供人凭依。魏晋前一般是直几,即一根横木,两端有足,到了魏晋后考虑到人的体形,才改良成曲凭几,等到唐宋人们开始垂足而坐以后,凭几才逐渐淡出人们的日常生活。

香囊:古代挂件

东晋名将谢玄(小字遏)年少时喜欢佩戴紫罗香囊、垂挂手巾,叔父谢安为此很担心,但又不想伤害谢玄的自尊心,于是就假装和他打赌,以这些为赌注,谢安赢到这些物件后便将它们烧了。

谢遏年少时,好著紫罗香囊,垂覆手。太傅患之,而不欲伤其意。乃谲与赌,得即烧之。(假谲27:14)

覆手即手巾之类,这里不表,主要说香囊。《晋书·谢安传》也说了这件事,并说"玄少好佩紫罗香囊"。香囊是装香料的小布口袋,常用带子系在身上;作为装饰品,也有悬挂在家里除臭的,也称香袋、荷包，文中的紫罗香囊就是用紫罗缝制的香囊，是一种佩饰。香囊内，一般装具有浓烈芳香气味的中草药研制的细末。香囊常用丝绸或者碎布缝制。香囊最初应该是辟邪驱瘟之物，后来装有香料，起到散发香味、驱赶蚊虫等作用。魏晋时的男子有佩戴香囊的风俗。

为什么谢安不想让谢玄佩戴香囊，谢安担心什么呢？担心谢遏长大以后不威重、轻佻。《三国志·魏书·武帝纪》裴松之注引《曹瞒传》："太祖为人佻易无威重，好音乐，倡优在侧，常以日达夕。被服轻绡，身自佩小鞶囊，以盛手巾细物。时或冠帢帽以见宾客。"这里的小鞶囊，是皮制的囊，应该是装修饰物件的化妆包。另，曹操也喜欢香囊，曹操高陵刻铭石牌文字"香囊卅双"以及洛阳朱村曹魏墓出土的石牌文字"白珠落香囊"等，都可见一斑。

汉末及魏晋时高门士族很喜爱香囊，日常使用也很多，《玉台新咏》中的《古诗为焦仲卿妻作》说"红罗复斗帐，四角垂香囊"。《晋书·刘寔传》说石崇"两婢持香囊"，魏晋时期香囊以织物裹香为主，也有金属香囊。到了唐代，慧琳《一切经音义》卷七说："案香囊者，烧香器物也。以铜、铁、金、银玲珑圆作，内有香囊，机关巧智，虽外纵横圆转，而内常平，能使不倾。妃后贵人之所用之也。"金属器物里内置香囊，设计更美更精巧，佩戴起来也更方便了。

但整体来看，香囊在古代小孩和女性使用多，男人也有使用的，但男人佩戴香囊显得不那么庄重。谢安担心谢遏爱好香囊长大后会不威重，说到底还是担心将门出不了虎子，这才是他不让谢遏沉迷于香囊的原因。

琉璃屏：早期玻璃

琉璃的制造历史与青铜器的铸造历史一样悠长，是从青铜器铸造时产生的副产品中获得的。《汉书》及之前的典籍都曾提到琉璃，到魏晋时，琉璃的使用已经不少见了，在《世说新语》中有多篇说到琉璃。

其中有两篇说到了琉璃碗，可见当时琉璃碗在上层人士家庭已经不罕见了。比如在公主家，就有人用琉璃碗盛洗手用的澡豆。

王敦初尚主，如厕，见漆箱盛干枣，本以塞鼻，王谓厕上亦下果，食遂至尽。既还，婢擎金澡盘盛水，琉璃碗盛澡豆，因倒著水中而饮之，谓是干饭。群婢莫不掩口而笑之。（纰漏34：1）

丞相王导和朝士饮酒时，用的也是瑠璃碗，此处瑠璃，亦作琉璃。

王公与朝士共饮酒，举瑠璃碗谓伯仁曰："此碗腹殊空，谓之宝器，何邪？"答曰："此碗英英，诚为清彻，所以为宝耳！"（排调25：14）

以生活奢侈著称的王济，吃饭时用的器具都是琉璃做的。

武帝尝降王武子家，武子供馔，并用琉璃器。婢子百余人，皆绫罗绮纻，以手擎饮食。烝独肥美，异于常味。帝怪而问之，答曰：

"以人乳饮独。"帝甚不平,食未毕,便去。王、石所未知作。(汰侈 30：3)

当时的琉璃除了作为日常装水盛饭的盛具,还用作屏风。

满奋畏风。在晋武帝坐,北窗作琉璃屏,实密似疏,奋有难色。帝笑之。奋答曰:"臣犹吴牛,见月而喘。"(言语2：20)

据说晋武帝的住处北窗用的是琉璃屏,看起来没有什么东西,实际上能挡风。据说这是历史上第一次记载类似玻璃材质的窗。琉璃是一种有色半透明的石材料,成熟的琉璃生产技术是汉代时西域传入中原的,因为半透明,所以有今天玻璃的效果。《西京杂记》里也记载:"赵飞燕女弟居昭阳殿……窗扉多是绿琉璃,亦皆达照,毛发不得藏焉。"晋武帝卒于290年,距离今天1700多年,如果以赵飞燕去世的时间(公元1年前后)来算,琉璃屏(玻璃窗)在中国的使用已经超过两千年了。

青庐：成婚之处

魏武少时,尝与袁绍好为游侠。观人新婚,因潜入主人园中,夜叫呼云:"有偷儿贼!"青庐中人皆出观,魏武乃入,抽刃劫新妇。与绍还出,失道,坠枳棘中,绍不能得动,复大叫云:"偷儿在此!"绍遑迫自掷出,遂以俱免。(假谲27：1)

曹操年轻时和袁绍去看人家结婚,潜入主人家,大叫说:"有小偷。"青庐里的人都出来了。曹操于是趁着大家都走了,跑进青庐抽刀劫持新娘子。逃跑时,袁绍坠入多刺的枳棘中,半天不能挣脱,曹操大叫:"小偷在这儿。"袁绍惊慌急迫中竟自己逃了出来,于是两人才免于被抓获。

青庐,俗称毡帐,又名百子帐,一般是用百枝(树枝)做成的帐篷。《南齐书·魏虏传》:"以绳相交络,纽木枝枨,覆以青缯,形制平圆,下容百人坐,谓之为伞,一云百子帐也。"另外,《南齐书·河南传》说:"人民犹以毡庐百子帐为行屋。"《梁书·吐谷浑传》:"其国多善马,有屋宇,杂以百子帐,即穹庐也。"《魏书·蠕蠕传》载,北魏孝明帝送阿那瓌还北,所赐各物中有"百子帐十八具。"由此可知,青庐最早由北方少数民族传入,共入青庐最早也是少数民族的婚礼风俗,此风俗后来传到中原。从汉时开始有结婚共入青庐的礼俗,在《孔雀东南飞》中,就有"其日牛马嘶,新妇入青庐"。唐段成式《酉阳杂俎·礼异》:"北朝婚礼,青布幔为屋,在门内外,谓之青庐,于此交拜。"

青庐以青布幔为屋,故名青庐,一般搭在院宅西南角的吉地。结婚共入青庐,一方面是避煞的需要,西汉时已有三煞之说,即青羊、乌鸡和青牛三神。婚礼时三煞在门,新人不得入内,就必须有一个过渡的地方,那就在院子里搭建一个青庐,以此避免与凶神相遇。还有,青庐内用柳枝或者枝条卷做圈,用绳子相互交络连接起来,有百枝在其中,所以谐音百子,有多子多福的寓意,和婚礼相合,所以婚礼的仪式在青庐里举办,喜庆又吉利。青庐是举行婚礼仪式的地方,也是新婚夜的住所。

水碓：舂米"神器"

司徒王戎，既贵且富，区宅、僮牧、膏田、水碓之属，洛下无比。契疏鞅掌，每与夫人烛下散筹算计。（俭啬29：3）

西晋惠帝时，司徒王戎地位显贵。司徒位列三公之首，是百官领袖。王戎除了地位高，还富有，家宅、奴婢、良田、水碓之类的财产，在洛阳无人可比。他常常在夜里和夫人于烛光下查看计算那些券契和账簿。

虽然西汉时就开始有了水碓舂米，但即使到了晋时，水碓还是富有的象征。水碓是什么呢？水碓是利用流水来驱动舂加工谷物的机械，是我国最早利用水轮的机械设备。汉代桓谭的《新论·离事》中就说到"役水而舂，其利乃且百倍"，西晋时，杜预发明了连机碓，即可以同时舂两个以上石臼里的稻谷（东晋傅畅《晋诸公赞》）。

拥有一个水碓在魏晋时相当于拥有一个粮食加工厂，它不仅需要建在河畔，而且水碓的机械也需要生产和维修，这些都不是一般人能承受的，家里拥有水碓算是大富之家。用水碓不断加工粮食，据说可以节省十倍人力，冲着这一点，就能带来可观的利益。《世说新语》将水碓和家宅、奴婢、良田并列，可见拥有水碓是富有的标志。

陵云台：那时高楼

据说魏文帝曹丕建陵云台，建造得很精巧，所用木料使用前都用称称了，没有误差。楼台很高，常随风摇动，却不会倾倒。魏明帝登台时怕它摇晃，让人用大木料来支撑它，陵云台很快就倒塌了，有人说加了支撑导致楼的重心偏了。

陵云台楼观精巧，先称平众木轻重，然后造构，乃无锱铢相负揭。台虽高峻，常随风摇动，而终无倾倒之理。魏明帝登台，惧其势危，别以大材扶持之，楼即颓坏。论者谓轻重力偏故也。（巧艺21：2）

陵云台到底有多高呢？据《洛阳宫殿簿》说：上壁方13丈。三国时一丈合今242厘米，计有31.46米。上壁高9尺，三国时一尺合今24.2厘米，计有2.18米。楼方4丈，计有9.68米；高5丈，计有12.10米。整栋楼高13丈7尺5分，约33.28米。今天的普通楼房每层高约3米，陵云台的高度就相当于今天11层楼的高度。

《艺文类聚》卷六三引陆机《洛阳地记》说："宫中有临高、陵云……凡九观，皆高十六七丈，以云母著窗里，日曜之，炜炜有光辉。"如果按照陆机的说法，陵云台的高度就在38—41米之间。不过又有人说陵云台去地二十五丈（见《文章叙录》），如果是这个高度，即60多米高，那就是今天的30多层楼高了，这个说法比较离谱。

晋武帝既不悟太子之愚，必有传后意。诸名臣亦多献直言。帝尝在陵云台上坐，卫瓘在侧，欲申其怀，因如醉跪帝前，以手抚床曰："此坐可惜。"帝虽悟，因笑曰："公醉邪？"（规箴10：7）

　　这座建于魏文帝黄初二年（221）的陵云台，不知道是不是魏明帝时已经倾覆的陵云台，当时洛阳城高楼很多，叫凌云台或者陵云台的高楼也很多，不知道是重修的还是新建的。据《洛阳伽蓝记》记载，当时的洛阳城里，高楼动辄就是去地几十丈，甚至有去地千尺的寺庙。不过，在这座陵云台里应该有皇帝专门的座位，否则不会有卫瓘手抚坐榻说可惜的情节。

饮 食

魏晋时的饮食文化对今天影响是很大的，少数民族地区传入的烧烤方法和传统的烧烤方法互相融合，烧烤成为富贵人家招待客人时的重要菜肴，有些炊具如甑和箅等至今仍在很多地方使用，还有当时宴会中的一些习俗，比如宴会时起舞等习俗，在很多地方依然存在。魏晋时饮酒风气很盛，刘伶就有《酒德颂》，但当时也有禁酒的政令，还是书圣王羲之颁布的。当时的一些食物，如面食统称为饼，何晏"伏日食汤饼"其实就是"大热天吃汤面"；有的食物，如吴地的粽，"敕左右多与茗汁，少箸粽"，这个"粽"是什么，就不容易说清楚。

烤肉：有专人代烤

西晋末年大臣、出身南方世族的顾荣因在席间发现给自己烤肉的人，有想吃烤肉的神色，就把自己的那份给了那个烤肉的人，虽被同座嗤笑，但他只是朴素地认为，怎么能让终日烤肉的人不知道烤肉的味道呢？后来他在危急中多次受到这人的搭救，可见那一次施肉之恩是多么令人难忘。

顾荣在洛阳，尝应人请，觉行炙人有欲炙之色，因辍己施焉。同坐嗤之。荣曰："岂有终日执之，而不知其味者乎？"后遭乱渡江，每经危急，常有一人左右己，问其所以，乃受炙人也。（德行1∶25）

一说起烤肉，就有人说是由胡地传入中原地区的，这个说法其实不太准确，《诗经》里就有炙肉的记载，如《诗经·大雅·行苇》："醓醢以荐，或燔或炙。"意思是送上肉酱品尝，有烧肉也有烤肉。《孟子·尽心下》："况于亲炙之者乎。"可能胡地多牛羊，其地居民烧烤比中原更普遍更娴熟。汉末社会动荡,民族大交融,少数民族的畜牧业与饮食习惯也被带到了中原地区。魏晋时席间流行烤肉,并且有专人即炙人烤肉。在《盐铁论》和《晋书》中都提到当时最著名的一道烤肉名为"貊炙",据东汉刘熙《释名·释饮食》:"貊炙,全体炙之,各自以刀割,出于胡貊之为也。"晋干宝《搜神记》卷七:"羌煮、貊炙,翟之食也。"貊炙即烤全猪或者烤全羊。成书于北魏末年的《齐民要术》就有专门一章介绍"炙法"。

看来今天烧烤和撸串,特别是烤肉店专人代烤的做法,在中华大地上风行了近两千年。

牛心炙:宫廷菜

西晋武帝司马炎的舅舅、出身东海王氏的王恺有好牛,名叫"八百里驳",他常用萤石装饰这头牛的蹄角。晋文帝司马昭之婿、出身太原王氏的王济对王恺说,我的射击技术不如你,但我愿意拿出千万钱来和你打赌,你赌输了我就杀了这头牛,我赌输了给你千万钱。王恺想,自己射击技术不错,而且牛这么出众估计王济也不会杀,于是就答应了打赌的条件。王济先射,一箭就射中了靶子,赢了,当即喝令人把"八百里驳"的心掏出来,烤好后吃了一块就走了。

王君夫有牛,名"八百里驳",常莹其蹄角。王武子语君夫:"我射不如卿,今指赌卿牛,以千万对之。"君夫既恃手快,且谓骏物无有杀理,便相然可。令武子先射。武子一起便破的,却据胡床,叱左右:"速探牛心来!"须臾,炙至,一脔便去。(汰侈30:6)

王济勇力过人,别人以为他舍不得杀骏物,王济却让随从杀了并吃了一块烤牛心就走。由此观之,王济确实是一个狠人。史书上记载其为人生性严厉,生活上醉生梦死,也确实不虚。在《世说新语·汰侈》"武帝尝降王武子家"篇,就是说王济奢侈的。

王济设家宴款待晋武帝。家里的食具是琉璃碗,家里奴婢百余人皆穿绫罗,食材乳猪是用人奶喂养大的,连皇帝都为此愤愤不平,没吃完就走了,可见其奢侈程度。

《世说新语》还有一篇关于牛心的菜肴。王羲之少时,东晋中兴名臣周颛特意杀牛割心给他吃,让他一下子成为众人仰视的对象。

王右军少时,在周侯末坐,割牛心啖之。于此改观。(汰侈30:12)

至于周颛专门给王羲之吃牛心,那是因为王羲之年少时羞涩和木讷。

王右军少时甚涩讷。在大将军许,王、庾二公后来,右军便起欲去,大将军留之曰:"尔家司空、元规,复可所难?"(轻诋26:5)

周颛为什么要给少年王羲之上一盘牛心,因为王羲之少时很羞涩,甚至有点木讷,在大将军王敦那里坐,听说王导、庾亮来了就起身要走。牛心是道名贵的菜,按照传统的食疗理论,吃什么补什么。周颛是用这个不同凡响的举动来抬高少年王羲之的地位和名望,当然也增强了这个孩子的自信心。

牛心炙,即烤牛心,是汉代以来一道非常名贵的菜,据说东汉时就是御用的菜品,可见牛心炙是王公贵族或者大户人家才能吃到的一道名贵的菜。当时还没有炒菜,菜一般都是以烤或者蒸或者煮为主,牛作为当时重要的交通工具和耕种牲畜,本来就很珍贵,杀牛吃且吃牛心当然非常奢侈。

牛心炙也是一道奢侈的菜,并不是简单地把牛心烧烤了就可以,而是以牛心为主,还有一系列其他加工工序。《齐民要术·炙法》中记载"肝炙法":"脔长寸半,广五分,亦以葱、盐、豉汁腩之。以羊络肚膫脂裹,横穿炙之。"宋时牛心炙仍然是一道名贵的菜肴,时人留下了很多诗篇,如杨亿诗"宴客牛心炙,朝天鸡舌香"(《次韵和盛博士寄赠虞部李郎中之什》),辛弃疾诗"末路长怜鞭马腹,淡交端可炙牛心"(《和前人韵》其一),等等,可见这道菜的不同凡响。

箅和甑:用了几千年的炊具

有宾客到东汉官员、名士陈寔(曾任太丘长,故世称陈太丘)家做客,陈寔让两个儿子陈纪(字元方)、陈湛(字季方)去做饭,两个孩子因为偷听大人谈玄理,把一锅饭煮成了粥,因为做饭忘记放箅(bì)了。

宾客诣陈太丘宿,太丘使元方、季方炊。客与太丘论议,二人进火,俱委而窃听。炊忘著箅,饭落釜中。太丘问:"炊何不馏?"元方、季方长跪曰:"大人与客语,乃俱窃听,炊忘著箅,饭今成糜。"太丘曰:"尔颇有所识不?"对曰:"仿佛志之。"二子俱说,更相易夺,言无遗失。太丘曰:"如此,但糜自可,何必饭也!"(夙惠12:1)

箅,今天有的地方也称其为箅子,一般是用竹子或者木料做成的,呈圆锥形,用甑子做饭的时候要把箅放进甑子。甑子,即饭蒸,有些地方俗称饭桶,一般用木料做成,魏晋时记载为陶制,一摔就破。

邓竟陵免官后赴山陵,过见大司马桓公。公问之曰:"卿何以更瘦?"邓曰:"有愧于叔达,不能不恨于破甑!"(黜免28:6)

邓遐(曾任竟陵太守)被罢官后去参加简文帝的葬礼,见了大司马桓温,桓温问他怎么越来越瘦了,邓遐说:"我不能像孟敏(字叔达)一样,在市场上买了一个甑,摔破了,他看都不看就径直走了。"这里是说自己不洒脱,被桓温免官后还是耿耿于怀。

先秦时代就有蒸饭,但用饭甑子蒸饭一般认为起源于秦朝,甑是一种复合炊具,要和鬲、鼎或釜等炊具结合起来使用,一般是上粗下细的圆桶形。甑箅放在甑子里一方面可以防止米饭掉进釜(锅)里,另一方面可以通过蒸汽加热米饭,甑子上还有一个甑子盖。有些地方目前还保留饭甑蒸饭的习惯,不过步骤很多,先淘米,然后将米煮得半熟后滤出米来,滤出来的米再放进甑子里蒸。

利用甑子里的水蒸气把米饭蒸熟,这在魏晋时期比较流行,是当时家庭煮饭的普遍做法。元方和季方两个孩子都会用甑做饭,只是甑子里如果没有放箅,那米就到了釜里,当然就煮成粥了。直到今天我国某些地区还在使用甑和箅。

《世说新语》风物：魏晋人的生活日常与文化

施设：准备酒食

王子猷尝行过吴中，见一士大夫家极有好竹。主已知子猷当往，乃洒埽施设，在听事坐相待……（简傲24：16）

东晋名士、王羲之第五子王徽之到吴地某位士大夫家赏竹，主人知道后洒扫施设，在大厅中等候。施设是做什么呢？就是准备酒食、营办饮食。在魏晋时，"设"有准备菜肴、酒食的意思。

裴遐在周馥所，馥设主人。遐与人围棋，馥司马行酒。遐正戏，不时为饮。司马恚，因曳遐坠地。遐还坐，举止如常，颜色不变，复戏如故。王夷甫问遐："当时何得颜色不异？"答曰："直是暗当故耳。"（雅量6：9）

西晋名士、太尉王衍的女婿裴遐在镇东将军周馥那里饮酒，因为在专心地和别人下棋，周馥的司马劝酒时没有及时喝，这位司马生气了，把裴遐从坐榻上拽了下来。裴遐爬起来回到座位上时，脸色也没有变化，继续下他的棋。过后有人问他怎么脸色都不变，裴遐说光线暗你们没有看到罢了。——这里的"设主人"，据周一良先生考证，"设主人盖当时习语，犹今言作东道请客也。"这里周馥设主人，也就是周馥做东道主，准备饭菜请客。

过江初，拜官舆饰供馔。羊曼拜丹阳尹，客来蚤者，并得佳设，日晏渐罄，不复及精，随客早晚，不问贵贱。羊固拜临海，竟日皆美

供,虽晚至,亦获盛馔。时论以固之丰华,不如曼之真率。(雅量6:20)

东晋初立,拜官都要请人吃饭,羊曼待客是来得早的吃得好,来得晚的就差一点,随客早晚,也不问贵贱,有什么吃什么。另外一位羊固是从早到晚都供应精美的食物。这里的佳设,指好酒好菜,精美的食物。

王丞相作女伎,施设床席。蔡公先在坐,不说而去,王亦不留。(方正5:40)

王导是东晋名臣,晋室一直倚重他,他先后辅佐了晋元帝司马睿、晋明帝司马绍和晋成帝司马衍,可谓劳苦功高。可就是这样一位功臣名士,非常忌惮结发妻子曹氏,虽然怕老婆,但王导还是瞒着老婆建造别馆纳妾。《世说新语》载,王导安排了女伎,还准备了酒席,蔡谟看不惯就径直走了,王导当然也没有留他一起吃。

薤:有人爱有人嫌

桓公坐有参军椅烝薤,不时解,共食者又不助,而椅终不放,举坐皆笑。桓公曰:"同盘尚不相助,况复危难乎?"敕令免官。(黜免28:4)

东晋时,薤就只有蒸这一种吃法,据《齐民要术·素食》载,蒸薤为黏粟与葱、薤合蒸,调以油豉。因为黏合在一起,所以难以分解开。一位参军用筷子夹蒸薤,分不开,同座的其他人一起嘲笑他,桓温看到后,说:"同盘共餐都不肯互相帮助,何况危难之时。"竟把这帮人都免了职。

薤是一种蔬菜,俗称小蒜。薤的根部是薤头,江西、浙江一带读作"荞头"。这种蔬菜历史悠久,《黄帝内经·素问·藏气法时论》里说"五谷为养,五果为助,五畜为益,五菜为充",其中五菜指葵、藿、薤、葱、韭。佛家《楞严经》里断五辛,就是指葱、蒜、韭菜、薤头(薤)和兴渠(阿魏)。道家也将韭、薤、蒜、阿魏、胡荽这五辛列为禁食。可见,薤是一种有辛味的蔬菜,很多修行的僧道都将这种具有浓烈气味的蔬菜列为禁食的范畴。

薤这种蔬菜主要生长在长江中下游,那里的人民充分开发了薤的各种吃法,关于薤头,有腌、酱、泡等各种做法。

苏峻之乱,庾太尉南奔见陶公,陶公雅相赏重。陶性俭吝,及食,啖薤,庾因留白。陶问:"用此何为?"庾云:"故可种。"于是大叹庾非唯风流,兼有治实。(俭啬29:8)

庾亮吃薤留白,也就是留下薤头,这个举动被认为是务实的,也给了陶侃比较好的观感。据此,我很怀疑当时薤也有生吃的,如果是煮熟了或者腌制过的薤头,肯定不能再种植。

薤也是古代诗词中歌咏的对象,汉代的乐府《相和曲》中就有《薤露》,也是汉代有名的挽歌,"人命如薤上之露,易晞灭也";是田横自杀,门人伤心悼念的悲歌"薤上露,何易晞,露晞明朝还落复,人死一去何时归?"曹植也有乐府诗《薤露行》存世,诗曰:"天地无穷极,阴阳转相因。人居一世间,忽若风吹尘。愿得展功勤,输力于明君。怀此王佐才,慷慨独不群。鳞介尊神龙,走兽宗麒麟。虫兽岂知德,何况于士人。孔氏删诗书,王业粲已分。骋我径寸翰,流藻垂华芬。"

蒓也是一种中药,唐代孙思邈的《千金要方·食治方·菜蔬第三》中就有其药用功能的记载,其效用大抵就是理气、宽胸、通阳等。李时珍《本草纲目菜部·蒓》说:"其根煮食,苊酒、糟藏、醋浸皆宜。"

鹅:王羲之最爱

魏晋时鹅是一种比较常见的家养动物。养鹅的主要目的是斗鹅、赏鹅,当然也会吃鹅。

桓南郡小儿时,与诸从兄弟各养鹅共斗。南郡鹅每不如,甚以为忿。乃夜往鹅栏间,取诸兄弟鹅悉杀之。既晓,家人咸以惊骇,云是变怪,以白车骑。车骑曰:"无所致怪,当是南郡戏耳!"问,果如之。(忿狷 31:8)

东晋权臣桓温之子桓玄小时候与各位堂兄弟斗鹅,常常斗败,有一天他气急败坏,竟然跑到鹅栏中,将那些堂兄弟养的鹅都杀了。天亮后,家里人还以为发生了什么异常的情况,赶紧告诉桓玄的叔叔桓冲,桓冲说:"这肯定是桓玄干的。"一问,果然是。

古代除了斗鹅,还有斗鸡、斗鸭等游戏,三国时魏明帝就曾在宫中专门修筑"斗鸡台",曹植还专门写过一篇《斗鸡诗》;吴国建昌侯孙虑在堂前修了"斗鸭栏"。斗鹅的习俗由来已久,历经几千年,现如今在江浙一带依然有斗鹅的风俗。

鹅虽然是先秦时代就圈养的家禽,但吃鹅的人并不多。鹅在古代是一道名贵的菜,这道菜魏晋时叫鹅炙,就是今天的烤鹅。东晋末年江州刺史庾悦就因为吃鹅之事得罪了后来的上司刘毅。《宋书·庾悦传》说,刘毅还没有发达时候,投身在庾悦手下做事,有一次庾悦请手下吃饭,刘毅也来了,可是庾悦对他不理不睬,后来刘毅很饿了,又说"身今年未得子鹅,岂能以残炙见惠",就是说他今年还没吃过鹅,那个鹅肉能给他吗?可是就是剩下的鹅肉庾悦也不肯给刘毅吃。后来刘毅发达了,常常以军府长官的身份为难庾悦,之后庾悦终日闷闷不乐,不久后背生恶疮,忧惧而死,时年三十八岁。

南朝梁武帝时,武康令何远送给上司王彬一个大盘,里面放着一斗酒和一只鹅,王彬看到后说,东晋太守陆纳招待大将军桓温,也只有一斗酒和一盘鹿肉,你的礼物比当年陆纳的好得多。可见,当时一只鹅比一盘鹿肉要贵重得多。

王羲之喜欢鹅。据《晋书》记载,王羲之喜欢一位老太太的鹅,向老太太买鹅,人家不同意,后来王羲之再去老太太家看鹅,老太太竟然把鹅杀了来款待他。王羲之还有写字换鹅的故事,据说王羲之喜欢看鹅的步态和游泳姿势,并从中领悟到了书法的真谛。

彭蜞:螃蟹家族的成员

蔡司徒渡江,见彭蜞,大喜曰:"蟹有八足,加以二螯。"令烹之。既食,吐下委顿,方知非蟹。后向谢仁祖说此事,谢曰:"卿读

《尔雅》不熟,几为《劝学》死。"(纰漏34:3)

东晋中兴名臣蔡谟渡江后,看见彭蜞,非常高兴,说这个是螃蟹,就命人煮了。吃下去后又吐又泄,才知道这个不是螃蟹。由此可见,魏晋时螃蟹就已经是餐桌上的盘中物了。蔡谟的从曾祖蔡邕在《劝学章》中说:"蟹有八足,加以二螯。"蔡谟看见彭蜞(亦作蟛蜞)误以为是螃蟹,就烹了,吃了以后上吐下泻,狼狈不堪,让人笑话。

以刘孝标注为主,后来很多的注释都援引《尔雅》中关于螃蟹和彭蜞的区别,即前者大后者小,蔡谟误以为彭蜞是螃蟹,是读书不精所致。其实,螃蟹和彭蜞都属于蟹类,也可以说彭蜞是蟹类中的一种,据说全世界有4700余种蟹,中国就有800多种,彭蜞和螃蟹比,个头小、蟹肉少,所以一般用作腌食或者酒糟。

江浙一带吃蟹是有很多讲究的,误食会如蔡谟一样中毒,甚至会危及生命。一般来说吃蟹需要注意不吃死蟹。死蟹体内的细菌会分解和扩散到蟹肉中,人吃了会引起食物性中毒,造成恶心呕吐、腹痛、腹泻和心跳加速等现象。还有不吃隔夜蟹。蟹一般现蒸现吃,间隔时间太长也会有食物中毒的风险。另外,蟹身上有四个器官不能吃,即蟹胃、蟹肠、蟹心和蟹腮。蔡谟吃的彭蜞也是蟹的一种,也能食用,之所以吃了后出现上吐下泻的食物中毒状况,可能是彭蜞不新鲜或者他食用的时间、部位不对。

腌鱼：咸香美味

魏晋时腌鱼是家常的食物，在《世说新语》中有两处说到了。

陶公少时作鱼梁吏，尝以坩鲊饷母。母封鲊付使，反书责侃曰："汝为吏，以官物见饷，非唯不益，乃增吾忧也。"（贤媛19：20）

东晋名将陶侃年轻时做管理鱼梁的小官，曾用陶罐装着腌制的鱼送给母亲食用。陶侃的母亲不但没有收下，还去信责骂陶侃，她认为陶侃把官家的东西送给自己，不仅对她没有好处，还会增添她的担忧。鲊，也写作鲊，是经过加工的、便于贮藏和运输的鱼类食品，一般是腌制的，也有可能是糟鱼，这里一般认为是用陶罐装着的腌制过的鱼。

虞啸父为孝武侍中，帝从容问曰："卿在门下，初不闻有所献替。"虞家富春，近海，谓帝望其意气，对曰："天时尚暖，鳖鱼虾鲵未可致，寻当有所上献。"帝抚掌大笑。（纰漏34：7）

虞啸父担任晋孝武帝司马曜侍中，有一次孝武帝委婉地说："你在我门下省，没有听到你有所献替。"虞啸父是会稽余姚人，家乡临近大海，当地淡水鱼很多，甲壳类以青蟹、甲鱼为主，海鲜以黄泥螺、黄蛤等为主，水产资源非常丰富。他以为孝武帝希望他进献东西，就回答说："天气还太热，各种鱼虾还不好腌制和运输，过了这阵子就有东西献上来。"孝武帝听后拍手大笑。虞啸父把意为诤言进谏的献替理解成了进献,怪不得孝武帝抚掌大笑。北魏贾思勰的《齐民要术·作鱼鲊》:"凡作鲊,春秋为时,冬夏不佳。"一般认为寒冷的时候鱼难腌熟,天气炎热的时候腌鱼又会非常咸,不咸不成,但太咸又无味且容易生蛆。

腌鱼是在自然或者人工控制的条件下,用盐、糖、醋、酒糟等辅料对鱼进行加工处理,再通过微生物发酵,使鱼肉具有特殊的风味、颜色和质地。《齐民要术》之前,东汉刘熙的《释名·释饮食》中也有记载:"鲊,菹也,以盐米酿鱼以为菹,熟而食之也。"可见,到了魏晋时期,腌鱼已经是一道家常菜了。

茶与茗:喝茶人的讲究

在陆羽《茶经》之前,茶的名称很多。《说文解字》没有收录"茶"字,一般认为其中的"荼"即是"茶"。《诗经》中多处写到荼,这个荼到底是茶叶还是苦菜,目前争议很大。《晏子春秋》记载当时的茶叶是菜肴之类的东西。陆羽说:"茶者,南方之嘉木也。"蜀地多茶树,"自秦人取蜀而后,始有茗饮之事"(顾炎武《日知录》卷七)。

有人认为茶字直到唐代前后才出现,这是不准确的,魏晋时期就有茶字。饮茶的习俗古代很早就有,但那时茶的名字很多,有的叫荼,有的叫槚,有的叫蔎,有的叫茗,还有的叫荈,不一定就名之为饮茶。晋郭璞注《尔雅》说:"槚,苦茶。"并注曰:"早取为茶,晚取为茗,或一曰荈,蜀人名之苦茶。"《茶经》中说:"其味甘,槚也;

不甘而苦,荈也;啜苦咽甘,荼也。"以入口甘苦和苦甜的顺序来分类,把茶细分为很多种。

任育长年少时,甚有令名。……王丞相请先度时贤共至石头迎之,犹作畴日相待,一见便觉有异。坐席竟,下饮,便问人云:"此为茶为茗?"觉有异色,乃自申明云:"向问饮为热为冷耳。"尝行从棺邸下度,流涕悲哀。王丞相闻之曰:"此是有情痴。"(纰漏34:4)

任瞻,字育长,年轻时名声好,他是晋武帝驾崩时挑选的一百二十名挽郎中的一位,也是王戎选女婿时初步圈定的四个候选人之一,幼年时,神情可爱,相貌也不错。但自从过江后,任瞻就精神恍惚了,有一次丞相王导邀请名臣一起到石头城去迎接他,依然像往日一样对待他,可一见面就发现任瞻有点异样。大家坐定后,上茶了,他问:"这个是茶还是茗呢?"感觉大家神色有所变化,他又辩白说:"我刚才是问茶是热的还是冷的呢。"他曾经从棺材铺前经过,悲痛流涕。王导说:"这是有痴迷情结了。"

魏晋时,茶分得很细,按照郭璞说的,早采的是荼(茶),晚采的是茗,荈是老茶、粗茶。茶是嫩叶,就如明前茶一样,茗是晚采的老叶,所以苦一点。顺便说一句,"以茶代酒"这一有特色的宴饮,三国时就有了,《三国志·吴书·韦曜传》就有孙皓"密赐茶荈以当酒",来暗中保护还受宠信的韦曜。

粽：和粽长得很像

褚太后的父亲褚裒（字季野）刚南渡到吴郡时，到了金昌亭，吴地的豪强正在亭中聚会，因为不认识他，竟然让侍者多给茶水，少放"粽"，让他吃不到"粽"。

褚太傅初渡江，尝入东，至金昌亭。吴中豪右燕集亭中。褚公虽素有重名，于时造次不相识别。敕左右多与茗汁，少著粽，汁尽辄益，使终不得食。褚公饮讫，徐举手共语云："褚季野！"于是四座惊散，无不狼狈。（轻诋26：7）

这里的"粽"与今天不同。魏晋时"端五"已经形成节日，但端午吃的粽子在当时名字不统一，更多的是叫角黍，《初学记》引《风土记》说："仲夏端午，烹鹜角黍。"那时候粽子多称为角黍。不过也有叫粽子的，《荆楚岁时记》："夏至节日，食粽。"

魏晋时烹茶一般都会往茶里放其他的佐料，以茶为主，茶里还会放芝麻、桃仁或者瓜仁之类一起烹煮，是混煮羹饮，唐以后茶与食才分开。三国张揖在《广雅》中说："荆巴间采叶作饼，叶老者，饼成以米膏出之。欲煮茗饮，先炙令赤色，捣末置瓷器中，以汤浇覆之，用葱、姜、橘子芼之，其饮醒酒，令人不眠。"这种混煮成羹的饮料就是当时文献中的茶粥。

上面的粽，有人说是茶粥的意思，粽字的字形与"粩"相似，粩即糜粥。不过，今天的译注本中，很多人说这里的粽是蜜渍的瓜果，即指如蜜饯之类的果品,如果是这个意思,粽字或许是"粣"字,据《康熙字典》:"蜜渍瓜实曰粣。"

以前说"吃茶去",是因为茶里真的有可吃的东西。这里的"粽",应该是茶食,泡茶的蜜饯、桃仁之类。魏晋时以煎茶和煮茶为主,当时一般是以茶果待人,《晋书·陆纳传》说:"谢安尝欲诣纳,而纳殊无供办。其兄子俶不敢问之,乃密为之具。安既至,纳所设唯茶果而已。"因为不断续茶水,褚衮也就无暇吃到杯中的果子。据此,笔者以为,这里或许是"粣"讹为"粽"。

奶酪:炫富的资本

张天锡为凉州刺史,称制西隅。既为苻坚所禽,用为侍中。后于寿阳俱败,至都,为孝武所器,每入言论,无不竟日。颇有嫉己者,于坐问张:"北方何物可贵?"张曰:"桑椹甘香,鸱鹆革响。淳酪养性,人无嫉心。"(言语2:94)

张天锡是十六国时期前凉的末代君主,割据凉州,后投降前秦苻坚,做了侍中。后来苻坚大军在淝水之战中溃败,他趁机降晋,到了京都,为晋孝武帝器重,每次交谈,都是一整天。有人很嫉妒,在座席间问张天锡北方什么东西可贵,张天锡说:"桑葚甘甜芳香,使得猫头鹰的叫声都变得好听了;浓厚的乳酪颐养人性,使得人们都没有了嫉妒心。"——可见当时北方的奶酪有特色。

陆太尉诣王丞相,王公食以酪。陆还遂病。明日与王笺云:

"昨食酪小过,通夜委顿。民虽吴人,几为伧鬼。"(排调25:10)

南方豪绅陆玩去拜访王导丞相,南渡的北方人王导用乳酪招待尊贵的客人,不过难得吃到乳酪的南方人却消受不了,吃后就病了。第二天,陆玩给王导写了一张便笺,说昨天吃了奶酪后,一晚上都难受,我陆玩这个吴地人,差一点成了北方鬼。

酪最初指奶酪,是一种乳制品。《说文解字》说:"酪,乳浆也。"酪通常是用牛、羊、马的乳汁炼制成的食物。魏晋时期奶酪就有干奶酪和湿奶酪之分,干奶酪成块用斛装,湿奶酪为浆用杯装。《齐民要术》有"抨酥法",提到了生酥、熟酥的制作法,特别是熟酥可以炼出醍醐,这个醍醐是奶酪中的精华。元代《饮膳正要》也说了两种奶酪的制作方法,似乎可以作为参考。湿奶酪一般是将乳倒进锅内,煮沸数十次,中间不断用杓来回搅动,停下后即刻用罐子盛出,待冷后取浮在面上的浮皮为酥,然后再放旧酪少许,用纸封起来过一天左右就成了奶酪。

人饷魏武一杯酪,魏武啖少许,盖头上题"合"字以示众,众莫能解。次至杨修,修便啖,曰:"公教人啖一口也,复何疑?"(捷悟11:2)

送给曹操的这个奶酪是用杯子装的,应该是湿奶酪,也有可能是现在我们所说的酸奶。

干奶酪的做法是把酪放在太阳底下晒,晒得结块了,把面上的浮皮取走,再继续暴晒,至没有浮皮再入锅,炒一会儿,用器皿盛好,再拿出来晒,并做成块,然后收起来就可以食用了。

陆机诣王武子,武子前置数斛羊酪,指以示陆曰:"卿江东何以敌此?"陆云:"有千里莼羹,但未下盐豉耳!"(言语2:26)

王济家摆着几斛羊酪,应该就是这种干奶酪。乳酪多出现在款待南方人的场景,可见当时南方没有此物,所以陆机用莼羹来比羊酪。

魏晋时南方人几乎没有见识过奶酪,这个是肯定的,但在北方,奶酪也是非常珍贵的,也只有一些王公贵族才吃得上,否则不会用其来炫富。

酒店:喝酒的场所

阮宣子常步行,以百钱挂杖头,至酒店,便独酣畅。虽当世贵盛,不肯诣也。(任诞23:18)

酒店,今天又称旅舍、宾馆,是给人提供休息或者睡觉的地方。可魏晋时期,酒店却不是这样的。西晋名士阮修(字宣子)经常徒步外出,把百钱挂在手杖上,到了酒店,便独自开怀畅饮,即使当世的权贵,也不愿意去拜访。——这里的酒店就是喝酒的地方。

关于酒的记载较早,据《说文解字注》:"古者仪狄作酒醪。禹尝之而美,遂疏仪狄。"古代喝酒的地方称为酒楼,又称酒肆、酒舍、酒垆、酒家、酒馆等,这些地方是专门经营酒生意的。

除了在酒店喝酒,《世说新语》中还有阮籍在酒垆喝酒的记载。

阮公邻家妇有美色,当垆酤酒。阮与王安丰常从妇饮酒,阮醉,

便眠其妇侧。夫始殊疑之,伺察,终无他意。(任诞 23:8)

《汉书·食货志下》"率开一卢以卖"颜师古注引三国如淳曰:"酒家开肆待客,设酒垆,故以垆名肆。"《汉书·司马相如传》说:"文君当卢(垆),相如身自著犊鼻裈,与庸保杂作,涤器于市中。"

酒肆一般悬挂酒旗招揽顾客,《韩非子·外储说右上》中说:"宋人有酤酒者,升概甚平,遇客甚谨,为酒甚美,悬帜甚高。"这里的悬帜,就是悬挂的酒旗。顺便说一下,古代住宿的地方不叫酒楼,一般叫驿站、传舍或者客栈。

禁酒令:为的是节约粮食

晋元帝司马睿过江之后仍爱好喝酒,王导和元帝交好,常流着泪劝他戒酒,有一次元帝答应了,在一次畅饮后,从此再也没有喝过酒。

元帝过江犹好酒,王茂弘与帝有旧,常流涕谏。帝许之,命酌酒,一酣,从是遂断。(规箴 10:11)

东晋饮酒成风,清谈雅集时也多饮酒作乐,不但浪费,还败坏社会风气。葛洪《抱朴子·外篇》中有《酒诫》一文,有国家政事的败亡"谓非酒祸,祸其安出"的感叹。晋室从北过来,江东税赋繁重,丰年百姓都食不果腹,灾年更是时常发生饿死人的事。当时酿酒都是用粮食,粮食不够吃还用它来酿酒,所以当时很多有志之士都有禁酒节粮的想法。

司马睿是一位崇尚节俭的皇帝,所以王导劝其戒酒,他能克己复礼。永和七年（351）,王导的侄子王羲之出任会稽内史、右将军时,颁布了"禁酒令",规定无论爵位高低,是贵是贱,会稽郡内各色人等,一律不得酿酒,也不得出售酒。为了严肃法令,他自己带头禁酒。当时阻力很大,古代有"无酒不成礼仪"的说法,有人指责他滥用权力,但王羲之毫不畏惧。"百姓之命倒悬,吾夙夜忧,此时既不能开仓庾赈之,因断酒以救民命,此有何不可？"（王羲之《百姓帖》）据说实行"禁酒节粮"措施后,每年"所省百余万斛"。

我家旧俗,吃饭后不让喝酒,原因是酒是粮食酿的,吃饭后再喝酒,乱了辈分。不知哪些地方还有此"陋习",今思之,颇感动。

宴舞：酒席助兴

东晋清谈名家刘惔、王濛一起闲坐喝酒,王濛酒兴正浓时起身跳舞。刘惔说:"你今天的样子不亚于当年的向秀。"

刘尹、王长史同坐,长史酒酣起舞。刘尹曰:"阿奴今日不复减向子期。"（品藻 9：44）

宴席酒酣起舞从西周时期就有。《诗经·大雅》:"嘉肴脾臄,或歌或咢。"意思是牛胃牛舌都煮好了,有人唱歌有人击鼓。《仪礼》的《乡饮酒礼》《乡射礼》《大射礼》《燕礼》等都有宴会中宾主起舞助兴的记载。我们最熟悉的是《史记》中,鸿门宴上项庄先向刘邦敬酒,再舞剑助兴,项伯为了保护刘邦,也拔剑与项庄对舞。

到魏晋时期,宴席歌舞主要是"以舞相属"的形式,沈约《宋书·乐志》载:"魏晋已来,尤重以舞相属。所属者代起舞,犹若饮酒以杯相属也。"也就是通过邀请宴者起舞,然后主人或者舞者也可以邀请同席的人起舞、敬酒。宴乐必舞是当时贵族文人时常进行的一种礼仪性质的宴飨形式,"属"通"嘱",有两层意思,嘱酒、敬酒,其次是嘱舞,嘱人起舞。一般是酒宴进行到高潮的时候,主人或者主人嘱一人先起舞,一舞结束,其他客人依嘱继续起舞,一人一人传下去,使酒宴气氛活跃起来。

《后汉书·蔡邕传》中蔡邕获赦后,太守王智为他设宴,席中王智起舞作乐,并示意蔡邕与他共舞,蔡邕看不起王智,当场就拒绝了主人王智的相属,王智素来骄横,见在众多宾客前被蔡邕看不起,大怒。蔡邕也知道得罪不起,当机立断,赶紧逃到沿海小地方去了。《三国志·吴书·顾雍传》裴松之注引《江表传》中,孙权嫁女,也请了选曹尚书顾谭,这一天大家都很开心,只是顾谭喝醉了酒,"三起舞,舞不知止",第二天他被爷爷顾雍狠狠责骂,说他在君王面前"恃恩忘敬,谦虚不足",并判定"损吾家者必尔也"。可见,古代饮宴时起舞还是很讲究的,其中过程都是遵循一定的礼仪制度的。

王不留行草:不仅是一味中药

卫江州在寻阳,有知旧人投之,都不料理,唯饷王不留行一斤。此人得饷便命驾。李弘范闻之,曰:"家舅刻薄,乃复驱使草木。"

（俭啬 29：6）

　　东晋初年，卫展（曾任江州刺史）在寻阳时，有相识的旧友来投奔他，卫展只送了一斤王不留行草，这人收到赠送的礼物后，直接走了。连他的外甥都说，家舅确实太小气了。

　　关于王不留行草名字的来源，有两种说法。一种是王不留行草是药王邳彤发现和命名的，当时王莽、王郎率兵追杀刘秀，追到一个村庄，天太黑了，这个村庄认为王莽等人不得人心，于是坚壁清野，既不肯给他们吃的，更不肯留宿他们，邳彤想起这段历史，就给这个药草取名为"王不留行"。

　　还有一种说法是李时珍在《本草纲目·草五·王不留行》中说："此物性走而不住，虽有王命，不能留其行，故名。"

　　因为王不留行草具有活血通经的作用，是一味比较常见的中草药，根据药"走而不住"的特点，民间也常用它来借以表示拒客。上面卫展送王不留行草，就是拒客的意思。

民　俗

这里主要是从一些具体的节日和日常娱乐等去考察魏晋时的民风和习俗。古代社会的一些节日包含了人们对社会、对生活的祈求。有的风俗，如乘牛车，就和当时的物质生活水平和士大夫追求慵懒的生活有关；樗蒲、射雉等赌博、游戏行为，是当时士人不合世俗的怪诞行为，更是当时弥漫的不良社会风气；至于当时的詈语，反映了民族文化交融时期南方人和北方人之间的隔阂；关于婚嫁的风俗中，女子出嫁一般都是去夫家，如果女子贵为公主，那就可以要求驸马住到公主府。

蜡日：腊日之前

王朗每以识度推华歆。歆蜡日，尝集子侄燕饮，王亦学之。有人向张华说此事，张曰："王之学华，皆是形骸之外，去之所以更远。"（德行1：12）

三国时期曹魏大臣王恺的祖父王朗常常推崇华歆有识见。蜡（zhà）日那天华歆曾经邀请子侄等一起宴饮，王朗也学着这样做。有人告诉西晋名臣张华，张华说："王朗学华歆，学的是皮毛，没有抓住根本，所以距离华歆更远了。"

蜡日，古代年终大祭万物的那一天。《礼记·郊特牲》说："天子大蜡八，伊耆氏始为蜡。……蜡之祭也，主先啬而祭司啬也。祭百种以报啬也。飨农及邮表畷，禽兽，仁之至，义之尽也。古之君子，使之必报之。迎猫，为其食田鼠也，迎虎，为其食田豕也，迎而祭之也。祭坊与水庸，事也。曰：'土反其宅，水归其壑，昆虫毋作，草木归其泽。'皮弁素服而祭。素服，以送终也。葛带榛杖，丧杀也。蜡之祭，仁之至，义之尽也。"蜡日是祭祀八位农神先啬、司啬、农、邮表畷、猫、虎、坊和水庸的日子，这一天天子行祭，报答众神对农业种植的功劳。

　　最早的时候，蜡和腊是有区别的，自冬至至后戌日，数至第三戌，便是蜡日，腊日是年终；蜡日祭祀的是八位农神，而腊日祭祀的是先祖五祀。在古代农业社会里，蜡祭是全民狂欢的节日，《孔子家语·观乡射》说："子贡观于蜡。孔子曰：'赐也乐乎？'对曰：'一国之人皆若狂，赐未知其乐也。'孔子曰：'百日之劳，一日之乐。一日之泽，非尔所知也。……'"意思是子贡观摩了蜡礼，孔子问子贡："子贡，是不是很欢乐？"子贡回答说："一国的人都疯狂了一样，我都不知道为什么这么快乐。"孔子说："他们长期劳动，才有蜡日一天的欢乐，这一天的恩泽，不是你所能知道的。……"可见当时蜡日不仅有庆祝活动，而且劳作的人还会休息一天，是一个盛大的节日。

　　魏晋时，蜡日也是一个很重要的节日，西晋裴秀有《大蜡诗》，其中有"有肉如丘，有酒如泉，有肴如林，有货如山。率土同欢，和气来臻"等句，说明当时蜡日那一天，物质丰富，人们很欢乐。东晋大将军王敦《蜡节帖》："敦顿首顿首，蜡节忽过，岁暮感悼，伤悲邑邑（悒悒）。想目如常。比苦腰痛，愦愦。得示知意，反不以悉。王敦顿首顿首。"说明蜡节是岁暮之时。到了东晋陶渊明也有一首《蜡日》诗："风雪送余运，无妨时已和。梅柳夹门植，一条有佳花。我唱尔言得，酒中适何多！未能明多少，章山有奇歌。"更是说风雪送走了旧年，春天即将到来。

　　本来蜡日和腊日是各有一祭的，只是以后逐渐合一放在年终。但蜡日祭神的盛况，我们还是可以在文献中看到。

上巳节：三月初三

古代三月上巳节临水解禊,举行祓除不祥的祭祀。修禊的习俗来源于周朝上巳节,因为三月上巳节日子不定,魏晋以后,就改在了农历三月初三。晋室南渡前,人们都在洛水边举办祭祀,南渡后最有名的是王羲之记载的兰亭雅集,在兰亭溪边举办。临水是因为可以"溯清源以涤秽",也就是通过洗漱的方式把身上的污秽清除干净。洗漱后,再把酒洒在身上,借以驱赶身上的邪气。

诸名士共至洛水戏,还,乐令问王夷甫曰:"今日戏,乐乎?"王曰:"裴仆射善谈名理,混混有雅致;张茂先论《史》《汉》,靡靡可听;我与王安丰说延陵、子房,亦超超玄著。"(言语2:23)
洛阳城内的名士一起到洛水边嬉戏,回来后,乐广问王衍游玩得开心吗?王衍说:"裴頠在雅集上谈了玄学义理,张华谈了《史记》和《汉书》,我和王戎谈了延陵季子、张良。"说明当时的上巳节已经变成了文人雅集,谈论学问、月旦人物的集会。到了王羲之的兰亭雅集,开始有了曲水流觞和饮酒赋诗,他们围坐在曲水旁边,有的洗手,有的濯足,有的举罍樽,有的端羽觞,饮酒作诗,好不热闹。

郝隆为桓公南蛮参军,三月三日会,作诗,不能者罚酒三升。隆初以不能受罚,既饮,揽笔便作一句云:"娵隅跃清池。"桓问:"娵隅是何物?"答曰:"蛮名鱼为娵隅。"桓公曰:"作诗何以作蛮语?"隆曰:"千里投公,始得蛮府参军,那得不作蛮语也?"(排调25:35)

魏晋时上巳节的活动不断地在变化,桓温率众幕僚三月三聚会,活动内容是作诗,不能作诗的罚酒。资深幕僚郝隆用了蛮语入诗,桓温看不懂,问是什么。郝隆说这是一种鱼。桓温怪他诗中怎么能用蛮语,郝隆说,我投靠您被封了一个南蛮校尉府参军,当然能用蛮语。——由此可见,东晋时上巳节的主要内容就是名士雅集,然后在水边饮酒作诗,不能作诗的要受罚喝酒。

以"祓除畔浴"为主的上巳节,随着时代的变化也不断地发生着变化,到了唐朝已经是"三月三日天气新,长安水边多丽人",变成男女约会的情人节了。

请佛日:四月初八

范宁作豫章,八日请佛有板。众僧疑,或欲作答。有小沙弥在坐末,曰:"世尊默然,则为许可。"众从其义。(言语2:97)

范宁为豫章太守时,四月八日佛诞日这天请佛,并在简牍(板)上写了字,根据晋时制度,板上内容必须答复,就是要有僧人回复简牍上的内容。和尚们正在疑问要不要给答复,有位坐在末座的小沙弥说:"世尊沉默,就是默许。"众人听从了他的话。

请佛即寺院新进佛像。请佛一般都会请持戒清净的僧人主持安座仪式,所以有众僧参加。唐以前的请佛仪轨现已难查考,根据后来的仪轨,请佛一般是在四月初八佛诞日这天,步骤有四:第一众僧恭迎佛像,第二是主法僧主持将佛像安座在金盆中,第三是祝圣绕佛,最后是回向皈依。

东晋时佛教刚刚兴起,范宁也是那个时代屈指可数的儒学大家,他著有《春秋穀梁传集解》传世,是《后汉书》作者范晔的祖父,一生反对玄学,但从其请佛一事上可以看出,他对佛教还是挺支持的。至于众僧疑问要不要回复简牍上的问题,说明当时的仪轨还没形成规范制度。

四月初八是佛教徒纪念释迦牟尼诞辰的重要节日,这一天又被称为浴佛节、佛诞节、龙华会、华严会等。佛诞节始于东汉,早期的佛诞节活动仅限于在寺院举行,到魏晋时开始流传到民间,宋明时最为盛行,《东京梦华录》和《日下旧闻考》等典籍里都有记载。

七月七日:晒书晒衣

东汉的崔寔《四民月令》有记载:"七月七日,曝经书及衣裳,不蠹。"这说明,东汉时期就有了七月七日晒书晒衣的习俗。

七月七日这天,同姓居住在道北的富人都晒出了华丽的织锦,居住在道南的阮咸和阮籍家里穷,阮咸这一天用竹竿挑着晒起了他的大短裤。别人觉得奇怪,问这样的衣服需要晒吗?阮咸说:"未能免俗,姑且以此应景。"

阮仲容、步兵居道南,诸阮居道北。北阮皆富,南阮贫。七月七

日,北阮盛晒衣,皆纱罗锦绮。仲容以竿挂大布犊鼻裈于中庭。人或怪之,答曰:"未能免俗,聊复尔耳!"(任诞23:10)

《世说新语》中还有名士郝隆,也是看到别人家晒绫罗绸缎后,就仰躺在太阳底下晒自己的大肚子,有人问他在做什么,他说:"我晒书。"因为书都读到肚子里去了。

郝隆七月七日出日中仰卧。人问其故?答曰:"我晒书。"(排调25:31)

不过,在《晋书·后妃传》里还有一个晒书出人命的事,司马懿因为不想到曹操府中任职,"宣帝初辞魏武之命,托以风痹",说自己中风了,待在家里不出门。曹操不信,派人夜间去刺探,发现司马懿似乎真的有风痹。有一次司马懿在家里晾晒书籍,忽遇暴雨,司马懿就自己去把这些书收了起来。这一幕恰好被家里的一个奴婢看见了,夫人张春华怕司马懿托病的事情败露,竟把这个奴婢给杀了。本来风雅的晒书,却演变成了杀人的事。

七月七日这一天,如果说节日的话,应该是曝晒节,主要是晒书和衣物,魏晋时简牍和纸张并用,纸张还是以黄表纸为主,多在宫廷使用。普通人家既没有华美的衣物可以晒,也没有那么多经书要晒,一个全民节日,又不能不晒,未能免俗,那就和阮咸一样随便晒点什么,应应景吧。

广莫长风：北风

东晋名画家顾恺之一直视桓温为恩人，所以在桓温墓前哭得很厉害，并感叹自己如遇到山崩海竭的鸟和鱼，从此再无人可依靠了。有人让顾恺之形容他在桓温墓前哭的样子。他说："鼻如广莫长风，眼如悬河决溜。"还有就是："声如震雷破山，泪如倾河注海。"总之，就是哭得稀里哗啦，非同寻常。

顾长康拜桓宣武墓，作诗云："山崩溟海竭，鱼鸟将何依。"人问之曰："卿凭重桓乃尔，哭之状其可见乎？"顾曰："鼻如广莫长风，眼如悬河决溜。"或曰："声如震雷破山，泪如倾河注海。"（言语2：95）

"眼如悬河决溜""声如震雷破山"和"泪如倾河注海"，都好理解，"鼻如广莫长风"有点不易理解。"鼻如广莫长风"就是鼻息如北方冬天的风一样呼啸。广莫者，言阳气在下，阴莫阳广大，故曰广莫。《说文解字》说八方之风，也可以名之为：东方的是明庶风，东南的是清明风，南方的是景风，西南的是凉风，西方的是阊阖风，西北的是不周风，北方的是广莫风，东北的是融风。这东、东南、南、西南、西、西北、北、东北来的风，即平时所说的八面来风。《淮南子·天文训》说"不周风至四十五日，广莫风至"，冬至后到立春这一段时间的风，即为广莫风。

后来广莫也指方位北，曹魏西晋时洛阳城北门即为广莫门。

《世说新语》风物：魏晋人的生活日常与文化

宵禁：晚上禁足

在宋代之前，中国古代社会的宵禁都很严格。西晋时期王承（字安期）担任东海郡（治所在今山东郯城）内史时，就有一位小吏抓到一个犯了宵禁的人，按道理犯了宵禁的人应该要受责罚，但那个犯了宵禁的人说，他犯宵禁是因为在老师家听书，所以出来晚了。王承听说他读书这么用心，觉得情有可原，所以没有责罚他，说不能靠鞭挞发奋读书的人来树立威名，还让人把他送回了家。

> 王安期作东海郡，吏录一犯夜人来。王问："何处来？"云："从师家受书还，不觉日晚。"王曰："鞭挞宁越以立威名，恐非致理之本。"使吏送令归家。（政事3：10）

也有的官员比较严厉，不论什么情况，"犯夜"即违反宵禁就责罚。《世说新语·政事》记载，东晋中期名士殷浩担任扬州刺史时，刘惔出行，天刚刚要晚，就叫手下的人准备歇息，有人问他为什么，他说："刺史严厉，不敢夜间走。"为什么不敢夜间走，怕犯了宵禁。

> 殷浩始作扬州，刘尹行，日小欲晚，便使左右取襆，人问其故？答曰："刺史严，不敢夜行。"（政事3：22）

根据《周礼》记载，周代就有"司寤氏"负责夜禁，执行夜不出行的规定。这个制度的形成和古人崇尚自然的生活规律有关，古人认为昼为阳,夜是阴,阳动而阴静,这是顺应自然规律的,所以都是"日出而作、日落而息",由此也形成了城池夜间关闭城门和禁行的传统。古代一夜有五更,每更有五点,一般都是一更三点即现在北京时间晚上八点左右,击暮鼓宵禁;到夜里的五更三点,大概是现在北京时间凌晨四点左右敲钟开禁,唐王建《宫词一百首》其二十:"五更三点索金车,尽放宫人出看花。"宵禁制度有严格的也有象征性的,唐代及之前,都比较严厉,杜甫《陪李金吾花下饮》说:"醉归应犯夜,可怕李金吾。"北宋为了方便市民夜间贸易,有些地方的宵禁制度就执行得不严,《东京梦华录》卷三记载当时汴梁马行街:"夜市直至三更尽,才五更又复开张。如耍闹去处,通晓不绝。"

对待违反宵禁的人,各个朝代处罚不同,根据史书记载,多是鞭挞,就是笞刑,统计了一下,各朝鞭挞数虽有多寡之分,但大概都是打二十至五十下。"凡过之小者,捶挞以耻之。"(《新唐书·刑法志》)不过,东汉末年,还仅是北部尉的曹操,得知宦官蹇硕的叔叔违反了宵禁,大怒,下令用五色棒将这个人乱棍打死,估计这是少有的因为违反宵禁而丧命的人。

中朝和西朝:西晋的代称

《世说新语》有多篇都说到"中朝",如:

中朝有小儿,父病,行乞药。主人问病,曰:"患疟也。"主人

曰："尊侯明德君子,何以病疟?"答曰："来病君子,所以为疟耳。"（言语2：27）

中朝时,有怀道之流,有诣王夷甫咨疑者。值王昨已语多,小极,不复相酬答,乃谓客曰："身今少恶,裴逸民亦近在此,君可往问。"（文学4：11）

周伯仁为吏部尚书,在省内夜疾危急。时刁玄亮为尚书令,营救备亲好之至。良久小损。明旦,报仲智,仲智狼狈来。始入户,刁下床对之大泣,说伯仁昨危急之状。仲智手批之,刁为辟易于户侧。既前,都不问病,直云："君在中朝,与和长舆齐名,那与佞人刁协有情?"径便出。（方正5：27）

卫伯玉为尚书令,见乐广与中朝名士谈议,奇之曰："自昔诸人没已来,常恐微言将绝。今乃复闻斯言于君矣!"命子弟造之曰："此人,人之水镜也,见之若披云雾睹青天。"（赏誉8：23）

世目杨朗："沉审经断。"蔡司徒云："若使中朝不乱,杨氏作公方未已。"谢公云："朗是大才。"（赏誉8：63）

偏安江左的东晋,称前建都于中原的西晋为中朝,上文中"中朝有小儿"指的是西晋时有一位小儿。"中朝时,有怀道之流"以及"君在中朝,与和长舆齐名,那与佞人刁协有情?"中所指的官员都是西晋的官员。至于"若使中朝不乱",当是指西晋的"八王之乱"。

无独有偶。南宋对建都中原的北宋,也称中朝。

汉武帝时也有中朝,当时也叫内朝,和外朝相对应。汉朝的中朝是宫中决策班子成员,是相对于皇帝居住的宫禁而言的,就是离宫禁很近、在宫中办事的人,丞相以下至秩六百石为外朝,这些人是无权进入宫禁的。

除了将定都洛阳的西晋称为中朝,还因为洛阳在建康以西,所以在《世说新语》中,东晋人也称西晋王朝或者西晋时代为西朝。如:

> 诸葛厷在西朝,少有清誉,为王夷甫所重,时论亦以拟王。后为继母族党所谮,诬之为狂逆。将远徙,友人王夷甫之徒,诣槛车与别。厷问:"朝廷何以徙我!"王曰:"言卿狂逆。"宏曰:"逆则应杀,狂何所徙!"(黜免28:1)

> 王大将军在西朝时,见周侯辄扇障面不得住。后度江左,不能复尔,王叹曰:"不知我进,伯仁退?"(品藻9:12)

> 刘丹阳、王长史在瓦官寺集,桓护军亦在坐,共商略西朝及江左人物。或问:"杜弘治何如卫虎?"桓答曰:"弘治肤清,卫虎奕奕神令。"王、刘善其言。(品藻9:42)

诸葛厷是西晋司空主簿,王大将军王敦和卫玠(小字虎)都是由西晋南渡过来的,因为有东西的对比,所以称建都洛阳的西晋为西朝,这也是比较恰当的。

牛车:缓缓而行

> 庞士元至吴,吴人并友之。见陆绩、顾劭、全琮而为之目曰:"陆子所谓驽马有逸足之用,顾子所谓驽牛可以负重致远。"或问:"如所目,陆为胜邪?"曰:"驽马虽精速,能致一人耳。驽牛一日

行百里,所致岂一人哉?"吴人无以难。"全子好声名,似汝南樊子昭。"(品藻9:2)

汉末名士庞统到吴地去,吴地的人对他都很友好。庞统看了陆绩、顾劭、全琮三人,对他们进行了品评,说陆绩是驽马,能长足远行;顾劭是驽牛,能负重致远。有人问,按照你的品评,是不是陆子就比顾子强呢?庞统说:"驽马跑得快,只能载一人。驽牛一日一百里,不止载一人。"吴地人无话反驳。至于全琮,庞统说:"全琮追求声名,和汝南的樊子昭一样。"

此处驽马只能载一人,指骑马,而驽牛不止载一人,指牛车。牛车,又称犊牛、打车,汉末和魏晋时,乘牛车已经制度化了。据《晋书·舆服志》载:"古之贵者不乘牛车,汉武帝推恩之末,诸侯寡弱,贫者至乘牛车,其后稍见贵之。自灵献以来,天子至士遂以为常乘,至尊出朝堂举哀乘之。"一些家境优渥的士人也乘牛车,甚至连皇帝都乘牛车,皇帝和士族降贵纡尊,这样牛车渐成主导,虽有马车,但因为牛车平稳和缓慢,也更受士大夫们喜欢。

虽然西汉早期士人也乘牛车,但那时多半是因为汉初民生凋敝,《史记·平准书》说:"自天子不能具钧驷,而将相或乘牛车,齐民无藏盖。"连天子都找不到毛色相同的马,将相和百姓就更谈不上用马车了,所以当时牛车是官员出行的工具。到东汉后期,除了因为战争消耗了大量的马匹以外,还因为世风变化,不少官吏都很重气节,乘牛车是清廉的象征,即牛车所标榜的是清白之风。"今朝廷之仪,吏有著新衣、乘好车者,谓之不清。"(《三国志·魏书·和洽传》)牛车逐渐流行,也和当时官员重视气节和追求清正廉洁有关。

谢安始出西戏,失车牛,便杖策步归。道逢刘尹,语曰:"安石将无伤?"谢乃同载而归。(任诞 23:40)

还是名士的谢安,在东山时到山阴去赌博,竟然输掉了车子和驾车的牛,只好走路回家,好在遇到了大舅子刘惔,刘惔关心地问他有没有事,谢安就乘着刘惔的车回去了。东山名士谢安当时乘坐的就是牛车。

不过牛车流行不久,就染上了当时的奢侈之风,甚至出现了一种叫"五牛旗"的牛车,车由青、赤、黄、白和黑五色牛并架,牛背上有旗帜,驾驶起来旗帜会迎风招展。皇帝和王公的牛车形制也确定下来,比如王公大臣就有皂轮车、云母车、油幢车和通幰车,车里的设计也越来越精致,甚至还出现了谁的牛车更稳更快的比赛。

石崇为客作豆粥,咄嗟便办。恒冬天得韭萍齑。又牛形状气力不胜王恺牛,而与恺出游,极晚发,争入洛城,崇牛数十步后迅若飞禽,恺牛绝走不能及。每以此三事为挞腕。乃密货崇帐下都督及御车人,问所以⋯⋯复问驭人牛所以驶。驭人云:"牛本不迟,由将车人不及制之尔。急时听偏辕,则驶矣。"⋯⋯(汰侈 30:5)

石崇的牛不论是体型还是气力都比不过王恺的,可是和王恺出去玩,即使很晚出发,在争相入洛阳城时,石崇的牛车总是像飞禽一样迅速地超过王恺的牛车。后来王恺秘密收买了石崇家赶车的人,石崇家的车夫说:"牛本来不慢,你的车夫不知道如何控制车罢了。紧急的时候让车子跑偏辕,那样就更快了。"也就是说,驾驶牛车时,如果让牛车跑偏辕,让重心落在一个轮子上,牛车就会跑得更快。

到唐时,马车逐渐代替牛车,成为主要的交通工具。

车马:就近作喻的素材

山公以器重朝望,年逾七十,犹知管时任。贵胜年少若和、裴、王之徒,并共宗咏。有署阁柱曰:"阁东有大牛,和峤鞅,裴楷鞦,王济剔嬲不得休。"或云:潘尼作之。(政事3:5)

《世说新语》中用车马作喻的地方很多,西晋名臣山涛七十多岁还在主持朝廷的工作,和峤、裴楷、王济全都是他的协办,所以也常常会吹捧山涛。当时人就写了四句诗来讽刺他们。"阁东有大牛,和峤鞅,裴楷鞦,王济剔嬲不得休。"这四句诗在当时肯定意思明晰,但今天就近作喻的东西已经不近了,所以也就不好理解了。

古代车马是重要的陆行工具,也是辅助生产和生活的重要工具,在古代车马是最常见的东西,就近取譬,所以我们看到古书中一打比方就离不开车马,如驷马难追、南辕北辙,哪怕取个名字也离不开车马,比如苏轼、苏辙。"阁东有大牛",大牛就是指山涛;鞅和鞦是车上的附件,《左传·僖公二十八年》:"晋车七百乘,韅、靷、鞅、靽。"韅是马腹带、靷是引车的皮带、鞅是套在马颈上的皮带、靽是套在马臀部的皮带。鞦,也写作鞧,指马鞧,即驾车时套在后部的皮带。理解了这些,也就立即理解了上面四句话的意思,即这四句话是讽刺山涛他们,其中山涛是大牛,和峤和裴楷是套在牛马身上前后的皮带,王济忙前忙后纠缠不休。

类似的以牛马作喻的事例在《世说新语》中还有不少。

孙安国往殷中军许共论,往反精苦,客主无间。……殷乃语孙曰:"卿莫作强口马,我当穿卿鼻。"孙曰:"卿不见决鼻牛,人当穿卿颊。"(文学4:31)

王夷甫尝属族人事,经时未行,遇于一处饮燕,因语之曰:"近属尊事,那得不行?"族人大怒,便举樏掷其面。夷甫都无言,盥洗毕,牵王丞相臂,与共载去。在车中照镜语丞相曰:"汝看我眼光,乃出牛背上。"(雅量6:8)

前面一篇用不肯套嚼子的犟马和挣破鼻子的牛来作喻,后面一篇用青紫色牛背颜色来比喻被打得青紫的脸,以牛马作喻,亲切又易懂,所以深受魏晋人的喜欢。对于现代人来说,要了解传统文化,必须了解传统文化中相关的知识,比如曹操的"老骥伏枥,志在千里",这里的老骥是年老的千里马,枥是指马槽,也指养马的地方,不了解这样,就很难理解后面的"志在千里"了。

清歌:后来的挽歌

桓子野每闻清歌,辄唤"奈何!"谢公闻之曰:"子野可谓一往有深情。"(任诞23:42)

东晋将领桓伊(小字子野)是一位非常懂音乐的人,每次听到有人唱挽歌,都忍不住要去接一句"奈何"。谢安听说后,说他真是一往情深。

清歌，也叫挽歌，据《晋书·礼志》："新礼以为挽歌出于汉武帝役人之劳歌，声哀切，遂以为送终之礼。"白衣执绋是送葬时的规矩，魏晋时的清歌是丧礼时执绋者唱的歌，一般是一人唱，众人和，和的歌词很简单，就"奈何"两个字，符合源于劳歌的唱和特点。当然也有人说清歌起源于田横被杀，从者不敢哭，不胜哀，故以歌寄哀。

张湛好于斋前种松柏。时袁山松出游，每好令左右作挽歌。时人谓"张屋下陈尸，袁道上行殡"。（任诞 23∶43）

东晋名士张湛喜欢在房前屋后种松树和柏树。另一名士袁山松出去玩时，总是喜欢让身边的人唱挽歌，因为只有墓地才种植松柏，《孔雀东南飞》载"两家求合葬，合葬华山旁，东西植松柏，左右植梧桐"。只有执绋挽丧车的人唱挽歌，据此当时的人说："张家屋里陈尸，袁山松路上行殡。"

说挽歌取源于劳歌也有一定的道理，后世的船工号子就是一人唱众人和，和的人一般也就一句。桓伊作为一个听众，每次听到有人唱挽歌，不自觉地和之以"奈何"，只是说明其一听到挽歌就发自内心地沉浸其中，所以谢安因此说他对音乐一往情深。

桓伊是武将，曾参与淝水之战，有武略，也有文韬。他极具音乐才华，挽歌唱得好，其笛子也吹得好，据说今天的《梅花三弄》即是他的作品。

王子猷出都，尚在渚下。旧闻桓子野善吹笛，而不相识。遇桓于岸上过，王在船中，客有识之者云："是桓子野。"王便令人与相闻云:"闻君善吹笛,试为我一奏。"桓时已贵显,素闻王名,即便回下车,踞胡床,为作三调。弄毕,便上车去。客主不交一言。(任诞23:49)

桓伊显贵了以后,听说王徽之请他演奏笛子,他还会下车,坐在胡床上,为王徽之吹奏了三曲后,再上车离去。两人自始至终没有说过一句话,都风流。

桓伊也善抚筝,曾在晋孝武帝前边抚筝边唱《怨诗》。其笛声婉转,筝声清扬,歌声让人动容,可见他是一位有着深厚音乐素养的武官。

覆瓿之物:书的别称

东晋初年,担任大鸿胪的孔群好喝酒,王导劝他:"你为什么总喝酒,你看盖酒坛的布,时间久了也烂了。"孔群说:"不是的。酒糟腌的肉很久不会坏。"孔群曾经和亲友写信说:"今年田里只收获了七百斛高粱,不够酿酒呀。"

鸿胪卿孔群好饮酒。王丞相语云:"卿何为恒饮酒?不见酒家覆瓿布,日月糜烂?"群曰:"不尔,不见糟肉乃更堪久。"群尝书与亲旧:"今年田得七百斛秫米,不了麴糵事。"(任诞23:24)

盖酒坛子的布,一般称为覆瓿布。古人为长久地存放一坛酒,一般用一块布把酒坛口盖好,并用绳子捆扎好,然后再在上面用泥巴封口盖上一层,这样就可以密封了。开坛后,一般就是用一块覆瓿布盖上，覆瓿布一般是复层，里面盛有细沙子之类的东西，以便有一些重量，压实坛口。早期，酒坛封口布一般都是红色的。

西汉的刘歆第一次把覆瓿之物与书联系起来，他见扬雄作《太玄》，说："空自苦！今学者有禄利，然尚不能明《易》，又如《玄》何！吾恐后人用覆酱瓿也。"（《汉书·扬雄传》）意思是书写好了没有人读，担心后人用它盖酱坛子。

西晋陆机在洛阳，闻左思作《三都赋》，致其弟弟陆云的信中说："此间有伧父欲作《三都赋》，须其成，当以覆酒瓮耳。"（《晋书·左思传》）陆机说《三都赋》写好了估计就是盖酒坛子的，意思是没有读者。

最先用书来覆的瓿肯定是酱菜坛子，扬雄是成都人，于此最有心得，后来陆机说覆酒坛，意思指左思作品不好。今天很多人出版新书后，也有人还在题赠页写"覆瓿"，这是自谦，但从书的材质和厚度来看，它也确实是覆瓿的不二之选。

樗蒲：疯狂赌具

王子敬数岁时，尝看诸门生樗蒲。见有胜负，因曰："南风不竞。"门生辈轻其小儿，乃曰："此郎亦管中窥豹，时见一斑。"子敬瞋目曰："远惭荀奉倩，近愧刘真长！"遂拂衣而去。（方正5∶59）

王献之小时候就曾看几个门生玩樗蒲，平时不玩这个的小王献之还看出了门道，说南风势弱。门生们轻视他还是个孩子，笑他管中窥豹。这让王献之既生气又惭愧，觉得自己和择交甚严的荀粲和刘惔比,真是太不应该了。

樗蒲在魏晋时期是妇孺皆知的赌博游戏。樗蒲,也叫樗蒱、蒲博。魏晋时期,上至帝王,下至平民,都以此为乐。在《世说新语》中,关于樗蒲的就有十余篇。在《方正》篇中有王献之看樗蒲,在《识鉴》篇中有刘惔谈桓温参与樗蒲;《任诞》篇中有温峤和估客樗蒲;《忿狷》篇有桓温与袁彦道樗蒲。可以说,不了解当时昌炽的赌博风气,也就不了解魏晋的世风;了解了这种追求刺激的赌博活动为何能在魏晋时盛行,也就了解了当时的社会风气。

桓公将伐蜀,在事诸贤,咸以李势在蜀既久,承藉累叶,且形据上流,三峡未易可克。唯刘尹云:"伊必能克蜀。观其蒲博,不必得则不为。"(识鉴7:20)

桓温要攻打蜀地,朝中大臣分析来分析去,都觉得不容易打下来。刘惔说,他一定能攻打下来,从桓温赌博的行为方式看,这个人去伐蜀,肯定是会"赌"赢的,因为不势在必得,他是不会去做的。

温太真位未高时,屡与扬州、淮中估客樗蒱,与辄不竞。尝一过,大输物,戏屈,无因得反。与庾亮善,于舫中大唤亮曰:"卿可赎我!"庾即送直,然后得还。经此数四。(任诞23:26)

东晋名将温峤官职不高的时候,常常与扬州、淮中的客商赌博,赌到最后都要求友人来赎自己,还一而再,再而三。可见魏晋时以此为任性放诞,认为这是真名士的表现。

桓宣武与袁彦道樗蒱,袁彦道齿不合,遂厉色掷去五木。温太

真云:"见袁生迁怒,知颜子为贵。"(忿狷31:4)

桓温年少时和袁耽(字彦道)赌博,袁彦道因为不满意掷出的点数,就生气地把赌具五木都扔掉了,温峤说:"看到袁耽生气,才知道颜回的可贵。"孔子曾说过:"有颜回者好学,不迁怒。"温峤是说袁耽不如颜回。

樗蒲这种盛行的赌博,当时很多有正统思想的上层官员是反对的,如庾翼、陶侃等人就积极反对并禁止属下参与樗蒲。不过那些反礼教的人士和那些举止任诞的人,却不以为意,还乐此不疲。

樗蒲有复杂玩法和简单玩法。简单玩法就是比点数大小,如今天的骰子,俗称色子,是一种正方形赌具,用手抛起看落下后最上面的点数。复杂玩法有棋盘,有六马、五木等,扁木、五木、三木是黑白两面,还有两木一面写着"犊",一面写着"雉",一次投五木,如黑黑黑犊犊,叫卢,即16点,棋盘上的马可以走16步;如果是白白白犊雉,叫雉,即12点,马可行12步。王献之看到"南风不竞",应该是有棋盘的比较复杂的玩法。《晋书·刘毅传》记载了刘毅与刘裕的一场豪赌。刘毅掷得雉,即12点,以为自己必胜,轮到刘裕掷下,三子黑一子犊,还有一子没有落定,刘裕厉声喝之,只要再有一个犊,即卢,就赢了。这次赌博为后世带来了一个成语,即"呼卢喝雉"。

射雉:残酷猎杀

孙休好射雉,至其时则晨去夕反。群臣莫不止谏:"此为小物,

何足甚耽？"休曰："虽为小物，耿介过人，朕所以好之。"（规箴10：4）

三国时东吴的第三任皇帝孙休爱好射雉，到了春季射雉的季节，就早出晚归，不理朝政。群臣都劝阻他，说："这都是小东西，哪值得这样沉溺其中呢？"孙休说："雉是小飞禽，却守志不渝胜过人，我喜欢。"

先说射雉这个游戏。射雉，也叫射野鸡（避讳吕后），《易·旅》中的卦："射雉，一矢亡，终以誉命。"除了卦象文字，还有《左传·昭公二十八年》载："昔贾大夫恶，娶妻而美，三年不言不笑。御以如皋，射雉，获之。其妻始笑而言。贾大夫曰：'才之不可以已。我不能射，女遂不言不笑。'"贾大夫通过自己射野鸡的本领，赢得了妻子的好感。射雉也成为因才艺博得妻室欢心的典故。——可见，在春秋时期就有猎射雅集的田猎活动。

三国及魏晋时期射雉游戏非常流行。曹操也非常喜欢射雉，《三国志·魏书·武帝纪》裴松之注引《魏书》："（太祖）才力绝人，手射飞鸟，躬禽猛兽，尝于南皮一日射雉获六十三头。"晋潘岳《射雉赋》留下了当时射雉的一些资料。根据资料，射雉的人一般先养一只与人亲近的小雉，这只小雉长大后就可以用来作诱饵，引其他野生雉来，所以这只小雉也被称为媒。除了有媒，还需要一些隐蔽的工具，比如"翳"这种掩蔽物，射击的人躲在"翳"后，盖着树枝，等其他野生雉被吸引来时就开弓射击。这个游戏一直到明清时期还有人玩，只是没有魏晋时盛行了。

雉，在古代被认为是耿介之鸟，"交有时，别有伦"，是洁身自好的象征。《诗经·邶风·雄雉》："雄雉于飞，泄泄其羽。我之怀矣，自诒伊阻。雄雉于飞,下上其音,展矣君子,实劳我心。"两句都是以耿介之鸟来起兴。《诗经·王风·兔爰》:"有兔爰爰,雉离于罗。我生之初,尚无为;我生之后,逢此百罹尚寐无吪!"雉外表华丽,内心醇厚,古代还有人用雉尾来做装饰,插在头上看起来勇猛、华丽。雉模样圆润敦实,善走不善飞,遇到捕网时,也是一味向前冲,所以说它醇厚又耿介。至于"交有时",是指雉定时聚在一起,守时;"别有伦",是指雉离开时也按照一定次序飞走。古代士人相见礼中的礼物,除了大雁、羊羔以外,还有一个礼物就是雉鸡。东汉班固《白虎通义·文质》说:"士以雉为贽者,取其不可诱之以食,慑之以威,必死不可生畜。士行威守节死义,不当转移也。"雉被赋予了高洁的品性,所以被看作是士精神的象征。李白说雉是"乍向草中耿介死,不求黄金笼下生"(《雉子斑》),赞其为光明磊落、宁为玉碎不为瓦全的耿介之鸟。

詈语:语言暴力

魏晋时社会动荡,民族融合,特别是西晋士族南渡后,南北交流多了,观念冲突也出现了。魏晋有风度也有落魄,魏晋人的言语很多是风雅的,但也有很多不雅的詈语,这些詈语主要反映的还是南北之间的隔阂。

伧父

《世说新语》多次讲到伧父,伧父是魏晋时南方人对北方人的贬称,是南方人讥北方人的粗鄙之语。

褚公于章安令迁太尉记室参军,名字已显而位微,人未多识。公东出,乘估客船,送故吏数人投钱唐亭住。尔时吴兴沈充为县令,当送客过浙江,客出,亭吏驱公移牛屋下。潮水至,沈令起彷徨,问:"牛屋下是何物人?"吏云:"昨有一伧父来寄亭中,有尊贵客,权移之。"令有酒色,因遥问:"伧父欲食饼不?姓何等?可共语。"褚因举手答曰:"河南褚季野。"远近久承公名,令于是大遽,不敢移公,便于牛屋下修刺诣公。更宰杀为馔,具于公前,鞭挞亭吏,欲以谢惭。公与之酌宴,言色无异,状如不觉。令送公至界。(雅量6:18)

河南褚裒(字季野)名显位微,当时认识他的人不多。他本来在钱塘亭投宿,因县令沈充要送客,下属就把褚裒赶到牛棚里去住了。后来县令散步,问下属牛棚里是谁,下属说是一位伧父。县令好心去问了一下伧父是谁。褚裒说了自己的名字,县令一听,如雷贯耳,吓得赶紧置办菜肴招待,还一个劲地赔不是。

当时南方人称北方人为伧父,有轻贱的意思。《晋阳秋》:"吴人谓中州人曰伧,陆机呼左思为伧父,宋孝武比拟群臣,目王玄谟为老伧。"余嘉锡在《世说新语笺疏》中,还对"伧父"作了考证,认为伧指鄙野不文之人,无地域之别,三国鼎盛时,南北相轻,骂北方人为伧父；吴都建业，吴人轻薄上游的楚人，骂楚人为伧父；到了东晋，过江官员被南方人斥为伧父。

郗司空家有伧奴，知及文章，事事有意。王右军向刘尹称之。刘问："何如方回？"王曰："此正小人有意向耳！何得便比方回？"刘曰："若不如方回，故是常奴耳！"（品藻 9：29）

东晋大臣郗鉴家有个北方来的奴仆，通晓文章，办事也用心。女婿王羲之向好友刘惔夸赞了这个人，刘惔问："和主人郗鉴的儿子郗愔（字方回）比如何？"王羲之说："这是小人办事有心罢了，怎么能和郗愔相比。"刘惔说，如果比不上郗愔，那还是一般的奴仆。——伧奴，鄙贱的奴仆，一般称北方来的或者原籍是北方的奴仆。

陆太尉诣王丞相，王公食以酪。陆还遂病。明日与王笺云："昨食酪小过，通夜委顿。民虽吴人，几为伧鬼。"（排调 25：10）

陆玩说自己虽然是吴地人，如果吃奶酪而死，那就成了北方鬼。

伧是吴语，虽说是魏晋时南方人对北方男子的贬称，但这里的南方人以吴地为主，因为楚地男子也被称为伧父。伧是鄙贱之称，伧父，也作伧夫，指粗野、鄙贱和缺乏教养的人，是吴人对外地粗鄙男子的贬称。

貉子

貉子，即貉崽，是魏晋时中原人对东吴人的贬称。

孙秀降晋,晋武帝厚存宠之,妻以姨妹蒯氏,室家甚笃。妻尝妒,乃骂秀为"貉子"。秀大不平,遂不复入。蒯氏大自悔责,请救于帝。时大赦,群臣咸见。既出,帝独留秀,从容谓曰:"天下旷荡,蒯夫人可得从其例不?"秀免冠而谢,遂为夫妇如初。(惑溺35:4)

三国后期,东吴的宗室孙秀投降西晋,晋武帝对他很好,甚至把姨妹蒯氏嫁给了他,夫妇俩也很和睦。一次妻子因为妒忌,骂了一句孙秀"貉子"。孙秀因此很不开心,也不再进妻子房间。蒯氏很内疚,请求晋武帝帮助。当时正好大赦天下,群臣都被召见,等到大家都走了后,晋武帝单独留下孙秀,缓缓地说:"天下都以宽大为怀,你夫人是不是也应得到宽恕呢?"孙秀脱帽致谢,夫妇二人也和好如初了。

孙秀是吴人,对"貉子"的蔑称非常在乎,虽然最后宽恕了妻子,由此可见这句詈语骂人是很重的。

西晋末年,武将孟超是成都王司马颖身边宦官孟玖的弟弟,鹿苑之战中率众随大都督陆机与长沙王司马作战。因为部将孟超的部下四处劫掠,影响军心,陆机就将孟超的部下逮捕了,孟超闻讯大怒,居然率兵闯入陆机大营,将人夺了回来,还公开辱骂陆机:"貉奴,你会做都督吗?""貉奴能作督不"(见《晋书·卷五十四·列传第二十四》)。

貉奴比貉子更有侮辱性,陆机被部下孟超羞辱,还不能发作,说明西晋时南方人北渡到中原做官,也是受尽了委屈的。

溪狗

《世说新语》中的溪狗即傒狗,是魏晋时中原人对江西九江、南昌一带的人的贬称。傒本来是古代对江右(今江西省)人的称谓,傒音是江西九江、南昌一带的乡音。

> 石头事故,朝廷倾覆。温忠武与庾文康投陶公求救,陶公云:"肃祖顾命不见及,且苏峻作乱,衅由诸庾,诛其兄弟,不足以谢天下。"于时庾在温船后闻之,忧怖无计。别日,温劝庾见陶,庾犹豫未能往,温曰:"溪狗我所悉,卿但见之,必无忧也!"庾风姿神貌,陶一见便改观。谈宴竟日,爱重顿至。(容止 14:23)

晋明帝死后,执政的外戚庾亮解除苏峻兵权,苏峻发动石头城事变,温峤和庾亮去向镇守荆州的陶侃求救。陶侃说:"先帝遗诏中没有提到我。至于苏峻作乱,原因出在庾氏兄弟,杀了他们都不足以向天下谢罪。"这时庾亮正在温峤的船后面,他也听到了陶侃的话,无计可施。过了几天,温峤劝他还是去找陶侃,庾亮犹豫着不敢去。温峤说:"陶侃那个溪(傒)狗我很了解,你只管去见他,不会有事。"陶侃见庾亮相貌和风度不俗,立马改变了原先的看法。他和庾亮边吃边谈,马上就有了喜爱和推重之情。

陶侃是东晋时期的名将,出生于江西的寒门。当时陶侃是征西大将军、荆州刺史,据石头城上游、握有强兵,但温峤还是称呼陶侃为溪(傒)狗,可见高门大户对寒门的轻蔑。即使到了陶侃的儿子辈,他们都还被豪门世族的子弟轻视。

王脩龄尝在东山甚贫乏。陶胡奴为乌程令,送一船米遗之,却不肯取。直答语:"王脩龄若饥,自当就谢仁祖索食,不须陶胡奴米。"(方正 5:52)

王胡之在东山隐居时很困顿,乌程县令陶范送了一船米给他,王胡之坚决不要,说:"我王胡之如果饥饿,自然会去谢尚那里要吃的,不需要陶胡奴送米。"王胡之,字脩龄,琅琊王氏;谢尚,字仁祖,陈郡谢氏。陶范,小名胡奴,陶侃之子。——由上面王脩龄的言行,我们可以看出,高门士族对寒门的轻视,不仅体现在语言上,而且还表现在行为上。

除了傒狗,傒奴也是当时对江西一带人的蔑称。

还有一些詈语,比如称呼王澄(字平子)为"羌人",据说就是因为其面貌类似于羌人。

王平子始下,丞相语大将军:"不可复使羌人东行。"平子面似羌。(尤悔 33:5)

还有王敦称晋明帝司马绍为"黄须鲜卑奴"。

王大将军既为逆,顿军姑孰。晋明帝以英武之才,犹相猜惮,乃著戎服,骑巴賨马,赍一金马鞭,阴察军形势。未至十余里,有一客姥,居店卖食。帝过愒之,谓姥曰:"王敦举兵图逆,猜害忠良,朝廷骇惧,社稷是忧。故勠劳晨夕,用相觇察,恐形迹危露,或致狼狈。追迫之日,姥其匿之。"便与客姥马鞭而去。行敦营匝而出,军士觉,曰:"此非常人也!"敦卧心动,曰:"此必黄须鲜卑奴来!"命骑追之,已觉多许里,追士因问向姥:"不见一黄须人骑马度此

邪?"姥曰:"去已久矣,不可复及。"于是骑人息意而反。(假谲27:6)

晋明帝司马绍骑着快马,带着金柄马鞭,暗中去侦察王敦叛军的军营。后来王敦察觉,就说:"这一定是黄胡须的鲜卑奴来了!"……司马绍的生母荀氏是北燕胡人,故其相貌与胡人有点像。奴是对人的鄙称。

《世说新语》中把这些晋语生动地保留了下来,对我们了解当时的文化,具有非常大的帮助。

"嫁"到公主府

桓温与谢奕(字无奕,谢安长兄)交厚,桓温为徐州刺史时,谢奕是晋陵太守,两人就一起喝酒聊天。后来桓温要去担任荆州刺史,两人情义比较深。谢奕弟媳王氏知道桓温用意,说肯定是让谢奕去荆州。谢奕到了荆州后,和桓温还是像以前一样不拘礼节地交往。谢奕曾有一次酒后不顾礼节,要和桓温一起回住处。后来,谢奕一喝醉,桓温就去公主那里住。公主说:"没有狂司马,我还见不到桓温。"这里的狂司马就是指谢奕。

桓宣武作徐州,时谢奕为晋陵。先粗经虚怀,而乃无异常。及桓迁荆州,将西之间,意气甚笃,奕弗之疑。唯谢虎子妇王悟其旨,每曰:"桓荆州用意殊异,必与晋陵俱西矣!"俄而引奕为司马。奕既上,犹推布衣交。在温坐,岸帻啸咏,无异常日。宣武每曰:

"我方外司马。"遂因酒,转无朝夕礼。桓舍入内,奕辄复随去。后至奕醉,温往主许避之。主曰:"君无狂司马,我何由得相见?"(简傲24:8)

桓温的妻子是元帝之女南康长公主,魏晋时称公主为主。据《晋书·礼志》载:"汉魏之礼云,公主居第,尚公主者来第成婚。"公主一般都有自己的府第,如果娶了公主,也就是尚公主,就要到公主的府第去成婚,公主不会嫁到丈夫家。桓温娶了公主,所以要见公主还要到公主府第去。公主生了子女,也同母居住在公主府第。《晋书》言王献之之女王神爱就住在新安公主府第,因为王献之与郗道茂离婚后,娶了新安公主,他与新安公主婚后生了女儿王神爱,王神爱就一直住在公主府第,后来王神爱与司马德宗即晋安帝结婚,就在公主府第办了迎娶仪式,当时"百官朱服会于新安公主第"(《初学记》)。

礼 仪

越名教而任自然，当时的士人多有不合礼仪的行为，人们津津乐道的竹林七贤，就崇尚虚无、放荡不羁。乍看起来，魏晋似乎是一个不讲礼仪的时代，鲁迅曾经说过："魏晋，是以孝治天下的……为什么要以孝治天下呢？因为天位从禅让，即巧取豪夺而来，若主张以忠治天下，他们的立脚点便不稳，办事便棘手，立论也难了，所以一定要以孝治天下。"(《魏晋风度及文章与药及酒之关系》)魏晋统治者提倡以儒治国，讲究孝与礼。《世说新语》中留下了很多珍贵的关于礼仪方面的内容，有些礼仪可能在历史的云海中消散了，但曾经却真正影响过中华民族。

名和字

在《世说新语》中,对人物的称呼,是大有讲究的。通过看是称呼字还是直呼名,可以看出作者对人物的褒贬,也体现了人物之间的尊卑、统属关系,这也算是书中的春秋笔法吧。

《礼记·曲礼》:"男子二十冠而字""女子十五笄而字"。男女成年后取字,同辈或者属下一般称字,以示尊重。名一般只有自己使用,表示谦虚,或者供长辈使用。通俗说就是名为己用、字为他用;名是区分彼此,字是体现德行。陈蕃,字仲举,《世说新语》开篇第一人就是陈仲举,徐穉,字孺子,周乘,字子居。

《世说新语》中,作者除了称呼官职,比如裴仆射(裴頠官至尚书左仆射)、王汝南(王湛,官至汝南内史),大都是遵守"字而不名"的传统。

但也有不少是直呼其名的,"竹林七贤"中的七人是当时玄学的代表,反对名教、不屑于尊卑,"皆崇尚虚无,轻蔑礼法,纵酒昏酣,遗落世事"(《资治通鉴》卷七十八)。所以七贤不论是不同流合污的嵇康还是放荡不羁的阮籍,《世说新语》大都是称呼他们的名,很少称他们嵇叔夜、阮嗣宗,大都采取"名而不字"的原则,这很符合他们反对尊卑的人生观。比如山涛,字巨源,曾任尚书吏部郎;王戎,字濬冲,也是位列三公的人,但在《世说新语》中,作者直呼山涛和王戎的地方并不少。

也有些是因为尊卑的关系或者长官对下属,称名不称字。

谢遏夏月尝仰卧，谢公清晨卒来，不暇著衣，跣出屋外，方蹑履问讯。公曰："汝可谓前倨而后恭。"（排调 25：55）

谢遏是谢玄的小名，谢玄字幼度，是太傅谢安的侄子。夏月一天，谢玄仰卧而睡时，长辈谢安一早来了，谢玄来不及穿衣，赤着脚跑到屋外，穿上鞋后施礼问候。谢安笑他是前倨后恭。这里的场景是见长辈，所以称谢玄的名不称字。

孙盛为庾公记室参军，从猎，将其二儿俱行。庾公不知，忽于猎场见齐庄，时年七八岁。庾谓曰："君亦复来邪？"应声答曰："所谓'无小无大，从公于迈'。"（言语 2：49）

孙盛，字安国，太原中都人，东晋史学家，著有《魏氏春秋》《晋阳秋》等，虽然出身官宦名门，但仕途一直不顺。前文记述的就是孙盛担任庾亮的僚佐即记室参军时发生的事，对孙盛称"名而不字"，当是表现统属关系。

类似的细节还有不少，比如对同一个人，有时称字，有时呼名，如果有心人把这些地方找出来，再结合当时的语境看，一定非常有意思。

国讳和家讳

古人特别重视礼仪，所以涉及本朝皇帝家的名字和自己尊长名字时，常常要避用这个字，这种现象就是避讳。避讳分两种，一种是国讳，也叫公讳，就是要求大家都避讳的；一种是家讳，也叫私讳，就是对自己家尊长名字的主动避讳。在《世说新语》中,两种避讳都存在。

国讳

桓茂伦云:"褚季野皮里阳秋。"谓其裁中也。(赏誉8:66)

桓温之父桓彝评价褚裒,说他是皮里阳秋。当事人都说评论很中肯。——这里的皮里阳秋,也就是皮里春秋。皮里即内心,周一良在《魏晋南北朝札记》中引《梁书·刘孝绰附子淳传》说刘孝绰"少好学,有文才,尤博悉晋代故事,时人号曰皮里晋书"。"阳秋"即《春秋》,《春秋》乃孔子所修,孔子在《春秋》中通过春秋笔法寓含褒贬。上面说褚裒皮里阳秋,就是说他是一本《春秋》,为人处世也如《春秋》曲折文笔一样,就是明面上无褒贬,心里却有数。

皮里阳秋,多用为皮里春秋,因为晋简文帝司马昱之母郑太后名郑阿春,故晋人避春讳,改为皮里阳秋,刘义庆在《世说新语》中沿袭未改。如前所述,晋人重避讳,举国臣民、包括皇帝自己都要遵循的避讳,那就是国讳。国讳一般讳及范围为皇帝本人以及其父其祖的名字、皇后和其父其祖的名字等,包括皇帝的字、年号、陵名等。据说东汉大臣杜伯度,原名杜操,魏时因魏武帝讳操,改称杜伯度;晋景帝司马师讳师,京师改称"京都";西汉出塞和亲的王嫱,字昭君,到了晋时避晋文帝司马昭讳昭,改称"明君"或者"明妃"。

夫尊妻贵,国讳还包括避讳皇后的名字,如汉吕后讳雉,当时的雉都称为野鸡;儿尊母也贵,国讳还包括避讳皇太后的名字,简文帝时春是国讳，除了上面说的"皮里阳秋"外，当时的孙盛撰写的一部晋史，本来是写晋的历史，即晋春秋，避讳更名为《晋阳秋》，地名富春也改为了"富阳"。

家讳

古人为了体现对尊者、长者的尊重、敬重，在书写或者言谈时遇到尊者或者长者的名字中的字，为了避讳，都不直接提及，而是用别的字来替代，或者是委婉提及。

桓南郡被召作太子洗马，船泊荻渚。王大服散后已小醉，往看桓。桓为设酒，不能冷饮，频语左右："令温酒来！"桓乃流涕呜咽，王便欲去。桓以手巾掩泪，因谓王曰："犯我家讳，何预卿事？"王叹曰："灵宝故自达。"（任诞 23：50）

桓温之子桓玄（七岁时袭封南郡公，故称桓南郡）被征召出任太子洗马，船停在荻渚。王忱（小字佛大，故名王大）服用五石散后有点小醉，去探望桓玄，因为不能喝冷酒，所以多次说："让他们温酒来。"桓玄听后低头哭泣，为什么？桓玄是桓温的小儿子，王忱说温酒犯了桓温名讳，所以桓玄哭泣。

晋文帝与二陈共车，过唤钟会同载，即驶车委去。比出，已远。既至，因嘲之曰："与人期行，何以迟迟？望卿遥遥不至。"会答曰："矫然懿实，何必同群？"帝复问会："皋繇何如人？"答曰："上不及尧、舜，下不逮周、孔，亦一时之懿士。"（排调 25：2）

按理说，人际交往中彼此不能称呼或者写出别人父母祖先的名字，以免触犯别人的家讳，可晋时文人却喜欢用父母名讳作隐语，来互相逗趣，这也是少见的。司马昭和陈骞、陈泰同车出行，经过钟会家门口时，喊钟会一起走，但车没有停留就径直走了。后来钟会自己赶来了，先到的人说："相约一起来的，怎么迟到，看你遥遥不至。"钟会是钟繇的儿子，钟繇的"繇"与"遥"谐音，以此来和钟会说话，本来是不礼貌的，这里似乎主要是逗趣。钟会回答说："我矫然懿美还充实（寔），不必与你们同群。"这一句，也用了司马昭父亲司马懿、陈骞父亲陈矫、陈泰父亲陈群和祖父陈寔的名。司马昭他们不服气，又问："皋繇这个人如何？"（还是钟会父亲钟繇的名讳）钟会说："上不及尧舜，下不逮周孔，亦一时懿士。"（用了司马昭父亲司马懿名讳）

钟毓为黄门郎，有机警，在景王坐燕饮。时陈群子玄伯、武周子元夏同在坐，共嘲毓。景王曰："皋繇何如人？"对曰："古之懿士。"顾谓玄伯、元夏曰："君子周而不比，群而不党。"（排调25：3）

曹魏大臣钟毓（钟繇之子，钟会之兄）早年担任黄门侍郎的时候，很机警，在司马懿儿子、大将军司马师那里宴饮。当时陈群的儿子陈泰（字玄伯）、武周的儿子武陔（字元夏）都在座，他们一起调笑钟毓。司马师说："皋繇这个人怎样？"钟毓回答说："是古代懿（用了司马懿的名字）美之士。"又回头对陈泰和武陔说："君子周（用了武周名字）而不比，群（用了陈群名字）而不党。"

《世说新语》中，利用父母名讳来犯别人的家忌，从而达到逗趣效果的地方还有不少。

庾园客诣孙监,值行,见齐庄在外,尚幼,而有神意。庾试之曰:"孙安国何在?"即答曰:"庾穉恭家。"庾大笑曰:"诸孙大盛,有儿如此!"又答曰:"未若诸庾之翼翼。"还,语人曰:"我故胜,得重唤奴父名。"(排调25:33)

庾园客的父亲是庾翼,字穉恭。孙放(字齐庄)的父亲是孙盛,字安国。庾园客用孙放父亲名讳问,孙放用庾园客的父亲名讳答,一来一往,斗智斗勇。

为了避免因为触及家讳带来的尴尬,后来还形成了长官就任,僚属必先请讳,以免无意触犯的做法,这就是请讳。

王蓝田拜扬州,主簿请讳,教云:"亡祖先君,名播海内,远近所知。内讳不出于外,余无所讳。"(赏誉8:74)

蓝田侯王述做扬州刺史上任时,主簿请示需要避讳的地方,王述说:"我先祖、先父都是海内有名、远近皆知的人。家里的女性名字外人也不得而知,除此之外就没有什么要避讳的了。"这里的内讳,指家里女性的名讳。《礼记·曲礼上》说:"入境而问禁,入国而问俗,入门而问讳。"所谓入门问讳,就是进入家门之前、新见长官之后必须打听主人、长官祖父、父母的名字,以免言语间触犯忌讳。这是对主人和长官的尊重。请讳制度,据说一直保留到唐宋以后。

正会礼

元帝正会,引王丞相登御床,王公固辞,中宗引之弥苦。王公曰:"使太阳与万物同晖,臣下何以瞻仰?"(宠礼22:1)

东晋王朝初立,司马睿元旦朝会群臣,拉着王导一起登御座,王导坚决不从,晋元帝(庙号中宗)却极力拉着他,王导说:"假如太阳与万物同辉,那臣子们瞻仰什么呢?"

正会,又称元会,即正会礼,指皇帝元旦朝会群臣。"汉仪有正会礼,正旦,夜漏未尽七刻,钟鸣受贺,公侯以下执贽夹庭,二千石以上升殿称万岁,然后作乐宴飨。魏武帝都邺,正会文昌殿,用汉仪,又设百华灯。晋氏受命,武帝更定元会仪,《咸宁注》是也。"(《晋书·礼志下》)可见魏晋时的正会礼,其基础还是汉仪,特别是东汉的正会礼,只是魏晋时,如曹操在邺城文昌殿,就用这个仪式,加设了百华灯,晋武帝又调整了一些礼仪形式。

三国魏诗人曹植的《元会诗》比较完整地反映了曹魏时盛大的正会礼。

初岁元祚,吉日惟良。乃为嘉会,宴此高堂。
尊卑列叙,典而有章。衣裳鲜洁,黼黻玄黄。
清酤盈爵,中坐腾光。珍膳杂遝,充溢圆方。
笙磬既设,琴瑟俱张。悲歌厉响,咀嚼清商。
俯视文轩,仰瞻华梁。愿保兹善,千载为常。

欢笑尽娱,乐哉未央。皇室荣贵,寿若东王。

晋以后,武帝延续了正会,依然礼节繁复,声势浩大。百官即受赞郎官以下等早早就各就其位,皇帝一出,钟鼓齐作,百官拜伏,太常导皇帝升御座,钟鼓止,百官才起。后面由司仪引导百官分批次谒拜、受赐、宴飨。整个过程伴随着各种乐曲,隆重庄严。关于西晋正会,《宋书·礼志一》引述的《咸宁注》里有非常详细的记载。永嘉之乱后,因无乐器及伶人,较长时间都省太乐及鼓吹。原本有晨贺、昼会,南渡后变成只有昼会。《宋书·礼志一》载:"正旦元会,设白虎樽于庭,樽盖上施白虎,若有能献直言者,则发此樽饮酒。"正旦元会设白虎樽(白虎图案的樽)于殿庭,樽盖上施白虎,有能直言的人就发白虎樽以饮酒,以此来奖励官员直言。

正会就是元旦朝会,也叫大朝会,这一天百官朝见天子,与平时朝会的区别在于这次朝会是在一年之首。元旦朝会始于西周,直至明清,历代承袭不衰。周以冬十一月初一为元旦,秦以冬十月初一为元旦,汉武帝太初元年(前104)开始规定以夏年(农历)正月初一为"岁首",即元旦。现在的元旦指公历每年的第一天。

坐礼

晋文王功德盛大,坐席严敬,拟于王者。唯阮籍在坐,箕踞啸歌,酣放自若。(简傲 24:1)

三国魏末年,权臣司马昭独揽朝政,威势赫赫,坐席间的人都严肃庄重,好像在君王面前一样,只有阮籍箕踞而坐,啸咏歌吟,泰然自若。

这里可以看出不同的坐姿,反映人不同的性格。在胡床(椅子)大面积引进之前,当时大都是席地而坐。在座的都严肃庄重,阮籍却是箕踞,即臀部着地,两腿自然地伸长,状若簸箕。

《礼记·曲礼上》:"授立不跪,授坐不立。"孙希旦注曰:"坐与跪皆经两膝着地。直身而股不着于趾则为跪,以股就趾则为坐。坐所以安,跪所谓为敬。"跪以危取义,又称"危坐"。对老师就是:"危坐乡师,颜色毋怍。"(《管子·弟子职》)前文其他人都非常恭敬和庄重地坐着,大概是坐礼中的跪坐,即直身大腿不坐在脚后板上。安坐,即身形端正,臀部坐在脚后板上,此种坐法舒服,但不能称是"严敬"。跽坐,即坐直且腰部一直上挺,跽坐有进一步展示谦恭之意,长时间不容易坚持。跪坐、安坐和跽坐三种坐礼中,安坐最为舒服。

箕踞本是随意而坐,这是一种不拘礼节、傲慢不敬的坐法。阮籍喜欢箕踞,书中多次提到,与其不羁的性格相符。

阮步兵丧母,裴令公往吊之。阮方醉,散发坐床,箕踞不哭。裴至,下席于地,哭,吊唁毕便去。或问裴:"凡吊,主人哭,客乃为礼。阮既不哭,君何为哭?"裴曰:"阮方外之人,故不崇礼制。我辈俗中人,故以仪轨自居。"时人叹为两得其中。(任诞23:11)

阮籍丧母,醉酒后散发坐在榻上,箕踞而坐。依礼他人来哭吊其母,他应该先哭,客人再哭,可是他不哭。——阮籍确实是方外之人。

卫君长为温公长史，温公甚善之。每率尔提酒脯就卫，箕踞相对弥日。卫往温许亦尔。（任诞23：29）

东晋名士卫永（字君长）担任温峤长史时，温峤对他很好。经常随意地提着酒和干肉到卫永那里，两个人都随意伸着两腿坐，一整天地相对而饮。卫永到温峤那里去也是这样。

箕踞作为一种不拘礼节、轻慢的姿态，在古书上也被称为蹲踞、箕倨，箕股，简称箕或踞。如果在一群人中其他人都跪坐，有那么一位像簸箕一样伸足而坐，那确实就显得失礼了，这亦反映了坐者轻慢、傲视其他人的心理。不过，在非正式场合，箕踞展示的是随意不经之态，是较为舒适、自由的坐姿，如前面阮籍醉后散发箕踞、卫永和温峤的箕踞相对，都是举止无心，随意而已。

士相见礼

陈太丘诣荀朗陵，贫俭无仆役，乃使元方将车，季方持杖后从，长文尚小，载著车中。既至，荀使叔慈应门，慈明行酒，余六龙下食，文若亦小，坐著膝前。于时太史奏："真人东行。"（德行1：6）

在这篇中，刘孝标注引《先贤行状》曰："每宰府辟召，羔雁成群，世号三君，百城皆图画。"当时，在举孝廉的同时，也有因为才高名重受人荐举而被征召授以职位的。每每到了辟召时，陈寔（曾为太丘长）家门口就有成群的人来求见，这里要行的是士相见礼。士相见礼的礼物一般是小羊和大雁。

为什么是小羊和大雁呢？据《春秋繁露·执贽》："凡执贽，天子用畅（鬯），公侯用玉，卿用羔，大夫用雁。"古人认为小羊羔有角不斗，好仁；杀了不叫，死义；跪而受乳，知礼。再加上羊与祥谐音，所以当事人认为送羊羔为礼是妥当的，表达了对收礼人高尚品德的认可。至于大雁，因为大雁是候时而行、用情专一的，就是进必有时、行必有序，故很多官员都很推崇大雁的品德。汉画像石中《孔子见老子》的画面，孔子手中便捧着一只大雁。大雁也是当时婚礼最常见的礼物。

按照古代礼仪，初次求见人时要有所谓的贽礼，也就是说古代拜客是不能空手去的，具体带什么礼物当然不能根据自己的经济条件挑选，而是根据自己的社会地位来决定。古代讲究来而不往非礼也，一般来了也会回拜，回拜一般以异日为敬。至于士给大夫赠送礼物，比起同级间送礼还礼还要复杂，按照对等的士相见礼规范，宾要三次献贽，主人要三次辞贽，但最后主人还是要收下礼物，等到回访时再送还。

婚礼

魏晋时的婚嫁相比汉时，总体来说更加自由了，虽然还是父母之命、媒妁之言，但也有了很多自主性；虽然也强调门当户对，但也出现了很多士庶通婚的例子。婚姻出现问题了，还有改嫁和离婚的。

自主择偶

王汝南少无婚,自求郝普女。司空以其痴,会无婚处,任其意,便许之。既婚,果有令姿淑德,生东海,遂为王氏母仪。或问汝南:"何以知之?"曰:"尝见井上取水,举动容止不失常,未尝忤观。以此知之。"(贤媛19:15)

魏晋时讲究门阀,婚姻也大多讲究门当户对,可是王湛(曾任汝南内史,故名王汝南)这个人就是特立独行。王湛年轻未婚,因为大家都认为他木讷、痴呆,所以也无人给其说婚,他自己就让家人去向出身寒门的郝普家求亲,婚后大家发现郝普的女儿不仅姿容美,还有贤德。有人问王湛,你怎么知道她不错的,王湛说:"看她在井边打水时的举止和眼光,我就知道她不错。"

王湛的父亲在以为王湛痴呆又无结婚对象的情况下,才同意了王湛求婚郝普的女儿。王湛出身太原王氏,家族在当时显赫一时,是魏晋时的名门望族,其父王昶位至司空,哥哥和侄子王济也是大名人,其岳父郝普虽为武将,但"门至固陋",根据当时门当户对的通婚原则,郝普女"非其偶也",或者说女方根本配不上男方。男方家长也是在认为自己的孩子痴呆且又无婚配对象后,才同意的。

《晋书》说王湛"身长七尺八寸,龙颡大鼻,少言语"。王湛个高话少人英俊,并且重视女子的品德而不是门第,即使井边打水的女人他也能看中,并打破门第观念去求婚。事实证明,王湛确实善于识鉴,郝普女后来"遂为王氏母仪",人人称赞。《世说新语》中有说到郝夫人,大家都对她赞誉有加,如"王司徒妇,钟氏女,太傅曾孙,亦有俊才女德。钟、郝为娣姒,雅相亲重。钟不以贵陵郝,郝亦不以贱下钟。东海家内,则郝夫人之法。京陵家内,范钟夫人之礼"。王浑的妻钟氏,是太傅钟繇的曾孙女,有才也有德。钟夫人和郝夫人是妯娌,彼此尊重。钟夫人不因为出身高贵就欺负郝夫人,郝夫人也不因为自己出身贫贱而觉得自己比钟夫人卑微。他们两家分别以郝夫人和钟夫人的礼法为仪范。"钟郝"后来成为妯娌友爱的典范。

除了王湛自作主张娶了一个贫寒家的女子,贾充的女儿贾午也自作主张地嫁给了并非门当户对的丈夫。

> 韩寿美姿容,贾充辟以为掾,充每聚会,贾女于青琐中看,见寿,说之,恒怀存想,发于吟咏。后婢往寿家,具述如此,并言女光丽。寿闻之心动,遂请婢潜修音问。及期往宿。寿蹻捷绝人,逾墙而入,家中莫知。自是充觉女盛自拂拭,说畅有异于常。后会诸吏,闻寿有奇香之气,是外国所贡,一著人,则历月不歇。充计武帝唯赐己及陈骞,余家无此香,疑寿与女通,而垣墙重密,门阁急峻,何由得尔?乃托言有盗,令人修墙。使反,曰:"其余无异,唯东北角如有人迹。而墙高非人所逾。"充乃取女左右婢考问,即以状对。充秘之,以女妻寿。(惑溺35:5)

韩寿被尚书令贾充聘为司空掾,贾充每次聚会时,女儿贾午就从窗格中偷看韩寿,很喜欢他,对他思念不已,将感情写在诗文中。后来婢女去韩寿家,将小姐思念韩寿的情况和他说了。韩寿听后也动了心,于是就请婢女密传音信,约定时间去过夜。韩寿身体好,跳墙去幽会，家里人都不知道。贾午也心情大好，常常把自己打扮得花枝招展。后来一次集会，贾充闻到韩寿身上有一种奇特的香味，这种香武帝仅赐予了自己和陈骞，于是他怀疑韩寿和女儿私通，后来通过盘问婢女，才知道了事情。贾充对贾午幽会韩寿的事情保密，直接将女儿嫁给了韩寿。——韩寿是西汉初年韩信的后人，是曹魏司徒韩暨的曾孙，当时被贾充聘为司空掾，属司空的掾属，作为司空的辅助官员，相当于助理或秘书，是贾午父亲的属下，在礼教森严的社会，贾午与韩寿的行为毕竟不是父母之命、媒妁之言，在当时就不算光彩。韩寿是当时的美男子，《晋书》说他"美姿貌，善容止"。

士庶通婚

王浑妻钟氏生女令淑，武子为妹求简美对而未得。有兵家子，有俊才，欲以妹妻之，乃白母，曰："诚是才者，其地可遗，然要令我见。"武子乃令兵儿与群小杂处，使母帷中察之。既而，母谓武子曰："如此衣形者，是汝所拟者非邪？"武子曰："是也。"母曰："此才足以拔萃，然地寒，不有长年，不得申其才用。观其形骨，必不寿，不可与婚。"武子从之。兵儿数年果亡。（贤媛19：12）

王济王武子出身太原王氏，想为妹妹找一个好男儿。看到一个兵家子，有俊才，就想把妹妹嫁给他。王济的母亲没有反对，只是说："如果真的有俊才，可以嫁，先让我看看。"后来王济的母亲还是从一群士兵中认出了王济所说的那个兵家子。不过他的母亲说：

"这个人确实出类拔萃,然而因为出身贫寒,不经过很多年不可能真正显现出来。可是我看了他的身骨,知道他肯定不会长寿,不能(将你妹妹)嫁给他。"王济听从了母亲的建议。那个兵家子几年后果然去世了。——可见当时的婚姻,士庶通婚并不是不行。

当时的兵家多是寒门,还是比较受歧视的,很多人都不愿意将自己家的女儿嫁到兵家,可见王家还是比较开放的。

王文度为桓公长史时,桓为儿求王女,王许咨蓝田。既还,蓝田爱念文度,虽长大犹抱著膝上。文度因言桓求己女婚。蓝田大怒,排文度下膝。曰:"恶见文度已复痴,畏桓温面?兵,那可嫁女与之!"文度还报云:"下官家中先得婚处。"桓公曰:"吾知矣,此尊府君不肯耳。"后桓女遂嫁文度儿。(方正5:58)

桓温为儿子求下属王坦之(字文度)的女儿。王坦之回去和父亲王述一说,王述大怒,最后说,兵家,那怎么可以嫁呢?后来桓温就把自己的女儿嫁给了王坦之的儿子。——王家是当时的豪门大族,桓温是征西大将军加拜大司马,都督中外诸军事,也是驸马爷,算是当时的最高军事统帅,然虽属高官,但属寒门,还是为士大夫鄙弃,王述不愿意让孙女嫁给桓温子。不过寒门女可以嫁士族儿,所以桓温的女儿嫁给了王坦之的儿子。

王浑后妻,琅邪颜氏女。王时为徐州刺史,交礼拜讫,王将答拜,观者咸曰:"王侯州将,新妇州民,恐无由答拜。"王乃止。武子以其父不答拜,不成礼,恐非夫妇;不为之拜,谓为"颜妾",颜氏耻之。以其门贵,终不敢离。(尤悔33:2)

魏晋有二王浑,此系指太原王浑。王浑的前妻、王济的母亲钟氏出身名门,继妻琅琊颜氏只是普通士族。王浑和颜氏女结婚的时候,王浑是徐州刺史,交礼拜结束后,王浑要行答拜礼,周围看的人都说,地位不对等,你没有理由回拜。王浑就没有拜。王浑的次子王济因为父亲没有回拜成礼,觉得他们不能算是夫妻,就称呼这个后娘为"颜妾"。颜氏以此为耻,但因为王家地位高贵,还是不敢离去。——王浑娶颜氏,就是士族与庶族的婚姻。

政治婚姻

王右军郗夫人谓二弟司空、中郎曰:"王家见二谢,倾筐倒庋;见汝辈来,平平尔。汝可无烦复往。"(贤媛19:25)

王羲之和郗夫人这一对也算是不怎么门当户对的夫妇。郗夫人曾对二位弟弟说:"王家人见到谢安、谢万来,倾篚倒庋,可你们来了,平平淡淡,你们可以不再来了。"这里还是和东晋门阀制度有关,当时琅琊王氏和陈郡谢氏都是高门贵族,而郗家,虽然郗鉴为太尉,但南渡前也不是高门士族,只是东晋之初,晋元帝为了在政治上、军事上与王敦等反抗力量抗衡,拉拢地方武装,他们中的特殊人物就是郗鉴,他领导的流民由江北南渡来京口后,成为一支重要的保卫京师的力量,所以他位高权重。在高门士族垄断政权的环境中,将门低级士族只有凭借武功和战功来实现人生进取之途,郗鉴就是凭此做到了太尉。

王家与谢家,当时虽都是高门士族,表面看起来门当户对,但其实和王家与郗家差不多。《世说新语·简傲》篇里:"谢万在兄前,欲起索便器。于时阮思旷在坐曰:'新出门户,笃而无礼。'"阮裕就曾经说过谢家是新兴的门第,果然没有什么礼节。王家和谢家是传统世家大族和新兴士族的关系,王家和郗家是传统世家和将门士族的关系。

不过,即使门当户对的王家和谢家,婚姻也因为政治的掺入而并不美满。王珣与弟弟王珉的婚姻,也属于政治婚姻。王珣是王导孙子,他和弟弟分别娶了谢万和谢安的女儿。后来王、谢两家争夺权力,谢安让自家两个女子结束了婚姻,于是这两对夫妻因为政治原因被迫离婚。

改嫁

> 庾亮儿遭苏峻难遇害。诸葛道明女为庾儿妇,既寡,将改适,与亮书及之。亮答曰:"贤女尚少,故其宜也。感念亡儿,若在初没。"(伤逝17:8)

庾亮的儿子庾会在苏峻叛乱中遇害。诸葛恢(字道明,诸葛亮堂弟诸葛诞之孙)的女儿诸葛文彪是庾会的媳妇,守寡后将要改嫁。诸葛恢就写信给庾亮,说到了这个。庾亮回信说:"您家姑娘年纪还小,本来应该是这样的。我感念我死去的儿子,所以觉得亡儿仿佛刚刚去世一样。"——虽然庾亮不情愿,但后来诸葛文彪还是嫁给了江虨。诸葛文彪个性很强,原本也不想改嫁的,不过改嫁后"情义遂笃"。

诸葛令女,庾氏妇,既寡,誓云:"不复重出!"此女性甚正强,无有登车理。恢既许江思玄婚,乃移家近之。初,诳女云:"宜徙。"于是家人一时去,独留女在后。比其觉,已不复得出。江郎莫来,女哭詈弥甚,积日渐歇。江彪暝入宿,恒在对床上。后观其意转帖,彪乃诈厌,良久不悟,声气转急。女乃呼婢云:"唤江郎觉!"江于是跃来就之曰:"我自是天下男子,厌,何预卿事而见唤邪?既尔相关,不得不与人语。"女默然而惭,情义遂笃。(假谲27:10)

诸葛恢(官至尚书令,故称诸葛令)的女儿是庾家的媳妇,守寡后曾发誓说不改嫁。这个女子个性很强,要想正式用车来接送她去改嫁,她肯定不会登车。诸葛恢已经同意女儿与江彪(字思玄)的婚事,于是就把家搬到了江家附近。刚开始,骗女儿说,我们搬到那里去住。等到他女儿发觉,已经留在江家出不来了。傍晚时江郎来,女子又哭又骂,几天才消停下来。江郎每天都在晚上进来歇宿,总是睡在女子对面的床上。后来他发现女子心意渐转,有一天就假装做了噩梦,而且声气急促。女子赶紧叫来奴婢,说:"赶快唤醒江郎。"江郎一听就翻身而起,来到女子身边,说既然你这么关心我,为什么平时不和我说话。女子默然无语且心中惭愧,后来两人的情义也渐渐深厚起来。

交礼

关于魏晋婚姻仪式的资料不多,但关于婚姻中的交礼,《世说新语》有三篇说到了,这个交礼到底是婚礼中的什么礼仪呢?

礼仪

　　许允妇是阮卫尉女,德如妹,奇丑。交礼竟,允无复入理,家人深以为忧。会允有客至,妇令婢视之,还,答曰:"是桓郎。"桓郎者,桓范也。妇云:"无忧,桓必劝入。"桓果语许云:"阮家既嫁丑女与卿,故当有意,卿宜察之。"许便回入内。既见妇,即欲出。妇料其此出,无复入理,便捉裾停之。许因谓曰:"妇有四德,卿有其几?"妇曰:"新妇所乏唯容尔。然士有百行,君有几?"许云:"皆备。"妇曰:"夫百行以德为首。君好色不好德,何谓皆备?"允有惭色,遂相敬重。(贤媛19:6)

　　三国魏官员许允的妻子出身陈留阮氏,是阮共(曾任卫尉卿,故称阮卫尉)的女儿,是阮侃(字德如,阮共小儿子,与嵇康为友)的妹妹,相貌很丑陋。行过交礼后,许允可能都不会再进婚房了,家里人很担心。正好遇到许允有客人来,许允妻子让婢女去看谁来了,回答说是桓范来了,许允妻子说,不要担心,桓范会劝他进来的。桓范果然说:"阮家既然嫁了个丑女给你,肯定是有意的,你应该仔细看看。"后来许允进了婚房,一进来就被妻子拽住衣襟不让出去了,一番唇枪舌战,许允被说得面有惭色,后来两人就彼此敬重了。——交礼时新婚夫妇可以见面,因为见过了才担心许允不再进婚房。

　　温公丧妇。从姑刘氏家值乱离散,唯有一女,甚有姿慧。姑以属公觅婚。公密有自婚意,答云:"佳婿难得,但如峤比,云何?"姑云:"丧败之余,乞粗存活,便足慰吾余年,何敢希汝比。"却后少日,公报姑云:"已觅得婚处,门地粗可,婿身名宦尽不减峤。"因下玉镜台一枚。姑大喜。既婚,交礼,女以手披纱扇,抚掌大笑曰:

"我固疑是老奴,果如所卜!"玉镜台,是公为刘越石长史,北征刘聪所得。(假谲 27:9)

温峤的堂姑母有一个女儿,颇有姿色,堂姑母想托付温峤给他表妹找一个好人家,温峤当时已经丧妇,就问堂姑母像他这样的女婿可以吗?堂姑母说在这个兵荒马乱的时代,只要能照顾我的晚年就可以,不敢希求像你一样。过了几天,温峤告诉堂姑母说佳婿找到了,并送了一个玉镜台作为聘礼。堂姑母很高兴。结婚行了交礼之后,他表妹用手拨开纱扇,拍手笑着说:"我猜是你这个老东西,果然是。"聘礼玉镜台是温峤早年北征时的战利品。——玉饰的梳妆台是比较贵重的,当时的婚礼,交礼时新娘要遮面,魏晋时应该是用纱扇遮面,却扇可见新婚丈夫真面容。交礼,应该是新婚夫妇两人见面时的礼节。

王浑后妻,琅邪颜氏女。王时为徐州刺史,交礼拜讫,王将答拜,观者咸曰:"王侯州将,新妇州民,恐无由答拜。"王乃止。武子以其父不答拜,不成礼,恐非夫妇;不为之拜,谓为"颜妾",颜氏耻之。以其门贵,终不敢离。(尤悔 33:2)

王浑后妻琅琊颜氏,结婚时,婚礼仪式上,交礼拜好后,王浑要答拜,看热闹的人都不同意,说一个刺史一个百姓,不需要行答拜之礼。因为没有答拜之礼,所以王浑的儿子就直接叫这位后母为颜妾。——这里可以看出,交礼是女的先拜,拜毕,男的再回拜。

交礼,一般都解释为婚礼上男女双方的交拜礼,这个应该是不错的。但拜礼时女的先拜,男的回拜,因为婚礼上新妇有纱扇遮面,交拜后要去之,这叫却扇,庾信在《为上黄侯世子赠妇》一文中说

"分杯帐里,却扇床前",可见却扇这种婚俗礼节,在魏晋时很流行。后来历代古人结婚时,很多新妇以团扇遮脸,就是这个婚俗的延续。

纱扇遮面本来是掩饰新妇的害羞,但因为古代新郎新娘之前没有见过,所以却扇后也是考验新郎的时候,纪昀《阅微草堂笔记·槐西杂志三》载:"灞州一宦家娶妇,甫却扇,新婿失声狂奔出。"可见,如许允一样见了新妇后不肯进婚房的也不少。

喝酒要行拜礼

孔文举有二子,大者六岁,小者五岁。昼日父眠,小者床头盗酒饮之。大儿谓曰:"何以不拜?"答曰:"偷,那得行礼!"(言语2:4)

汉末名士孔融(字文举)的小儿子偷喝了家里的酒,大儿子问小儿子为什么不行拜礼。小儿子说既然偷酒喝都违礼了,何必还去行礼。无独有偶,钟毓和钟会兄弟偷酒喝后,也遇到了要不要行拜礼的困扰。

钟毓兄弟小时,值父昼寝,因共偷服药酒。其父时觉,且托寐以观之。毓拜而后饮,会饮而不拜。既而问毓何以拜,毓曰:"酒以成礼,不敢不拜。"又问会何以不拜,会曰:"偷本非礼,所以不拜。"(言语2:12)

汉末及魏晋时,不论是喝酒的时间还是喝酒的流程,都讲究遵守礼仪和规矩。饮酒,一般有拜、祭、啐和卒爵四个步骤。一般来说,就是客人和主人要行跪拜礼,互相跪拜;祭是倒一部分酒在地上,表达对大地生养的感恩;啐是抿一小口,品味和感受酒的味道;卒爵就是小口品味后,在赞叹了酒好后大口干杯。

穿屐和着履

王子敬兄弟见郗公,蹑履问讯,甚修外生礼。及嘉宾死,皆著高屐,仪容轻慢。命坐,皆云:"有事不暇坐。"既去,郗公慨然曰:"使嘉宾不死,鼠辈敢尔!"(简傲 24:15)

王献之(字子敬)兄弟去拜见舅父郗愔,早年是足登履而恭敬慰问,很像一个外甥来看望舅父的样子。等到他们的表兄郗超(小字嘉宾,深得权臣桓温信任,权倾一时)去世后,他们拜见舅舅时,都是着高屐,神态也傲慢了。舅舅叫他们坐下,他们都说有事就不坐了,匆匆地离开。郗愔为此很生气。

郗愔为什么生气呢?因为外甥们太不讲礼了。根据礼节,着履是宫廷内见官、见大人、见长者应有的礼节。"盖宫省清严之地,宜著履舄。"(《龙城札记》)"督邮察县,吏入白当板履而就谒。"(《北堂书抄》)总之,见大人必着履。

什么时候穿屐呢?屐是游山玩水的时候穿的,也是安居燕居的时候穿的,不是正式的装束。王献之兄弟穿着不正当的装束(屐),而不穿拜见大人时的鞋子(履)来见舅舅,自然会引起舅舅的不快。在《世说新语·排调篇》中,提到名将谢玄(小字遏)早年间在清早见到叔父谢安来,吓得光脚跑到了屋外的经历。

谢遏夏月尝仰卧,谢公清晨卒来,不暇著衣,跣出屋外,方蹑履问讯。公曰:"汝可谓前倨而后恭。"(排调 25:55)

谢遏来不及穿衣服,光着脚跑出去,等穿戴好了,特别是"蹑履"后,依礼问候叔父。

生祠

东晋名臣孔愉年轻时有退隐的志向,四十岁才出仕。他在出来做官之前,隐居在西南山中,百姓见他有道术,就为他立了生祠,就是那个孔郎庙。

孔车骑少有嘉遁意,年四十余,始应安东命。未仕宦时,常独寝歌吹、自箴诲。自称孔郎,游散名山。百姓谓有道术,为生立庙。今犹有孔郎庙。(栖逸 18:7)

生祠,是指人还活着,就有人建祠堂庙宇来奉祀。被奉祀的人一般都是有利于家国的人,当地百姓为活人立祠并奉祀,都是表示感激之情或者表达钦敬之意。《世说新语》中的人物,被立生祠的还有陆云,"为吴王郎中令,出宰浚仪,甚有惠政。吏民怀之,生为立祠。"(《三国志·吴书·陆亢传》裴松之注引《机云别传》)还有一位是荀勖,《晋书·荀勖传》说:"为安阳令,转骠骑从事中郎。勖有遗爱,安阳生为立祠。"

据赵翼《陔余丛考》:"《庄子》:庚桑之所居,人皆祝之,盖已开其端。"汉文帝时的栾布,因为在燕国得人心,所以当地百姓替栾布建造祠庙,叫栾公社。孔愉在新安江山中隐居的时候,因为来去无影踪,据《晋书·孔愉传》说当地人"皆谓神人",当地人以为其是神人,所以就为他建了生祠,可见当时尊道之风很盛。另外两位,陆云是有惠政,荀勖是因为有遗爱,所以被立生词,由此可见当时生祠还是以对官员功德的纪念为主。不过,魏晋时期的生祠都是由本地人立的,没有得到朝廷的认可,据专家考证,南北朝开始立生祠就需要朝廷同意了,也让立生祠的行为变得更加规范了。

伏魄

魏武帝崩,文帝悉取武帝宫人自侍。及帝病困,卞后出看疾。太后入户,见直侍并是昔日所爱幸者。太后问:"何时来邪?"云:"正伏魄时过。"因不复前而叹曰:"狗鼠不食汝余,死故应尔!"至山陵,亦竟不临。(贤媛19:4)

曹操去世后,魏文帝曹丕把父亲后宫的人都变成了自己的宫人。文帝生病时,卞太后来看望他,太后进来后,看到文帝病重时值班侍奉的人都是从前曹操宠爱过的,太后便问那些人什么时候过来的,她们说:"是为先帝伏魄时过来的。"太后听后很生气,说:"连狗鼠都看不起的人,本来就应该死。"文帝死,太后也没有去哭吊。曹操于220年三月去世,曹丕于226年六月去世,这些宫女在曹丕那儿待了六年多。

伏魄,也写作"复魄"。魂魄二字虽从鬼,但子产说:"人生始化曰魄,既生魄,阳曰魂。用物精多,则魂魄强。"(《左传·昭公七年》）故魂魄指人的生命。人活着魂魄附属于形体,如果形体与魂魄分离则人将死。临终礼仪上就有一个招魂复魄的仪式,有期待亡者复活的意思。

《礼记·郊特性》说:"魂气归于天,形魄归于地。"人死则魂魄分离,《仪礼·士丧礼》贾公彦解说郑玄注"招魂复魄"时说:"死者,魂神去离于魄,今欲招取魂来,复归于魄。"这个环节先秦儒家经典称作"复",复礼的过程是:"复者一人,以爵弁服簪裳于衣,左何之,极领于带;升自前东荣、中屋,北面招以衣,曰:'皋某复!'三。降衣于前,受用箧,升自阼阶,以衣尸。复者降自后西荣。"(《仪礼·士丧礼》)即主持招魂仪式的复者拿着亡者常穿的礼服,登上屋脊,面向北,高呼三声回来,然后把衣服扔到南面庭院中,有人在下面用筐接住,迅速拿到屋内将衣服盖在死者身上。复(伏)魄后,才进行后面的丧礼。

祔葬

西晋开国功臣贾充的第一任妻子李氏,曾作《女训》流传于世,其与贾充生的女儿贾荃(据《晋书·贾充传》)是齐献王司马攸妃,贾充后任妻子郭氏,其与贾充生的女儿为晋惠帝皇后,也就是大名鼎鼎的贾南风。贾充去世后,两人都想让自己的母亲与贾充合葬,多年都解决不了,据《世说新语》,还是后来贾南风被废,李氏才与贾充祔葬。

贾充妻李氏作《女训》行于世。李氏女,齐献王妃;郭氏女,惠帝后。充卒,李、郭女各欲令其母合葬,经年不决。贾后废,李氏乃祔葬,遂定。(贤媛19:14)

　　这里祔葬,是夫妻合葬的意思。西汉中叶以后,"夫妻合葬"成为一种普遍的丧葬形式,且大都是一夫一妻合葬。《孔雀东南飞》中"两家求合葬,合葬华山旁",就是承认二人仍然是夫妻。古代社会男尊女卑,性别等级明显,无论是妻子先死还是后死,最后都是妻子合祔丈夫,表现的是"夫主妻从"的礼仪等级。贾充死了,一般都是迁妻子之墓茔与贾充合祔,这没有什么问题,但贾充有两位妻子,且两位妻子的女儿都是皇亲国戚,这就不容易处理了。贾充第一任夫人李氏因为父亲被杀,受到牵连被发配边疆,后赦免返回,这期间贾充娶了郭配的女儿,郭氏强势,李氏刚介,即使皇上特许贾充可以配置左右夫人,李氏也不肯去。郭氏曾经带了很多奴婢,很有威仪去看李氏,但一见到起迎的李氏,还是不由自主地下拜。

　　贾充前妇,是李丰女。丰被诛,离婚徙边。后遇赦得还,充先已取郭配女。武帝特听置左右夫人。李氏别住外,不肯还充舍。郭氏语充,欲就省李,充曰:"彼刚介有才气,卿往不如不去。"郭氏于是盛威仪,多将侍婢。既至,入户,李氏起迎,郭不觉脚自屈,因跪再拜。既反,语充。充曰:"语卿道何物?"(贤媛19:13)

　　在《世说新语》中,李氏有才德,好评多;郭氏的风评却实在太差,主要是她妒忌心强。因为酷妒,以为贾充喜欢乳母,把乳母杀了,孩子也因此饿死了。

贾公闾后妻郭氏酷妒,有男儿名黎民,生载周,充自外还,乳母抱儿在中庭,儿见充喜踊,充就乳母手中呜之。郭遥望见,谓充爱乳母,即杀之。儿悲思啼泣,不饮它乳,遂死。郭后终无子。(惑溺35:3)

其实,两位妻子中的任何一位和贾充合祔都无不妥,只是贾南风和郭氏口碑太差,时人似乎对李氏有更多同情,所以也就希望李氏与贾充合祔。根据发掘出来的郭槐墓志,上书"附葬于皇夫之兆,礼制依于武公",即郭槐只是附葬在贾充墓同一区域,并没有与贾充葬于同一墓室,李氏与贾充是合祔的。这只能说明,与原配、继室的宗法礼制相比,威权仍有不逮。

祔葬除了指合葬,也指后世葬于先茔之旁,《礼记·丧服小记》"祔葬者不筮宅",孙希旦集解:"祔葬,谓葬于祖之旁。"也就是以血缘为纽带的社会组织中,其成员死后的埋葬方式直接与家庭、家族或者宗族相联系,常常葬在同一茔地或者同一墓葬,反映的是血缘关系,也揭示了以家庭为核心的生产关系和生产方式。从现存的汉墓发掘情况来看,墓地多有夫妇合葬、子孙祔葬、下人陪葬。

哭吊

简文崩,孝武年十余岁立,至暝不临。左右启:"依常应临。"帝曰:"哀至则哭,何常之有!"(言语2:89)

依常应临是丧礼之规,处于叛逆期的晋孝武帝司马曜在晋简文帝司马昱去世后,却不依常例日暮时哭吊,还辩解说:"哀至则哭,哪有什么常例不常例。"

临,读去声时,是哭的意思。参加丧礼时,常规的哀哭有较多的规定,其中有朝奠哭、夕奠哭,即在大殓之后、下棺之前,每日早晨或晚上祭奠时都要哀哭,这些都在丧礼上有细致的规定,所以说是"依常"。当然丧礼还要求"哭无时""哀至则哭",孝武帝不取常例,强调特殊,并用特殊否定一般,此亦为奇。

阮步兵丧母,裴令公往吊之。阮方醉,散发坐床,箕踞不哭。裴至,下席于地,哭,吊唁毕便去。或问裴:"凡吊,主人哭,客乃为礼。阮既不哭,君何为哭?"裴曰:"阮方外之人,故不崇礼制;我辈俗中人,故以仪轨自居。"时人叹为两得其中。(任诞 23:11)

阮籍(曾作步兵校尉)丧母,裴楷往吊。阮籍醉后坐在那里不哭,这也不合常例。依丧礼之规,主人哭,客人再依礼哭,吊丧人来,主人哭着接待宾客,或者吊丧人见丧哀哭,主人应当应声而哭,有吊丧还礼哭之意。

顾彦先平生好琴,及丧,家人常以琴置灵床上。张季鹰往哭之,不胜其恸,遂径上床,鼓琴,作数曲竟,抚琴曰:"顾彦先颇复赏此不?"因又大恸,遂不执孝子手而出。(伤逝 17:7)

张翰(字季鹰)吊顾荣,进来后直接去鼓琴,出,"遂不执孝子手而出"。同样在这一篇里,王珣去吊谢安。

王东亭与谢公交恶。王在东闻谢丧,便出都诣子敬道:"欲哭谢公。"子敬始卧,闻其言,便惊起曰:"所望于法护。"王于是往哭。督帅刁约不听前,曰:"官平生在时,不见此客。"王亦不与语,直前,哭甚恸,不执末婢手而退。(伤逝17:15)

东晋大臣王珣(小字法护,封东亭侯)在琅琊王氏已和陈郡谢氏交恶的情况下,一听说谢安去世,还是想要去哭吊谢安。督帅不让,王珣径直去吊丧,非常悲痛,吊丧完后,不执谢琰(谢安少子,小字末婢)这位孝子的手就出来了。

吊丧虽自东周而盛,至魏晋时依然不衰。曹魏时钟繇、郭嘉、典韦等去世,曹操都去吊丧了。两晋之时帝王去功臣贵族家临吊的也不少。晋时吊丧有几个礼节,一是"吊丧须执孝子(子居父母丧时称为孝子)之手",以示慰问。进门来执手,吊丧完毕离开时也要执手。张翰和王珣进门径去、不执孝子手的做法,都是不拘世俗、纵情任性的做法。二是"吊丧必是主人先哭客乃哭",所以主人不哭也是不合礼节的行为。

居丧期间饮酒食肉

阮籍遭母丧,在晋文王坐,进酒肉。司隶何曾亦在坐,曰:"明公方以孝治天下,而阮籍以重丧,显于公坐饮酒食肉,宜流之海外,以正风教。"文王曰:"嗣宗毁顿如此,君不能共忧之,何谓?且有疾而饮酒食肉,固丧礼也!"籍饮啖不辍,神色自若。(任诞23:2)

三国魏后期,阮籍为母服丧期间饮酒食肉,掌管察举百官及京师治安的司隶校尉何曾觉得在以孝治天下的时代,这样的行为实在不妥,要把他放逐到边远的地方去。大将军司马昭说:"阮籍因为居丧消瘦疲惫,你怎么不能和我一样关心他呢?况且居丧有病时可以喝酒吃肉,这不违反礼制。"

司马昭说得对吗?其实挺对的。据《礼记》:"居丧之礼,头有创则沐,身有疡则浴,有疾则饮酒食肉,疾止复初。不胜丧,乃比于不慈不孝。"意思是居丧之礼,头上有疮、身上有疡,是可以沐浴的;至于生病了,是可以饮酒吃肉的。但病愈之后呢,就要照旧。如果过度了,就等于不慈不孝。看来司马昭说的是有根据的。其实阮籍是个恣情任性的人,他没想到要遵守什么礼节,司马昭不想治他的罪,才找了一番说辞。我们都知道阮籍"纵酒昏酣""口不论人过""青白眼",其实魏陈留王曹奂景元元年(260)加司马昭九锡之礼,司马昭假意让九锡,"公卿将劝进,使籍为辞"。据记载阮籍这篇劝进文写得"辞甚清壮,为世所重"(《晋书·阮籍传》)。司马昭不杀阮籍,不听何曾的话,说到底还是阮籍的政治立场偏向司马氏,所以他才这样帮阮籍辩解。

在《世说新语》:"阮浑长成,风气韵度似父,亦欲作达。步兵曰:'仲容已预之,卿不得复尔。'"(任诞 23:13)文后,刘孝标注引《竹林七贤论》曰:"籍之抑浑,盖以浑未识己之所以为达也。后咸兄子简,亦以旷达自居。父丧,行遇大雪,寒冻,遂诣浚仪令,令为它宾设黍臛,简食之,以致清议,废顿几三十年。是时竹林诸贤之风虽高,而礼教尚峻。……"

阮浑和阮咸风韵气度的高低这里不评述,刘孝标注中说到的竹林七贤之一的阮咸哥哥的儿子阮简,生性旷达,不拘于礼法,父亲丧期内,一次天寒大雪,他去拜访了浚仪令,浚仪令为别人准备了肉羹,阮简也吃了。父亲丧期食肉是大不孝,他不像阮籍,有司马氏帮忙辩解,导致每次被"清议",即每次考核都不合格,几乎三十年都没有被叙用。

居丧期间披锦被

陈元方遭父丧,哭泣哀恸,躯体骨立,其母愍之,窃以锦被蒙上。郭林宗吊而见之,谓曰:"卿海内之俊才,四方是则,如何当丧,锦被蒙上?孔子曰:'衣夫锦也,食夫稻也,于汝安乎?'吾不取也!"奋衣而去。自后宾客绝百所日。(规箴10:3)

东汉末年,名士陈纪(字元方)丧父,因为悲痛,身体枯瘦如柴。他母亲心疼他,就偷偷地给他披了条锦缎被子。名士领袖郭泰(字林宗)去吊丧,看见陈元方披着锦缎被,说:"你是海内杰出的人,各地的人都以你为楷模,你怎么服丧期间披锦被?孔子说:'穿着锦衣,吃着稻米,你安心吗?'我觉得不应该。"说毕就拂袖而去。自这以后,陈家一百天都没有一位宾客来吊丧。

孔子在《论语·阳货》里对宰我说,如果守孝不满三年,"食夫稻,衣夫锦,于汝安乎"?孔子认为丧期不到三年就吃稻米、穿锦缎,这是不能安心的。陈元方在服丧期间披锦被,依礼是大不孝。郭泰,是当时著名的学者,德行高尚,后闭门教授,弟子有千人。郭泰出身一般,但书读得好,口才也好,人还长得魁梧英俊,在洛阳的影响力很大。有一次郭泰出门遇到大雨,头巾沾湿,有一只角陷落下去了。当时的人看见了,纷纷效仿,故意折巾一角,这种头巾被称为"林宗巾"或者"郭巾"。郭泰认为陈纪做得不对,当时一百天里就没有人再来吊唁陈寔。

后人关于陈纪身上的锦被争论很多,有的说是无心之举,有的说是代母受过,但不论怎么说,按照丧礼的规定,居丧期间是不能披锦被的。

为妻服丧丧期一年

孙子荆除妇服,作诗以示王武子。王曰:"未知文生于情,情生于文。览之凄然,增伉俪之重。"(文学4:72)

西晋名士孙楚(字子荆)妻子死,服丧期满后作了一首诗,给王济看,王济看后说:"真不知是诗歌因情而作还是情由诗歌而生。读后令人悲伤,也知道了你们伉俪情深的事。"

服丧期满,就是除服,即脱去丧礼之服。除妇服,指妻子去世后,丧期满而除服。丧服是丧礼期间所穿的服饰,主要有冠、服和鞋等。根据《仪礼·丧服》:"三日,成服。"就是死后大殓的次日开始穿上丧服,直到丧期结束才可以除服。

根据《仪礼》和《礼记》的记载,丧服以其制作样式和材料粗细分为五等,也就是五服,根据亲疏关系附不同的丧服,丧服制度是丧礼中最重要的仪节。儒家认为血缘是决定家族关系亲疏的根据。《礼记·丧服·小记》说:"亲亲,以三为五,以五为九。"三,指父、己、子三代,这是最亲的血缘关系;五,指在三的基础上,加上祖父、孙；九,指在五的基础上向上、向下再推两代,即上两代加高祖、曾祖,下两代加曾孙、玄孙。这上下九代,称为九族。根据亲疏关系(减杀),丧服制度被制定为五等十一类,由重至轻,依次为斩衰、齐衰、大功、小功、缌麻五个等级。丧期长短也是根据亲属关系决定的,斩衰,服丧三年；齐衰,分为四等,有三年和三个月不等；大功,分为两等,有九月、七月的；小功,分为两等,一般为五个月；缌麻,服丧三月。孙楚妻子死,其为妻服丧的丧期为一年,如果是妻为夫居丧,那么丧期就是三年,这充分反映了古代社会的男尊女卑。

谥号

桓公见谢安石作简文谥议,看竟,掷与坐上诸客曰:"此是安石碎金。"(文学4:87)

晋简文帝去世,侍中谢安作简文帝谥号奏议。这里的谥号奏议即谥议,是指帝王、贵族、士大夫死后,依其生前事迹给予称号,目的是褒贬人物。追谥这一做法始于西周中叶,秦时没有使用,汉初开始恢复,一直到最后一个封建王朝清朝。魏晋皇帝的谥号以单谥为主,比如简文帝之前的司马睿是元帝,司马绍是明帝,之后的司马德宗是安帝,司马德文是恭帝,但简文帝是复谥简文。由于谥号是对死者一生德行的正式评价,也关系到死者的毁誉和后代子孙的面子,所以极受重视。所谓"生有名,死有谥"就是这个意思。帝王谥法的基本程序是群臣议谥、南郊告谥、题谥于神主之背等,谢安作简文谥议,还是在第一阶段。

据说周公制谥,有《谥法解》及各种释义本。魏晋之际的礼学家也有很多关于谥法的注本,如荀𫖮、何晏、张靖、杜预等都有专门的著作谈论谥法、谥议等内容。谥号大致有三种,第一种是表扬的,也就是美谥。

经天纬地曰文　威强叡德曰武　圣闻周达曰昭　行义悦民曰元
布纲治纪曰平　辟土服远曰桓　温柔好乐曰康　布义行刚曰景
柔质慈民曰惠　圣善闻周曰宣　安民立政曰成　照临四方曰明
聪明睿智曰献　布德执义曰穆

第二种是批评的,也就是恶谥。

乱而不损曰灵　好内远礼曰炀　杀戮无辜曰厉

第三种是同情的。

恭仁短折曰哀　在国遭忧曰愍　慈仁短折曰怀

谥号有朝廷谥和私谥。朝廷谥是请朝廷赐予的,私谥开始于东汉,东汉末年的陈寔,其死后海内赴吊者三万余人,被谥为文范先生。魏晋时私谥相对较少,因为私谥一般都是门生亲故给的谥号,而魏晋时期儒家尊师的风气明显不如从前,这与当时反礼教、崇尚放达的社会风气密切相关。不过东晋陶渊明,却有私谥,陶渊明死后,好友颜延年为他作诔,谥其为靖节徵士。

服 饰

因为纺织业的发展，也因为民族交融，魏晋时的服饰呈现出了特定时期的一些特色。比如有了蜀地的筴布，也有了西域传来的羊毛制品。鲁迅在《魏晋风度及文章与药及酒之关系》说："现在有许多人以为晋人轻裘缓带，宽衣，在当时是人们高逸的表现，其实不知他们是吃药的缘故。一班名人都吃药，穿的衣都宽大，于是不吃药的人也跟着名人，把衣服宽大起来了。"——给大家的印象似乎是魏晋人因为吃药散热才褒衣宽带的，其实这种样式的衣服是前朝的汉服样式，以前士人都会敛衽，魏晋人不束带，所以才会出现坦腹东床的纯真青年。同时，魏晋时对服饰色彩有了严格的制度，魏文帝曾下旨："土德，服色尚黄。"当时官员的朝服一般是朱色，皇帝穿绛纱。至于庶人的服饰，只能选择青色、白色和绿色三种颜色。

裈和襦：上衣和裤子

东晋大儒范宣八岁时就懂得"身体发肤，不敢毁伤"的孝文化，后来一生清贫、廉洁。时任豫章太守的韩伯（字康伯）要送绢给他，不管是一百匹还是五十匹，哪怕是二十五匹，范宣就是不接受，韩伯说你难道让你妻子一件裈都没有吗？范宣这才要了二丈布，也就是半匹布。

范宣年八岁，后园挑菜，误伤指，大啼。人问："痛邪？"答曰："非为痛，身体发肤，不敢毁伤，是以啼耳！"宣洁行廉约，韩豫章遗绢百匹，不受。减五十匹，复不受。如是减半，遂至一匹，既终不受。韩后与范同载，就车中裂二丈与范，云："人宁可使妇无裈邪？"范笑而受之。（德行1：38）

《世说新语》中的裈，也作裩，包括犊鼻裈，阮咸就以竿高挂大布犊鼻裈于中庭。

阮仲容、步兵居道南，诸阮居道北。北阮皆富，南阮贫。七月七日，北阮盛晒衣，皆纱罗锦绮。仲容以竿挂大布犊鼻裈于中庭。人或怪之，答曰："未能免俗，聊复尔耳！"（任诞 23：10）

　　东汉刘熙《释名·释衣服》："裈，贯也，贯两脚上，系要中也。"裈，就是古代有裆的裤子。裈有膝裈和犊鼻裈，这两者前者多为女人穿，如范宣的夫人，应该是穿这种膝裈，这种裤子一般到膝盖，可以遮住隐私处，也方便平时劳作，大概相当于今天的大短裤，就是腰间要用布带系住。

　　犊鼻裈，也称为犊鼻裩、犊鼻、犊裩，在汉代和魏晋文献中不少见，《史记·司马相如列传》曰："而令文君当炉，相如身自著犊鼻裈与保庸杂作，涤器于市中。"可见犊鼻裈这种服饰多为男人和干粗活的人穿。据考证，裈是到膝的大短裤，犊鼻裈应该就是三角内裤，犊鼻即牛鼻子，牛鼻子是曲边三角形。日本相扑选手的兜裆布，就源于犊鼻裈，其前面是裈，也称前袋，主要是遮住私处。1960年河南密县打虎亭汉墓出土了一幅壁画，上面所绘的《相扑图》中两位力士所穿的就是犊鼻裈。在公开场合穿着犊鼻裈，相当于穿三角内裤，是不雅的，如落魄的司马相如，还有阮咸之流，越名教而任自然，不在乎别人的眼光。

　　还有一种复裈，就是两层的，有时里面会放絮，增加厚度，有利于保暖。

　　韩康伯数岁，家酷贫，至大寒，止得襦。母殷夫人自成之，令康伯捉熨斗，谓康伯曰："且著襦，寻作复裈。"儿云："已足，不须复裈也。"母问其故？答曰："火在熨斗中而柄热，今既著襦，下亦当暖，

故不须耳。"母甚异之,知为国器。(夙惠12:5)

韩伯小时候家里贫寒,冬天了还穿着襦,这里的襦是短衣、短袄,穿在单衣的外面。他母亲帮他做衣服,安慰他说,以后再帮你做一件夹层的裤。韩伯懂事,说不需要,并且还说出了一个理由,这个理由让他母亲很吃惊,母亲因此知道这个孩子会是国家的栋梁之材。

从褒衣博带到披襟解带

王逸少作会稽,初至,支道林在焉。孙兴公谓王曰:"支道林拔新领异,胸怀所及,乃自佳,卿欲见不?"王本自有一往隽气,殊自轻之。后孙与支共载往王许,王都领域,不与交言。须臾支退。后正值王当行,车已在门,支语王曰:"君未可去,贫道与君小语。"因论《庄子·逍遥游》。支作数千言,才藻新奇,花烂映发。王遂披襟解带,留连不能已。(文学4:36)

王羲之(字逸少)本来不想和东晋名僧支遁(字道林)交往,后来支遁找到机会与王羲之讨论了一下《庄子·逍遥游》,讨论中王羲之发现支遁才思敏捷、词藻新奇,于是就披襟解带、留恋不已。

关于王羲之穿衣服的记录,《世说新语·雅量》中也提到了。郗鉴的信使来帮太傅郗鉴挑女婿,王导的其他几个儿子听说了都拘谨了起来,只有王羲之袒胸露腹地躺着,就这样他被挑选上了,今天坦腹东床就指女婿了。其实那天王羲之也不是没有穿衣服,而是披襟解带,因为是卧着,所以就袒胸露腹了。

> 郗太傅在京口,遣门生与王丞相书,求女婿。丞相语郗信:"君往东厢,任意选之。"门生归,白郗曰:"王家诸郎,亦皆可嘉,闻来觅婿,咸自矜持。唯有一郎,在床上坦腹卧,如不闻。"郗公云:"正此好!"访之,乃是逸少,因嫁女与焉。(雅量6:19)

很多人以为魏晋时是褒衣宽带,其实不完全对。褒衣宽带是古代儒生的服饰,《淮南子》《汉书》和《后汉书》都有古人褒衣宽带的记录。褒衣可以理解为宽襟或大袖的衣服,宽带指的是束腰的带子很宽。魏晋之前,褒衣宽带已经是传统儒服的称谓了。鲁迅在《魏晋风度及文章与药及酒之关系》一文中,从病理学出发,认为魏晋名士褒衣宽带等行为应归因于服药,服药后"因为皮肉发烧之故……就非穿宽大的衣服不可"。这个说法给人的印象似乎是魏晋名士因为服药后才褒衣宽带,以至于人云亦云,褒衣宽带也成了魏晋士人的专有衣饰。

褒衣宽带的衣衫以对襟、交领为多,甚至领和袖都有缘边。古代的儒生"褒衣博带,盛服至门上谒"(《汉书·隽不疑传》),到魏晋时虽然还是褒衣宽带,却已经是时时披襟解带。与披襟解带相对应的就是敛衽了。

> 左太冲作《三都赋》初成,时人互有讥訾,思意不惬。后示张公。张曰:"此《二京》可三,然君文未重于世,宜以经高名之士。"思乃询求于皇甫谧,谧见之嗟叹,遂为作叙。于是先相非贰者,莫不敛衽赞述焉。(文学4:68)

西晋文学家左思刚写好《三都赋》的时候,当时的人都交相讥讽诋毁,左思很不舒服。后来他把文章拿给张华看,张华说这篇文章可以和张衡的《二京赋》并列为三,你的文章没有被看重,还需要请高人推荐一下。于是左思就向皇甫谧征求意见,皇甫谧一看觉得很好,还帮他写了序文。后来那些曾经交相讥讽左思的人,没有不夸赞这篇文章的。衽是衣襟,敛衽就是提起衣襟夹于带间,表示敬意。

今天还可以看到很多仿古代儒生的装束,即汉服,这些衣服都是褒衣宽带,如果不用宽带系起来,那么就是我们所说的披襟解带的魏晋风度了。

首服:头上冠戴

古人非常重视头饰,即冠帽的礼仪,将其尊称为首服。

短帢是一种便帽。据记载,这种帽子是曹操创制的。大家都戴短帢,等级社会里靠短帢的颜色来区别贵贱。《三国志·魏书·武帝纪》裴松之注引《傅子》:"汉末公卿多委王服,以幅巾为雅,是以袁绍、崔钧之徒虽为将帅,皆著缣巾。魏太祖以天下凶荒,资财乏匮,拟古皮弁,裁缣帛以为帢,合于简易随时之义,以色别其贵贱,于今施行,可谓军容,非国容也。"皮弁是鹿皮制作成的一种帽子,只有尊贵的人才能戴,曹操根据古皮弁发明了帢。皮弁前高后卑,与用皂绢所制的玄冠形制接近。

山公大儿著短帢,车中倚。武帝欲见之,山公不敢辞,问儿,儿不肯行。时论乃云胜山公。(方正5:15)

西晋名臣山涛的大儿子山该头戴便帽,依靠在车中。晋武帝司马炎想见他,山涛不敢推辞,就告诉了儿子,山该却不肯去。当时的人认为山该胜过山涛。——山涛的儿子头戴短帢,可见当时这种便帽很流行。

幅巾,多称为巾帻,或称帕头,是指用整幅帛巾束首。幅巾有葛布的和细绢的,前者叫葛巾,多为布衣庶人戴用;后者为缣巾,多为王公雅士戴用。

刘庆孙在太傅府……太傅于众坐中问庾(敳),庾时颓然已醉,帻堕几上,以头就穿取,徐答云:"下官家故可有两娑千万,随公所取。"于是乃服。后有人向庾道此,庾曰:"可谓以小人之虑,度君子之心。"(雅量6:10)

支道林还东,时贤并送于征虏亭……蔡(系)还,见谢(万)在焉,因合褥举谢掷地,自复坐。谢冠帻倾脱,乃徐起,振衣就席,神意甚平,不觉瞋沮。坐定,谓蔡曰:"卿奇人,殆坏我面。"蔡答曰:"我本不为卿面作计。"其后,二人俱不介意。(雅量6:31)

谢太傅为桓公司马,桓诣谢,值谢梳头,遽取衣帻,桓公云:"何烦此。"因下共语至暝。既去,谓左右曰:"颇曾见如此人不?"(赏誉8:101)

王、刘共在杭南,酣宴于桓子野家。谢镇西往尚书墓还,葬后三日反哭。诸人欲要之,初遣一信,犹未许,然已停车。重要,便回驾。诸人门外迎之,把臂便下,裁得脱帻著帽。酣宴半坐,乃觉未脱衰。(任诞23:33)

桓宣武作徐州,时谢奕为晋陵……奕既上,犹推布衣交。在温坐,岸帻啸咏,无异常日。宣武每日:"我方外司马。"遂因酒,转无朝夕礼。桓舍入内,奕辄复随去。后至奕醉,温往主许避之。主曰:"君无狂司马,我何由得相见?"(简傲24:8)

前面的庾敱等人都戴巾帻,可见巾帻是当时士大夫的头服。至于谢奕"岸帻",就是把巾帻往上推,露出额头,是很随意的样子。巾帻后来逐渐取代了冠帽,有折角巾、菱角巾、紫纶巾和白纶巾等。

折角巾又叫"垫巾""林宗巾",是指有棱角的头巾。相传东汉名士郭林宗外出遇雨,头巾被打湿,其中一角陷落下去了,时人看见郭林宗的帽子很特别,纷纷效仿并形成风气。后来折角巾变成了隐士戴的有棱角的冠巾。

文帝曹丕制定九品官位制度,以"紫绯绿三色为九品之别",这也影响到了幅巾和短帢,"绿帻,贱人之服也。"(《汉书·东方朔传》颜师古注)

王中郎与林公绝不相得。王谓林公诡辩,林公道王云:"著腻颜帢,(繒)布单衣,挟《左传》,逐郑康成车后,问是何物尘垢囊!"(轻诋26:21)

王坦之(字文度,曾领北中郎将)与支遁(字道林,时人称林公)极不投合,王坦之认为支遁诡辩,支遁评论王坦之却说王坦之戴着脏兮兮的旧款白帽,穿着一本正经的单衣,死守遗经,不懂通融。——这里的颜帢,即白帽。魏时这种白帽前有缝,到永嘉年间,去其缝,带颜帢就陈腐保守了。

魏晋时,除了巾帻之类,有官职的人还有戴小冠的习惯,冠上加纱幅称为"漆纱笼冠"。

《世说新语》风物：魏晋人的生活日常与文化

单衣：礼服

　　单衣，是仅次于朝服的盛服，是魏晋南北朝之前的官服之一，除了朝服，当时的官员们一般都穿单衣、着冠帻。单衣没有领缘，袖比内层短，一般穿在层层叠叠的复衣最外层。单衣分为曲裾和直裾，前者是收腰的，后者是直筒的。单衣还分为制度单衣和日常单衣，前者是规定官员穿着的单衣，后者是日常便服，由此可见单衣就相当于今天的正装，是平时接人待物时穿的衣服。比如晋简文帝即位时，就"平巾帻，单衣"。如果再讲究一点，就是巾帻上加一个冠。

　　虽然单衣比较普遍，但古代一般用颜色来区分等级和穿衣场合，常见的是五色：白、黄、皂、青和红。着白色单衣的是低层官员，红色单衣一般写作朱衣或丹衣，包括绛色的单衣，都是高官或者武官穿的，文官多着皂色单衣，黄色和青色多是神仙穿的。

　　魏晋是一个叛逆的时代，秦汉时期就已经偏重于朝服性质的单衣，到魏晋时被那些玄谈家抛弃，但官吏和儒者还是会穿单衣，单衣比较正式的特点还是传下来了。在《世说新语》中有两处说到单衣，都是话里有话。

　　王中郎与林公绝不相得。王谓林公诡辩，林公道王云："著腻颜帢，(縑)布单衣，挟《左传》，逐郑康成车后，问是何物尘垢囊！"（轻诋26：21）

　　王坦之与支遁合不来，王坦之说支遁喜欢诡辩，支遁说王坦之：

"戴着油腻的白帽,穿着葛布做的单衣,夹着《左传》,追在大儒郑玄的后面,这是一个什么样的装尘垢的皮囊呀。"——支遁嘲笑王坦之迂腐,穿戴也很保守,戴的帽子是旧款式的颜帢,当时流行无颜帢,穿的衣服也是一本正经的正统单衣。

还有一篇是关于王戎的。王戎侄子结婚,王戎给了他一件单衣,婚后王戎把这件衣服要回来了。说明当时的新郎一般都是穿单衣结婚的,王戎小气,婚后就去把单衣要回来了。

王戎俭吝,其从子婚,与一单衣,后更责之。(俭啬 29:2)

作为内层衣服配套的单衣,一直在明朝都还存在,明朝以后,单衣渐渐地变成单层的衣服了,甚至还指内穿的衬衣。今天说的单衣,一般指没有里子同时又比较薄的衣服,和秦汉与魏晋时的单衣有着本质的区别。

氍毹:那时地毯

东晋名士王徽之去拜访雍州刺史郗恢,看见他家里有一块好地毯,就让自己身边的人赶快抱回家了,郗恢出来找不到,也没有什么不高兴。

王子猷诣郗雍州,雍州在内,见有氍毹,云:"阿乞那得此物?"令左右送还家。郗出见之,王曰:"向有大力者负之而趋。"郗无忤色。(任诞 23:39)

氍毹（tàdēng）是一种地毯，这种地毯是有花纹的细毛毯。《后汉书·西域传》记载天竺国"有细布，好氍毹"，是天竺或者中天竺所产，即今天的印度生产的一种地毯。《三国志·乌丸鲜卑东夷传》裴松之注引《魏略·西戎传》说："此国六畜皆出水，或云非独用羊毛也，亦用木皮或野茧丝织作。织成氍毹、氍毹、罽帐之属皆好，其色又鲜于海东诸国所作也。"这里的氍毹指毛毯、氍毹指地毯、罽帐指毛织帐篷，还说这些东西不仅可以用羊毛织成，还可以用树皮和野茧丝织成。

氍毹大小不一，大的如王子猷让大力士扛走的地毯，也有小一点的，比如坐毡；有铺地上的绒毯，也有垫座的褥子，如宋代陈与义说"今晨胡床冷，愧我无氍毹"（《小阁晨起》）；当然也有挂毯，唐代时就有这样的记载，唐代诗人李贺《宫娃歌》诗曰："象口吹香氍毹暖，七星挂城闻漏板。"

氍毹等绒毯，以羊毛等为主织成，还有花纹，虽然很珍贵，但与狐腋、貂褥等比起来，价格还是低廉的。

褥：坐或睡时的铺垫物

褥是坐卧时垫在身体下面的东西。魏晋时，人们席地而坐，或坐在床榻上，所以褥使用得比较多，当然也有卧垫，称为荐。正如杨荫深在《事物掌故丛谈》中所说："褥有两种：一种用于床上，俗称垫被；一种用于椅或车上，俗称坐垫或垫子，古则又称为茵。"

卧时的垫具，即被褥。

晋孝武年十二,时冬天,昼日不著复衣,但著单练衫五六层,夜则累茵褥,谢公谏曰:"圣体宜令有常,陛下昼过冷,夜过热,恐非摄养之术。"帝曰:"昼动夜静。"谢公出,叹曰:"上理不减先帝。"(夙惠12:6)

晋孝武帝十二岁那年冬天,他白天不穿夹衣,只穿着五六件丝绸单衫,晚上就铺着几床褥子睡觉。谢安劝他说:"圣上应该生活得有规律。陛下不要白天太冷,晚上又过热了,这样不是好的养生方式。"孝武帝说:"白天多动、晚上安静,所以这样。"谢安出门后说:"皇上讲起道理来真是不输先帝。"这里茵褥即被褥。

卞范之为丹阳尹。羊孚南州暂还,往卞许,云:"下官疾动,不堪坐。"卞便开帐拂褥,羊径上大床,入被须枕。卞回坐倾睐,移晨达莫。羊去,卞语曰:"我以第一理期卿,卿莫负我。"(宠礼22:6)

卞范之和羊孚都是桓玄的心腹。羊孚到卞范之家,说:"我不舒服,不能坐。"卞范之就直接掀开帐摊开褥,让羊孚上床了,羊孚钻进被子靠上了枕头。——这里的褥,应该是床褥。

坐时的垫具,即坐褥。

支道林还东,时贤并送于征虏亭。蔡子叔前至,坐近林公;谢万石后来,坐小远。蔡暂起,谢移就其处。蔡还,见谢在焉,因合褥举谢掷地,自复坐。谢冠帻倾脱,乃徐起振衣就席,神意甚平,不觉瞋沮。坐定,谓蔡曰:"卿奇人,殆坏我面。"蔡答曰:"我本不为卿面作计。"其后,二人俱不介意。(雅量6:31)

支遁从建康回杭州,当时的贤士都来送行,蔡系(字子叔)先到,坐的位置靠近支道林,谢万(字万石)后到,就坐在远处。蔡系暂时起来离开了位子,谢万就由后面移到蔡系的位子上。蔡系回来,一看自己的位子被谢万占了,就连着坐垫一块把谢万掀翻在地。——这里的褥就是坐垫。

帐:自上而下覆之

《世说新语》中涉及帐的大概有六篇,这里的帐是自上而下覆盖在卧榻上的器具,多用布或者绸缎之类作材料。

王恭欲请江卢奴为长史,晨往诣江,江犹在帐中。王坐,不敢即言。良久乃得及,江不应。直唤人取酒,自饮一碗,又不与王。王且笑且言:"那得独饮?"江云:"卿亦复须邪?"更使酌与王,王饮酒毕,因得自解去。未出户,江叹曰:"人自量,固为难。"(方正5:63)

王恭早上去请江敳(小字卢奴)时,发现他还在床帐中睡觉。

许侍中、顾司空俱作丞相从事,尔时已被遇,游宴集聚,略无不同。尝夜至丞相许戏,二人欢极,丞相便命使入己帐眠。顾至晓回转,不得快孰。许上床便咍台大鼾。丞相顾诸客曰:"此中亦难得眠处。"(雅量6:16)

游宴到晚上,丞相王导让两位丞相从事睡到自己的床上,即"入己帐"。

桓宣武与郗超议芟夷朝臣,条牒既定,其夜同宿。明晨起,呼谢安、王坦之入,掷疏示之。郗犹在帐内。谢都无言,王直掷还,云:"多!"宣武取笔欲除,郗不觉,窃从帐中与宣武言。谢含笑曰:"郗生可谓入幕宾也。"(雅量6:27)

第二天早上,桓温叫谢安、王坦之进来,当时郗超还在帐内,这里"入幕宾"一语双关。

卞范之为丹阳尹,羊孚南州暂还,往卞许,云:"下官疾动不堪坐。"卞便开帐拂褥,羊径上大床,入被须枕。卞回坐倾睐,移晨达莫。羊去,卞语曰:"我以第一理期卿,卿莫负我。"(宠礼22:6)

卞范之听说羊孚有疾不能坐,就掀开帐摊开褥子,羊孚就直接上床去了。

许文思往顾和许,顾先在帐中眠,许至,便径就床角枕共语。既而唤顾共行,顾乃命左右取枕上新衣,易己体上所著。许笑曰:"卿乃复有行来衣乎?"(排调25:20)

许璪到顾和那里,顾和在帐中睡觉,许璪到后就直接靠着床上的角枕(用兽角做装饰的枕头)与顾和说话。

王右军年减十岁时,大将军甚爱之,恒置帐中眠。大将军尝先出,右军犹未起。须臾,钱凤入,屏人论事,都忘右军在帐中,便言逆节之谋。右军觉,既闻所论,知无活理,乃剔吐污头面被褥,诈孰眠。敦论事造半,方意右军未起,相与大惊曰:"不得不除之!"及开帐,乃见吐唾从横,信其实孰眠,于是得全。于时称其有智。(假谲27:7)

因为喜欢少年王羲之,王敦经常把他留在自己的帐中睡觉。

可见,有防虫、挡风、避光等多种用途的床帐,在晋时已经非常普及了。

《晋书·元帝纪》载:"帝性简俭冲素,容纳直言,虚己待物。初镇江东,颇以酒废事,王导深以为言,帝命酌,引觞覆之,于此遂绝。有司曾奏太极殿广室施绛帐,帝曰:'汉文集上书皂囊为帷。'遂令冬施青布,夏施青綀帷帐。"

刚刚南渡的晋元帝司马睿是非常节俭的,有司希望在太极殿施绛帐,也就是红纱帐,晋元帝引经据典,最后确定冬天用青布帐,夏天用青色的像苎布一样的织物。魏晋南北朝时,朱色、赤色、黑色、紫色,这些正色只允许帝王或者王公贵族使用,而青色、白色、绿色这些颜色一般是低级官员或者庶人们使用的。从晋元帝宫室的帐所使用的材质来看,都是布帐,而不是纱帐或者绸帐;从使用的颜色看,都是青色,而不是红色,可见其崇尚节俭,并想借此来遏制当时的奢靡之风。

鹤氅：披风

鹤氅是汉服中的一种，主要是披在身上的外衣。鹤氅，一般认为是用鹤的羽毛或者像鹤一样的水鸟的羽毛制成的。氅，是大衣，外套。

孟昶未达时，家在京口。尝见王恭乘高舆，被鹤氅裘。于时微雪，昶于篱间窥之，叹曰："此真神仙中人！"（企羡16∶6）

东晋末年大臣孟昶还没有发达的时候，家住在京口，曾经看见王恭乘坐着高高的肩舆，披着鹤氅。当时下着小雪，孟昶在篱笆后看见这一幕，赞叹说："真是神仙中的人物。"据《晋书》载，王恭本来仪态就很美，人多爱悦。王恭在微雪的肩舆中，披着一件皮制的鹤氅，那神态怪不得孟昶感叹说真是神仙中人。

《三国演义》三十八回："玄德见孔明身长八尺，面如冠玉，头戴纶巾，身披鹤氅，飘飘然有神仙之概。"诸葛亮身高一米九以上，这样的身高披上鹤氅，自然也能给人飘飘欲仙的感觉，其形象后世固化为"幅巾鹤氅，白面疏髯"。

鹤氅，从穿的方式来看，与今天的披风、斗篷有点相类似，但从材质来看，鹤氅是仙鹤或小鸟的羽毛制成的，一般称为鹤氅裘。鹤氅与道教联系起来，并被称为"神仙道士服"，那是魏晋之后的事了。

单练衫和复衣：区别在是否有隔层

魏晋时男子最常穿的服装就是长衫。东汉刘熙《释名·释衣服》说："衫,芟也,衫末无袖端也。"早期的衫是没有长袖的,但到了魏晋时期,衫已经有了袖子,并且都是宽大敞袖。衫,一般有单、夹二式,一般用纱、绢和布等；颜色也很多,白色是当时人们最喜用的颜色。《古诗为焦仲卿妻作》："朝成绣夹裙,晚成单罗衫。"可见单罗衫成衣还是比较容易的。

晋孝武年十二,时冬天,昼日不著复衣,但著单练衫五六层,夜则累茵褥,谢公谏曰："圣体宜令有常,陛下昼过冷,夜过热,恐非摄养之术。"帝曰："昼动夜静。"谢公出叹曰："上理不减先帝。"（夙惠12：6）

单练衫,就是单衫,练是熟绢。晋武帝年轻时冬天白天穿五六件单练衫,这些衫都是丝织品,所以冬天穿应该很冷。谢安怕他冷,劝他穿复衣。什么是复衣呢？复衣就是衣里可以套絮的双层衣服,也叫夹层,俗话说："千层纱万层纱,抵不过四两破棉花。"

韩康伯数岁,家酷贫,至大寒,上得襦。母殷夫人自成之,令康伯捉熨斗,谓康伯曰："且著襦,寻作复裈。"……（夙惠12：5）

这里的复裈,就是夹裤,即两层之间有絮的裤子。

魏晋时无袖的衣服,这时候已经是裲裆。它原本是北方少数民族的服饰,魏晋时已经成为当时人流行的服饰。《释名·释衣服》说:"裲裆,其一当胸,其一当背也。"无领无袖,有单有夹,这种服饰到了宋朝以后被称为背心,今天南方称之为马甲,北方称之为背心或者坎肩。

筒中筊布:名贵布料

王戎为侍中,南郡太守刘肇遗筒中筊布五端,戎虽不受,厚报其书。(雅量6:6)

晋武帝太康三年(282),王戎为侍中,侍从皇帝左右,权位颇重。刘肇曾送给他五端即十丈筒中筊布,王戎没有收受,但还是写信表示了感谢。后来司隶校尉刘毅弹劾此事,王戎得到了武帝的谅解,但从此为清议所鄙。

筒中筊布是什么样的布料呢?左思《蜀都赋》有:"黄润比筒。"这里的黄润又名筒中布,是汉晋时蜀中产的一种细麻布,用雄麻纤维织成,轻细柔软,没有漂白的细麻布颜色微黄,故名黄润。据说这种布在当时很名贵,因为扬雄在他的《蜀都赋》中也说了:"筒中黄润,一端数金。"因为筒中布细软,还可以制作成夏季单衣,司马相如《凡将篇》说:"黄润纤美,宜制禅。"这里的禅,即单衣。

筒中布,即黄润的计量单位一般为端,二丈为一端。据《华阳国志》记载,巴蜀地区特产的黄润亦称为蜀布,蜀郡江原县"安汉、上下朱邑出好麻、黄润细布,有羌筒盛"。布以牡麻纤维织成,轻细柔软,可卷入竹筒中,故称筒中布或筒中筊布。蜀布当时就远销海外，《汉书·张骞李广利传》载："（张骞）曰：'臣在大夏时，见邛竹杖、蜀布，问安得此，大夏国人曰：'吾贾人往市之身毒国。身毒国在大夏东南可数千里。其俗土著，与大夏同，而卑湿暑热。其民乘象以战。其国临大水焉。……'"张骞就是在大夏那边看到了蜀布，断定有一个身毒国（印度）在我国的西南边。

军 政

魏晋时期战争频仍，为了抵御抢掠，出现了很多坞壁。主政一方的地方官，很多都有将军衔，军政一体才能治理当地。当时有流民集中在京口，并形成北府军，这支军队拱卫京师，谁掌握了这支军队谁就掌握了东晋政权，这些都是魏晋时的军事特色。至于政府，当时的政权还是以儒治国，所以在《世说新语》中还是"德行第一"，因为门阀制度森严，所以出现了士族和寒族，也因为崇尚玄谈，佛教思想在这一时期也得到了进一步传播。

冠军将军：将军满街走

晋孝武帝太元年间,东亭侯王珣担任吴郡太守。有人问他弟弟王珉,当地在他哥哥的治理下,教化如何,王珉说,不知道治理得如何,听说和张冠军关系越来越好了。张冠军即张玄之,字祖希,因担任过冠军将军,也被称为张冠军。张玄之是名门之后,顾和外孙,和谢玄齐名,时称"二玄"。

王东亭与张冠军善。王既作吴郡,人问小令曰:"东亭作郡,风政何似?"答曰:"不知治化何如,唯与张祖希情好日隆耳。"(政事3：25)

武职官衔中的重号将军和杂号将军,始于汉代,盛行于南北朝。以魏晋南北朝为例,重号将军一般职位高,不轻易封,有大将军、骠骑将军、轻骑将军、卫将军、四军将军(指前将军、左将军、右将军和后将军)、四征将军(指征东将军、征西将军、征南将军和征北将军)、四镇将军(指镇东将军、镇西将军、镇南将军和镇北将军)、四安将军(指安东将军、安西将军、安南将军和安北将军)、四平将军(指平东将军、平西将军、平南将军和平北将军)。汉末至魏晋南北朝时,常年征战,有军功者比比皆是,授予官职的难度加大,所以就在将军前冠以某个名称作为官职,各个名号之间也没有上下级关系,因此被称为杂号将军,名目有领军将军、护军将军、奋武将军、都护将军、骁骑将军和广军将军等。据说南朝梁时就加封了361个杂号将军。

重号将军和杂号将军也会因为时代不同而有小的变化,如四镇将军(指镇东将军、镇西将军、镇南将军和镇北将军)一般都是重号将军,但在南朝宋时却被列为杂号将军。不论是重号将军还是杂号将军,都是有兵权的人,属武官职衔,可统领国家或者地方的军事武装。

冠军将军是杂号将军之一,历史上曾被封为冠军将军的人很多。三国时作战英勇的虎将丁奉曾任冠军将军,封都亭侯,后车兴之战有功,被升为灭寇将军,封都乡侯。灭寇将军当然也是杂号将军。后来丁奉在解救寿春之战中,力战有功,升为左将军,这才成为重号将军。苏峻也曾被封过冠军将军、历阳内史,晋成帝咸和二年(327年)苏峻举兵反,攻入都城建康,后被陶侃、温峤率军击败杀死。

唐以后,杂号将军废弃不用。

龙虎狗：兵家思想体系

汉末三国时期，蜀国丞相诸葛亮家族三兄弟，分别在魏蜀吴三国效力，诸葛亮自己在蜀国做丞相，他的哥哥诸葛瑾在吴国任长史，堂弟诸葛诞在魏国官至征东大将军，士人说："三兄弟中，蜀得其龙，吴得其虎，魏得其狗。"

> 诸葛瑾弟亮，及从弟诞，并有盛名，各在一国。于时以为蜀得其龙，吴得其虎，魏得其狗。诞在魏，与夏侯玄齐名；瑾在吴，吴朝服其弘量。（品藻9：4）

据余嘉锡考证，"太公《六韬》以文、武、龙、虎、豹、犬为次，知古人之视犬，仅下龙虎一等。"由此可知，这里的龙、虎、犬来自《六韬》。《六韬》一书中《龙韬》有十三篇，主要论述军事指挥及兵力部署；《虎韬》十二篇，主要论述在宽阔地区作战的战术和注意事项；《犬韬》十篇，主要论述教练与编选士卒以及各种兵种如何配合作战。据说《六韬》一书是姜太公所撰。所谓"知古人之视犬，仅下龙虎一等"值得商榷，《六韬》论述的是一套完整的军事作战体系，把兵家道术分为六个层面，由道到术，由本到末，层层推进，讲述军事理论，如果从这个角度看，龙虎豹犬之间无所谓上等和下等，都是完整体系中的一部分。

近代，袁世凯手下就有龙虎狗三将，龙将王士珍、虎将段祺瑞、狗将冯国璋。有好事者分析说，冯国璋之所以为狗将，究其原因是他听话，此说谬之大矣。

罢州郡兵：晋武帝留下的后患

晋武帝讲武于宣武场。帝欲偃武修文，亲自临幸，悉召群臣。山公谓不宜尔。因与诸尚书言孙、吴用兵本意。遂究论，举坐无不咨嗟。皆曰："山少傅乃天下名言。"后诸王骄汰，轻遘祸难。于是寇盗处处蚁合，郡国多以无备，不能制服，遂渐炽盛。皆如公言。时人以谓"山涛不学孙、吴，而暗与之理会"。王夷甫亦叹云："公暗与道合。"（识鉴7：4）

晋武帝司马炎在宣武场讲习武之事。武帝想停止战备、以文治国，亲自与群臣说。山涛认为此举不适宜，于是和各位尚书说起了孙、吴用兵的本意。进一步探讨后，大家都觉得山涛说得好，说："山少傅所论是天下的至理名言。"后来世势发展，众王傲慢，轻易就发生祸患，还有各地盗寇如蚂蚁一样聚合，可是郡国因为没有武备，不能制服这些反叛，以至于火越烧越旺，这些都和山涛说的一样。当时人说山涛虽然不学孙、吴兵法，却暗与兵法之理相通。名士王衍也说："山涛所言与道暗合。"

晋武帝司马炎在平定吴国前后，就开始着手将兵权逐渐集中到中央。当时全国有十九个州，一百七十二个郡，晋武帝分封诸王到部分郡，以郡为国，封国的郡大概有二十八个。武帝规定：第一，州郡都不得有兵，只设武吏。大一点的郡武吏百人，小郡五十人。第二，各封国规定军队人数为"邑二万户为大国，置上中下三军，兵五千人；邑万户为次国，置上军下军，兵三千人；五千户为小国，置一军,兵千五百人"(《晋书·地理志》)。第三,加强中央军建设,中央军以领军、护军、左卫、右卫、骁骑、游击为六军,以左军、右军、前军、后军为四军,一共有十军,其强大远非州郡武力能比。从此,曹魏时的州郡领兵变成了西晋的王国领兵。

因为一般的州郡没有了兵力,所以连盗寇都无法消灭,更不要说晋武帝死了之后的"八王之乱",那些分封的诸王有国兵,其他地方没有武装,只有中央军才有能力去消灭这些国兵,所以"郡国多以无备,不能制服,遂渐炽盛"。

黄钺:帝王专用兵器

　　诸葛亮之次渭滨,关中震动。魏明帝深惧晋宣王战,乃遣辛毗为军司马。宣王既与亮对渭而陈,亮设诱谲万方,宣王果大忿,将欲应之以重兵。亮遣间谍觇之,还曰:"有一老夫,毅然仗黄钺,当军门立,军不得出。"亮曰:"此必辛佐治也。"(方正5:5)

　　诸葛亮屯兵对阵司马懿,千方百计引诱司马懿出来作战,可司马懿就是不出来。派去的间谍回来说:"有一位老人,手持黄钺站在军营门口,所以军队出不来。"原来魏明帝怕司马懿出战,特意派遣了辛毗(字佐治)来做军师。

　　魏承汉制,直至两晋,使节一般分为四种:假节、持节、使持节和假节钺。假,即借,从皇帝那里借来符节。文武官员要去执行一项任务,从皇帝那里借来执行任务的符节,有借有还,所以执行任务完毕都会归还符节。

一位老人手持黄钺就能挡住千军万马，这是为什么？这要从黄钺的象征意义说起。黄钺本来是古代的兵器，青铜制，有长柄，以黄金为饰，是古代帝王征伐时专用的兵器，后来也作为天子仪仗专用。帝王讨伐时如果自己不亲自领兵，会特赐专主征伐的重臣黄钺作为最高授权让其领兵作战，主要授予的对象都是那些极为重要的重臣。这是帝王的最高恩赐，假黄钺的重臣有权诛杀镇守一方的"使持节"军事长官。据《晋书·职官志》，使持节在执行任务的时候，如果遇到官员阻止，可杀二千石以下官员；持节可杀无官位的人；假节只是在军事行动中可杀违犯军令的人，至于假节钺（假黄钺），可杀上述的假节、持节和使持节。

"假黄钺，则专戮节将，非人臣常器矣。"（《宋书·百官志》）怪不得一位老人手持黄钺就可以镇住司马懿，原来此物为帝王特赐，连军事长官都可以斩，其他人当然不敢动。

坞壁：城堡

王平子素不知眉子，曰："志大其量，终当死坞壁间。"（识鉴7：12）

西晋名士王衍的弟弟王澄（字平子）不赏识其侄子王玄（字眉子），说："他志向大于才量，终会死在坞壁里。"这里的坞壁是什么呢？

坞壁在汉时兴起，魏晋时兴盛，唐以后逐渐衰落。坞，小障蔽物，是防卫用的小堡，战争时筑坞，就是构筑防御城堡。壁，是军营的围墙。作壁上观，就是站在围墙上看，不帮助任何一方。

坞壁是为了防御而修建的小城堡,又称坞堡。这种小城堡起源于汉代的一种住宅形制,即平地建坞,四周有围墙环绕,坞内有前后门,有望楼或者鼓楼,四个角都有角楼,用作军事瞭望。早期坞壁的军事意义重大,随着社会的动荡,坞壁除了具备军事防御功能,同时还具备了政治、经济等功能。东汉末年,被封为郿侯的董卓在迁都至长安后,在长安以西建了一个号称"天下第一堡垒"的城堡——郿坞,这是当时最大的坞壁,里面有军事战斗组织,也有经济生产组织,坞壁里有充足的粮食和衣物。据史书记载,董卓在郿坞储藏了可以吃上三十多年的粮食。

由于天下动荡,北方社会分崩离析,当时的政权也不能为民提供保障,所以豪绅、官员或军事首领结成一个个独立自卫的组织,建成一个个坞壁。《后汉书集解·酷吏列传》第六十七章:"时赵魏豪右,往往屯集,清河大姓赵纲,遂於县界起坞壁,缮甲兵。"这些坞壁大小不一,一般都是几百户或者千户左右。魏晋时,有豪族坞壁、流民坞壁、胡人坞壁和军人坞壁等,可以说坞壁林立。某种程度上来说,坞壁起了保护流民的作用,也促进了经济的发展,但坞壁里的人都依附坞主,加剧了政权的分裂。

露布:军队公报

桓宣武北征,袁虎时从,被责免官。会须露布文,唤袁倚马前令作。手不辍笔,俄得七纸,殊可观。东亭在侧,极叹其才。袁虎云:"当令齿舌闲得利。"(文学4:96)

桓温北征,作为桓温记室参军的袁虎本是随军人员,后因事免职。这时正需要人写一篇露布文,于是就让袁虎倚在马前写,果然袁虎手不停笔,一会儿就写好了七张纸。旁边的王珣(封东亭侯)看了都说袁虎不仅写得快,而且文笔相当好。

露布,也称为露报,是没有密封、公开宣布的文书。汉代时有君臣事关赦免令的文书是不需要密封处理的,这类文书与传统需要印章密封的文书正好相反,"露而宣布,欲四方速知",这就是露布的本意。从这个角度看,露布可以说是早期的文书的公开传播方式。后来露布变成了政令类文体,即露布文,史传曹操就是写露布文的高手,曾经有九卷露布文散佚。东汉末年,因为当时战乱,露布逐渐与军事有关,露布和露布文开始走向了一种比较独立的传播形态,主要有两种情况,一种是军中的檄文,即战斗性强的批判文字;还有就是军中的捷报。前者是声讨敌人或叛逆者的文书,后者是打胜仗后向士兵和朝廷告捷的文书,"诸军破贼,则以帛书建诸竿上,谓之露布"(唐·封演《封氏闻见记》卷四)。据此,袁虎写的七张纸,应是写在七张缣帛上,因为挂在竿上的纸容易破碎,《后汉书》载"其用缣帛者谓之纸"。

露布在唐宋时代,依然以这两种功能为主,并且还成为科举考试中的公文写作的考试内容,所以内容更加稳定、分类更加具体,但露布一直保持着其时效性和公开性的特征,后世的公告之类的文书,也是露布的一种形式。

北府军：早期的郗家军

东晋大臣郗愔掌管北府军时，桓温很觊觎他的兵权，郗愔一贯不懂政治，写信给桓温，要与他共同辅佐王室，收复洛阳。他大儿子郗超（字嘉宾）外出，在路上听说父亲给桓温的信来了，拆开一看后撕得粉碎，回家后赶紧代父亲回了一封信给桓温，说自己年老多病，不堪重任，想求一个闲地去养老。桓温收到后很高兴，不久郗愔就升任都督五郡军事，并任会稽太守了。

郗司空在北府，桓宣武恶其居兵权。郗于事机素暗，遣笺诣桓，方欲共奖王室，修复园陵。世子嘉宾出行，于道上闻信至，急取笺，视竟，寸寸毁裂，便回还更作笺，自陈老病，不堪人间，欲乞闲地自养。宣武得笺大喜，即诏转公督五郡、会稽太守。（捷悟 11：6）

《晋书》和《晋阳秋》都说到郗愔固辞军职的事。西晋灭亡后，郗鉴率领族人招募流民入伍，这支队伍是北府军的班底。东晋初年，王敦之乱后，郗鉴通过大规模招募北来的流民补充北府军的实力。公元 339 年，北府军创始人郗鉴病逝，军权由其子郗愔接掌。

京口为中心的晋陵郡是中下层流民的聚居地，这里长期保持强悍和尚武的风气，加上京口地理位置特殊，京口的驻军有拱卫京师建康的作用，故驻扎在此的北府军成为权臣争夺的目标。公元 369 年，桓温借助北伐的声望，通过郗愔的儿子，迫使郗愔让出了京口北府军的军权，北府军由桓温掌管。

陈郡谢氏掌握东晋军政大权后，公元377年，谢安推荐侄子谢玄出任兖州刺史，同时掌握了北府军的军权。这个时候的北府兵，在朝廷的支持和谢玄的改革下，已经成为一支精锐部队。公元383年的淝水之战就是北府兵的杰作。

谢安让出中枢朝权后，公元387年，谢玄对北府军的军权也被剥夺。在经历了谯王司马恬、外戚即皇后王法慧之兄王恭统领后，谢玄原来的部下刘牢之掌握了北府兵。

刘牢之率北府兵讨伐桓玄谋反，最后被桓玄夺去了兵权。桓玄掌握了北府军，并借机消灭了北府兵中的旧人。公元420年，早年投奔北府军的刘裕起兵讨伐桓玄，北伐北魏、南燕、后秦后终结了东晋王朝，建立了刘宋，北府兵虽然经过多次战争，但仍然是一支重要的军事力量，由地方力量变成了刘宋王朝的中央军队。

北府兵始于东晋郗鉴，终于南朝刘宋的檀道济，大约历时120年。在东晋这一朝，北府军是权臣们都想掌控的一支作战勇猛的军队。

德行：以孝治国的必然

《世说新语》共分36篇（门类），"德行第一"即《德行篇》排在第一。

《世说新语》给人的印象是突出才情轻视德行，写的都是反世俗、重自然的俊杰，怎么按照"孔门四科"将德行排在第一呢？有人认为，作者刘义庆作为刘宋皇室宗亲，不便以清谈对抗儒学名教，所以把传统的经世济用的儒学放在首位。其实,这正反映了东汉末年到魏晋期间价值观混乱的社会状况,传统的儒学满足了政治人物的需要,因为这样可以维持封建等级制度,达到维护封建统治的目的。当然,他们也很重视追求超世间的玄理来显示自己的高逸,为自己尽情放纵和尽情享受生活找理由。在《世说新语》1130则中,所涉人物几千人,大都是朝廷或者地方官员,寒门子弟少之又少。真正放达清高、不为世俗所累的几乎没有,关于这一点,南宋时朱熹就曾说过:"晋宋人物虽曰尚清高,然个个要官职。这边一面清谈,那边一面招权纳货。"

为了麻痹自己,他们服膺了一种叫"将无同"的思想。

阮宣子有令闻。太尉王夷甫见而问曰:"老庄与圣教同异?"对曰:"将无同?"太尉善其言,辟之为掾。世谓"三语掾"。卫玠嘲之曰:"一言可辟,何假于三!"宣子曰:"苟是天下人望,亦可无言而辟,复何假一?"遂相与为友。(文学4:18)

西晋名士阮修(字宣子)有名望,太尉王衍(字夷甫)见到他时问:"老庄与儒家有什么异同?"阮修回答说:"大概没有什么不同。"(《世说新语·文学》)老庄和圣教(指尧舜文武周公孔子的教导)在他们看来大概没有什么不同。这种有意混淆,用"莫非相同"的思想来调和本来相异的名教和老庄思想,其实就是思想混乱、价值观混乱的表现。

实际上,刘义庆组织创作的笔记体小说《世说新语》,其中还是烙上了作者的立场印记。刘义庆是南朝宋武帝刘裕的侄子、长沙景王刘道怜(一作刘道邻)的次子,《世说新语》记载的人物是魏晋期间的士族名人,借用阶级论的观点,刘义庆还是站在统治阶级的立场,目的还是维护统治阶级的利益,从这个角度看,当然还是需要用儒家思想中的社会道德伦理来规范社会秩序、维护君主专政制度。

《论语·先进》载:"德行:颜渊、闵子骞、冉伯牛、仲弓。言语:宰我、子贡。政事:冉有、季路。文学:子游、子夏。"这四科即所谓的"孔门四科",孔门四科是考察一个人的道德品行、言语能力、处理政务的能力、关于礼乐制度和学问等方面的能力,当然德行标准最为重要,故排在第一。《世说新语》三十六门类中,前面四类中亦是德行第一、言语第二、政事第三、文学第四。

太子:立嫡立长

司马睿登基后,因为宠爱郑后,想废掉长子司马绍(后为晋明帝)而立幼子司马昱(后为晋简文帝)为皇储。当时参与议论的人都认为舍长立幼不合道理,周𫖮和王导都极力相争,只有刁协(字玄亮)出于私心迎合皇帝。元帝本想坚持,又怕大臣们不接受,于是传唤周𫖮和王导入宫,然后把诏告给刁协。王导在皇帝还没有拿出黄纸诏书之前,就先到了御座前,请问皇帝何事召见,皇帝默然不语,手入怀中取出黄纸诏书撕碎了扔在他身上。最后,皇储还是立长不立幼。

元皇帝既登阼,以郑后之宠,欲舍明帝而立简文。时议者咸谓舍长立少,既于理非伦,且明帝以聪亮英断,益宜为储副。周、王诸公并苦争恳切,唯刁玄亮独欲奉少主以阿帝旨。元帝便欲施行,虑诸公不奉诏,于是先唤周侯、丞相入,然后欲出诏付刁。周、王既入,始至阶头,帝逆遣传诏遏使就东厢。周侯未悟,即却略下阶;丞相披拨传诏,径至御床前,曰:"不审陛下何以见臣。"帝默然无言,乃探怀中黄纸诏裂掷之。由此皇储始定。周侯方慨然愧叹曰:"我常自言胜茂弘,今始知不如也!"(方正5:23)

不过历史中,很多嫡长子或被废,或因其他原因未能继承大统。晋成帝司马衍崩,本应立嫡长子,宰相何充等也建议立嫡长子,但庾冰等以外寇方强、嗣子冲幼为借口,立了康帝。康帝名司马岳,是成帝同母弟。

何次道、庾季坚二人并为元辅。成帝初崩,于时嗣君未定。何欲立嗣子,庾及朝议以外寇方强,嗣子冲幼,乃立康帝。康帝登阼,会群臣,谓何曰:"朕今所以承大业,为谁之议?"何答曰:"陛下龙飞,此是庾冰之功,非臣之力。于时用微臣之议,今不睹盛明之世。"帝有惭色。(方正5:41)

在晋之前的西汉,汉武帝刘彻嫡长子刘据未能继位,是其幼子刘弗陵登基继位,即汉昭帝。在魏晋之后,唐高祖李渊的嫡长子李建成也未能继位,其次子李世民登基为唐太宗;在之后的清朝,清康熙帝的嫡长子是胤礽,后来是第四子胤禛登基为雍正帝。

确立嫡长子继承制是西周王朝建立后,由周公制礼作乐确立的,基本原则是立子以嫡不以长,立嫡以长不以贤。嫡长子继承制自此被中国封建王朝继承下来,在长达几千年的封建社会里发挥着减少家天下内部纷争的作用。

康熙帝的大儿子胤禔是庶长子,胤礽是嫡长子,为了争夺皇位,皇子们斗得你死我活,最后却是皇四子胤禛继承皇位,雍正帝深感太子争位实在太残酷,于是改了这个立储制度,建立了一个秘密建储制度,那就是皇帝在世时不宣布谁是太子,而是提前写好传位诏书装在盒子里,放置在乾清宫"正大光明"匾额后面,待皇帝驾崩后,王公大臣再共同开启诏书,拥立新君登基。这一做法对减少皇子们争夺皇位起到了积极作用。

才性论:论的是政治

钟会撰四本论,始毕,甚欲使嵇公一见。置怀中,既定,畏其难,怀不敢出,于户外遥掷,便回急走。(文学4:5)

这里提到的"四本"和"四本论",刘孝标注引《魏志》:"四本者,言才性同,才性异,才性合,才性离也。"才指才能,性指德行,才性论就是论述才性之间的关系。

曹魏时由曹丕实施"九品中正制",首开名士风气,才性之论即"临事智愚"和"操行清浊"(王充《论衡·名禄》)评论也由之兴盛,当时才性论主要是品鉴人物、选举使用。曹氏和司马氏两党形成之后,在国家治理、选人用人上都有各自不同的思想,四本论思想论述的差异即是其一。对才性论的思想意义,陈寅恪说,曹操继承东汉阉宦传统,崇尚智术,重才不重德,故主张才性异和才性离,即才性不需要结合。司马氏继承了东汉士大夫理想,主张仁孝廉为本为体,治民治军为末为用,本末兼用,体用合一,故主张才性同和才性合。由此,才性也由最早的选举标准变成了后面政治斗争的不同的思想主张。

据《魏志》:"尚书傅嘏论同(才性同),中书令李丰论异(才性异),侍郎钟会论合(才性合),屯骑校尉王广论离(才性离)。"可见,当时有持不同主张的代表人物。傅嘏和钟会都出身世族儒门,政治上支持司马氏,两人都拥护司马师和司马昭向曹氏夺取政权,他们标榜的才性同和才性合,实际上也是司马氏的政治主张,也是为儒家道德教条说话,为九品中正制找到了理论根据。李丰和王广在政治上与曹氏、夏侯氏为一党,他们主张才性异和才性离,正是坚持曹操唯才是举的主张,也极力反对儒家九品中正制。才性论上的两两针锋相对,实际上是政治态度的斗争。

钟会写了《四本论》,主张才性同。《嵇氏谱》说:"嵇康妻,(沛穆王曹)林子之女也。"(《三国志·武文世王公传·沛穆王林传》注引)作为曹氏集团的一员,嵇康当然不会同意其所论,所以才有上文的钟会见嵇康不敢拿出来,走到嵇康家户外,扔进去后快速离开的举动。

东晋后,作为玄学家清谈的主题,"四本论"还是被大家拿出来辩论的。当时谈论才性主要是根据气化宇宙论,以元一、阴阳、五行等来解释四本的根源,比如物有美恶,就认为是气有清浊所致,但都离不开元一(元气),本质也是气化的结果。《世说新语》中有多篇讲到殷浩在才性即四本论上的非凡造诣。

殷中军虽思虑通长,然于才性偏精。忽言及四本,便苦汤池铁城,无可攻之势。(文学4:34)

殷浩与人就才性即四本论进行辩论时,都说他"汤池铁城,无可攻之势",以至于达到了无人可以争锋的地步。

殷仲堪精核玄论,人谓莫不研究。殷乃叹曰:"使我解四本,谈不翅尔。"(文学4:60)

为晋孝武帝所重的殷仲堪,对玄学也很有研究,对精通四本论的人很钦佩。人们都说他对玄学理论研究得很透彻,他却叹息说:"假如我能分析四本才性,那么我谈起来就不只是这样了。"

四本论的讨论到东晋已经失去了政治寓意,人们谈论的四本主要是思索人生和宇宙,和最初的彰显政治倾向的四本论,关系已经不大了。

九锡:篡位先声

桓玄义兴还后,见司马太傅,太傅已醉,坐上多客。问人云:"桓温来欲作贼,如何?"桓玄伏不得起。谢景重时为长史,举板答曰:"故宣武公黜昏暗,登圣明,功超伊、霍,纷纭之议,裁之圣鉴。"太傅曰:"我知!我知!"即举酒云:"桓义兴,劝卿酒。"桓出谢过。(言语2:101)

太傅司马道子喝多了酒,当着很多客人的面,问来觐见的桓玄:"桓温当年想作贼造反,是怎么回事?"作贼是魏晋时的常用语,指谋反。这一问,桓玄当然吓得不轻,伏身不敢起来。还是太傅长史谢景重说了桓温在世时的一些重要功勋,太傅才没有继续问下去,叫桓玄起来喝酒。——为什么说桓温想造反呢?因为桓温驻军姑孰(今安徽马鞍山),向朝廷求九锡。

九锡,锡通"赐",原本是古代天子赐给诸侯、大臣的九种器物,是天子给予诸侯或者大臣的最高礼遇。这九种赐物为:车马、衣服、乐悬、朱户、纳陛、虎贲、弓矢、斧钺和秬鬯。九锡变成权臣篡位前的伎俩,源于王莽谋汉前先要求九锡。东汉元始五年五月,富平侯张纯为首的九百零二名公卿大夫、博士、列侯、议郎等一起向太皇太后上书,称颂王莽功德可比伊尹、周公,请加"九锡",是月,太皇太后临于前殿,亲赐王莽九锡,接受九锡后,王莽最终废汉室建立了新朝,从此,九锡变成了权臣夺位前的先声。王莽之后,桓温之前,很多魏晋权臣都先要求九锡,然后开始篡位。曹操被东汉授九锡,后长期把持东汉政权,其子曹丕篡汉建魏;司马昭被曹魏授九锡,其子司马炎篡魏建晋。

桓温要求朝廷九锡,谢安问计于仆射王彪之,王彪之说了一个计谋,就是用拖字诀——当时桓温正在病重期间。后来桓温篡位未成就死了,就是所谓的"作贼未成"。

佛教:佛理的玄理

魏晋士人因对儒学产生怀疑,开始越名教而任自然,积极探索和追求道家的修身养性,或服食丹药追求长生不老,或终日饮酒作逍遥状,或寄情山水走向自然。当时注释道家著作成为一种时尚,士人都想从中找到一种新的修身方法。

在走向自然、寄情山水时,玄学家与佛界高僧有了接触。在与佛界高僧的辩论中,玄学家发现佛教思想与老庄哲学有较多的共同之处,由此佛教慢慢地在士大夫阶层传播开来。

殷中军见佛经云:"理亦应阿堵上。"(文学4:23)

中军将军殷浩见到佛经,说:"玄理也跟这个相应。"可见,玄学家也开始认可佛经的思想。

殷中军读小品,下二百签,皆是精微,世之幽滞。尝欲与支道林辩之,竟不得。今小品犹存。(文学4:43)

殷浩读《小品经》下了功夫,里面加了二百多个浮签,都是精妙幽微的地方,也是世人都很难理解的地方,本来想和高僧支遁辩论的,后来也没有机会,不过那部《小品经》还是保存下来了。

殷中军被废东阳,始看佛经。初视《维摩诘》,疑"般若波罗密"太多,后见《小品》,恨此语少。(文学4:50)

殷中军被废,徙东阳,大读佛经,皆精解。唯至"事数"处不解。遇见一道人,问所签,便释然。(文学4:59)

殷浩被罢黜,住在东阳,无事大读佛经,遇到"事数"处不解,后遇到僧人点拨后才释然。学习佛经,不解名相是无法进入的,俗话说:"佛经无人说,虽智不能解;说而不失其义,是说亦难得其人焉。"事数是佛家语,指一切事物名相。佛教名相繁多,有与数字有关的佛教名相,如"二执",指我执、法执;"三业"指身、口和意三业;"四谛"指苦、集、灭和道四谛;"五欲"指财、色、名、食和睡五欲;"六根"指眼、耳、鼻、舌、身和意六根。当然还有与时间有关的名相,如"念知日月",指要知晓时下黑、白月的具体日期。"安居"指农历四月十六至七月十五明相处,即所谓前安居。

殷浩因不懂数字相关的名相,经僧人一说就释疑解惑了,可见"生公说法、顽石头点"是有道理的。

东汉末年佛教在中国得到传播,与玄学兴盛的时间差不多,佛教迎合了时人的精神追求,并借助玄学的风头得以传播,自此,佛教在中国扎下了根基并开始兴盛起来。

晋鼎:东晋的天下

郗超与谢玄不善。苻坚将问晋鼎,既已狼噬梁、岐,又虎视淮阴矣。于时朝议遣玄北讨,人间颇有异同之论。唯超曰:"是必济事。吾昔尝与共在桓宣武府,见使才皆尽,虽履屐之间,亦得其任。以此推之,容必能立勋。"元功既举,时人咸叹超之先觉,又重其不以爱憎匿善。(识鉴7:22)

郗超与谢玄关系不太好。苻坚想要灭掉东晋,当时已经吞并了梁州、岐山,又在虎视眈眈地注视着淮河以南的地区,伺机攫取。当时朝廷派遣谢玄北上讨伐苻坚,人们对此也颇有意见。只有郗超说:"这样安排能成事。我曾经和谢玄共事过,他用人能各尽其才,即使是小事,也能委派很得当的人选。以此推论,他或许能建功立勋。"谢玄大功告成后,当时人都赞叹郗超的先见之明,也佩服他的气度。

晋鼎,就是要攻打晋国并消灭晋国的意思。鼎,指代政权,问鼎就是觊觎别国并意图侵占别国。《左传·宣公三年》载,春秋时,楚庄王征伐陆浑的戎人,并在周室的疆域上也就是洛阳检阅军队。周定王派遣王孙满慰劳楚军,楚庄王便试探着问王孙满九鼎的大小、轻重。王孙满回答说得天下"在德不在鼎"的道理,最后说:"周德虽衰,天命未改;鼎之轻重,未可问也。"从此,问鼎轻重就成了想夺取九鼎、占有天下的意思。

问晋鼎活用了问鼎一词,反映了当时各路英豪都志在图谋天下,魏晋时中原动荡,天下不宁。

侨置:用旧名在异地重建

永嘉之乱后,北方的流民和东晋政权一道迁到了南方。为了安置北方来的流民,同时也是慰藉北来流民,东晋政权设置了大量的侨州、侨郡和侨县。这些侨置的地方都由流民来担任刺史、太守或者县令。

桓公北征经金城,见前为琅邪时种柳,皆已十围,慨然曰:"木犹如此,人何以堪!"攀枝执条,泫然流泪。(言语2:55)

太和四年（369），桓温第三次北伐路过金城，见三十四年前种的树已经有十围粗了，大发感慨，说"木犹如此，人何以堪"，为此老泪横流。这里的金城侨置了琅琊郡，咸康元年（335），桓温二十多岁时，出任琅琊内史，当时就在治所种植了几排柳树。琅琊郡本来在山东胶南、诸城一代，因为西晋灭亡，江北尽失，故在金城即江苏句容一带设置了琅琊郡与临沂县。

东晋初，侨州郡县均沿用北方原地名，如在京口（今江苏镇江）侨置徐州，在广陵（今江苏扬州）侨置了青州，等等。侨置的郡县并没有实际的土地，所以侨置民也就不需要承担赋役。由于侨置州县过多，导致行政机构的混乱和财政收入减少，东晋政府后来采用了"土断"，即以居住地作为断定户籍的依据，使之著籍，取消侨人原来的临时户籍，也就是取消白籍，改由居住地编制统一的黄籍。东晋中后期，政府经过多次实行"土断"，逐步取消了对侨人的优惠待遇，并逐渐减少了侨州、郡、县，侨置情况开始消失，但一直到隋朝统一全国后才完全废除侨置。

类似的例子，比如英国这个老牌殖民国家，在其殖民的地方，多采用英国原有的地名，1770年库克船长发现了大洋洲大陆东部海岸线，就称这里为"南威尔士"（源于不列颠的威尔士），后改称"新南威尔士"，西澳大利亚首府珀斯（Perth）源于苏格兰地名Perth，这大概是西方的侨置制度吧。

新贵与旧望：不可逾越的阻隔

殷浩与刘惔清谈，理屈时还想强说，刘惔就不再搭理他了，等殷浩走后，刘惔说："乡下人强学人说清言。"

殷中军尝至刘尹所，清言良久，殷理小屈，游辞不已，刘亦不复答。殷去后，乃云："田舍儿，强学人作尔馨语。"（文学4∶33）

殷浩的父亲殷羡官至豫章太守、光禄勋，但殷家并非世家大族，而刘惔出身世宦家庭，其祖父刘宏、父亲刘耽在当时都有极佳的名声。关于殷浩的出身，除了刘惔说过其"乡下人"，王羲之也说过其"布衣"出身。王羲之在《又遗殷浩书》中说："使君起于布衣，任天下之重，尚德之举，未能事事允称……"庶族子弟尽管由于各种机缘进入政治结构的上层，但他们在遇到不顺时，还是会被人看不起出身。

王羲之家是世家大族，当时的郗家就是流民帅，相比起王家来说比较一般。《世说新语·贤媛》："王右军郗夫人谓二弟司空、中郎曰：'王家见二谢，倾筐倒庋；见汝辈来，平平尔。汝可无烦复往！'"不过是琅琊王氏比高平郗氏家族声望高罢了，郗夫人也明显感觉到了王家的势利和不尊重郗家。

诸葛恢大女适太尉庾亮儿，次女适徐州刺史羊忱儿。亮子被苏峻害，改适江虨。恢儿娶邓攸女。于是谢尚书求其小女婚，恢乃

云:"羊、邓是世婚,江家我顾伊,庾家伊顾我,不能复与谢裒儿婚。"……(方正5:25)

琅琊诸葛是世家,与其家通婚的除了世代有婚姻关系的邓家,其他都是门当户对的大家族,有新野庾氏家、泰山羊氏家,所以当谢裒(曾任吏部尚书)向诸葛恢求其小女儿做儿媳时,遭到了诸葛恢的拒绝。——新贵与旧望有矛盾,更重要的是传统世家大族看不起新起的谢氏家族。

别说"士庶之际,实自天隔",就是同是世家,亦是矛盾重重。

官　场

官场遴选制度、官员选拔过程、地方官的治理细节、监察制度、税收制度等，在《世说新语》中都有具体篇目涉及。人才选拔中有密启选录、乡品和官品。有些职位为什么特别让人稀罕，比如中书令这样的职务为什么那么多人求之如渴。当然，当时的政治家之间，明争暗斗也很多。

送故：官员敛财的借口

　　桓宣武薨,桓南郡年五岁,服始除,桓车骑与送故文武别,因指与南郡："此皆汝家故吏佐。"玄应声恸哭,酸感傍人。车骑每自目己坐曰："灵宝成人,当以此坐还之。"鞠爱过于所生。(夙惠12：7)

　　桓温死时,桓玄只有五岁,丧服刚除,桓温弟弟桓冲与参加送故的文武官员道别,并指着这些官员对桓玄说："这些全是你家原来的将佐。"桓玄听后失声痛哭。桓冲自己也常看着自己的座位说："等桓玄长大了,要把这个座位还给他。"恒冲喜爱这个侄子胜过亲生的。——这里送故是州郡官员殁于任所,属下佐吏护丧回故里之意。

　　送故也指官吏离职,属吏人身相附,一道转任。

　　褚公于章安令迁太尉记室参军,名字已显而位微,人未多识。公东出,乘估客船,送故吏数人,投钱唐亭住。尔时吴兴沈充为县令,当送客过浙江,客出,亭吏驱公移牛屋下。潮水至,沈令起彷徨,问："牛屋下是何物人？"吏云："昨有一伧父来寄亭中,有尊贵客,权移之。"令有酒色,因遥问:"伧父欲食饼不?姓何等?可共语。"褚因举手答曰:"河南褚季野。"远近久承公名,令于是大遽,不敢移公,便于牛屋下修刺诣公。更宰杀为馔,具于公前,鞭挞亭吏,欲以谢惭。公与之酌宴,言色无异,状如不觉。令送公至界。(雅量6:18)

褚裒由章安令升任太尉记室参军,当时他名气很大但地位卑微,认识的人并不多。褚裒乘商人的船东行,和几个送故的下属在钱塘亭投宿。当时吴兴人沈充为县令,正要送客人过浙江,客人到后,亭吏就把褚裒他们赶到牛棚去住了。后来沈充得知住在牛棚的是褚公,吓得赶紧摆酒道歉,还鞭打了亭吏,最后礼送褚公出了县界。

因为州郡的长官能辟任佐属,这样长官与佐属之间也就有如君臣、父子关系。长官离任或者转任,下面的佐属也随之迁转。送故制度源于后汉,魏晋时已经非常盛行,俨然成了当时的官场一景。本来只是下属送州郡长官迁转离任,借以得到州郡长官的再次提携,后来又成为新官敛财的一种手段。有时朝廷也纵容这种行为,很多官员任期不满就不断调迁,导致佐属官员送故的压力很大,朝廷还美其名曰"恤贫"。

敛钱为主要目的的送故,最一般的是送米布之类的,也有送钱财的,据说多的"送资数百万"。还有送人员的,"送兵多者至有千余家,少者数十户。"(《晋书·范宁传》)多的有千余家,少的也有数十户,豪门与政府争夺劳力,荫蔽户民。送故最后演变成了官员离任时借机敛财的机会。

因为官员都不能久于其任,所以送故已经成为一件劳民伤财的事情,有官员上书请求规定官员任期,《晋书·范宁传》载,范宁上疏孝武帝:"谓送故之格宜为节制,以三年为断。"但东晋的送故,并未因此有所收敛。不过,官员三年一个任期的制度,看来是有历史根据的,至少在魏晋时范宁就曾这样建议过。

徒、髡:纳粟纳帛赎罪

刘道真尝为徒,扶风王骏以五百疋布赎之,既而用为从事中郎。当时以为美事。(德行1:22)

西晋将领刘宝(字道真)早年贫贱,曾经是一位服劳役的犯人。扶风王司马骏用了五百匹布把他赎出来了,还任命他为从事中郎。这在当时被称为一件美事。——徒,即徒刑,古代刑法名,即拘禁使服劳役。

那些犯了法、服劳役的人还要受髡、耐等刑罚。髡,剃去头发的一种刑罚。耐,指剃掉胡须两年的一种刑罚。据此可知当时刘道真是剃去头发和胡须的服役人。

在《世说新语》中,汉末名士陈寔(字仲弓)就曾被太守髡过。

颍川太守髡陈仲弓。客有问元方:"府君何如?"元方曰:"高明之君也。""足下家君何如?"曰:"忠臣孝子也。"客曰:"《易》称'二人同心,其利断金;同心之言,其臭如兰。'何有高明之君而刑忠臣孝子者乎？"元方曰："足下言何其谬也！故不相答。"客曰："足下但因伛为恭，而不能答。"元方曰："昔高宗放孝子孝己，尹吉甫放孝子伯奇，董仲舒放孝子符起。唯此三君，高明之君；唯此三子，忠臣孝子。"客惭而退。（言语2：6）

颍川太守对陈寔施了髡刑。有位客人问他儿子陈纪，说："觉得太守怎样？"陈纪说："是高明的府君。""那你父亲怎样？"陈纪说："是忠臣孝子。"客人说："《周易》说二人同心，其利断金；同心之言，其臭如兰。哪里有高明的府君施刑给忠臣孝子的呢？"陈纪说："你的话好荒谬，不想回答你了。"客人揪住不放，说："你是驼背人说自己谦恭吧。"陈纪说："从前，殷高宗放逐孝子孝己，周尹吉甫放逐孝子伯奇，汉董仲舒放逐孝子符起。三位先生是高明的君子，被放逐的三人也都是忠臣孝子。"客人惭愧而去。

古代认为，身体发肤来自于父母，一般不应损坏。"范宣年八岁，后园挑菜，误伤指，大啼。人问：'痛邪？'答曰：'非为痛，身体发肤，不敢毁伤，是以啼耳！'"（见《世说新语·文学》）范宣八岁在后园挑菜的时候误伤了自己的手指大哭，别人问他有这么痛吗？他说毁伤了父母给的身体发肤，所以痛苦。

汉末因为货币五铢钱贬值，谷、帛为硬通货，所以当时买官卖官用粟和帛，谷、帛也同样能用来赎罪，扶风王司马骏就是用了五百匹布给刘道真赎了罪。

十恶：不会赦免的罪

东汉末年,太丘令陈寔发现下属诈称母病请假,便让小吏拘捕并杀掉了那位下属。这是不是有点责罚太重了？陈寔下属担心罪名太重,请示他,是不是要审一下,陈寔下了判词,说:"欺君不忠,病母不孝。不忠不孝,其罪莫大。"

> 陈仲弓为太丘长,时吏有诈称母病求假。事觉收之,令吏杀焉。主簿请付狱,考众奸。仲弓曰:"欺君不忠,病母不孝。不忠不孝,其罪莫大。考求众奸,岂复过此？"（政事3：1）

秦汉的律令今天只呈见于史籍中,不过隋以后的法律中就有十恶不赦,即犯了十恶不可以赦免,十恶一是谋反,二是谋大逆,三是谋叛,四是恶逆,五是不道,六是大不敬,七是不孝,八是不睦,九是不义,十是内乱。其中一恶就是"不孝","不孝"中又有七种情况,第一就是"诅咒祖父母、父母,处以绞刑",只要犯了就不赦免。至于欺君之罪,在十恶中未见。陈仲弓的下属欺骗上级说母亲病了,有诅咒母亲之嫌。说了一个谎就被要了命,不论怎么说都不值当,魏晋前后,国家治理提倡以孝为本,说这样涉嫌诅咒母亲的话确实不妥。汉末孔融就因不忠不孝的罪名被曹操杀了,并被灭了族,此事发生于建安十三年（208）。

魏晋以孝治天下,孝就是朝廷倡导的道德规范,不孝是非常严重的罪行。正如鲁迅所言,魏晋时君主大都背叛了原来的君主,因为羞于言忠就提倡孝,其本意还是求忠臣如孝子,希望孝子如事父母一样事君。

密启选录:任命前的酝酿

晋时选拔人才,用的是九品中正制,也称九品官人法。一般郡邑设小中正,州设大中正,品第人才,由小中正以九等排定高下,上报大中正。大中正有核实的责任,核实后上报给司徒,司徒再核实,然后交付尚书选用。品评和任命之间的关系是"岂若使各帅其分,官长则各以其属能否,献之台阁。台阁则据官长能否之第,参以乡间德行之次,拟其伦比,勿使偏颇"。(《三国志·魏书·夏侯玄传》)台阁,汉代时指尚书。

山司徒前后选,殆周遍百官,举无失才。凡所题目,皆如其言。唯用陆亮,是诏所用,与公意异,争之不从。亮亦寻为贿败。(政事3:7)

西晋名臣山涛担任吏部尚书,遴选了多年官员。其在举荐官员时总是写成奏章,先秘密给皇帝选录,为了让皇帝知道所选对象的情况,还附有一份启事。据说山涛推荐的人才都没有出过问题,凡是他品评过的人都是完全符合其评价的。有一次皇上下令用陆亮,山涛对此有不同意见,和皇帝争执,最后皇上不听他的话,还是用了陆亮,可惜陆亮不争气,不久就因为受贿被撤职。

> 嵇康被诛后,山公举康子绍为秘书丞。绍咨公出处,公曰:"为君思之久矣!天地四时,犹有消息,而况人乎?"(政事3:8)

山涛公正,可是在使用嵇康儿子的问题上,他还是有点私心。有一次皇上要选秘书丞,山涛推荐了嵇绍,《山公启事》即推荐词是:"绍平简温敏,有文思,又晓音,当成济也。犹宜先做秘书郎。"秘书丞是古代掌文籍等事的官吏。山涛根据这个职位的需求,说嵇绍性格平和简易、温顺聪敏,有文化又懂得音乐,应该能担任该职,不过建议让他先做秘书郎锻炼一下。

他说了一句:"为君思之久矣。天地四时,犹有消息,何况人乎?"这句话的意思是,我为你考虑很久了。天地四时都有一消一长的变化,何况人呢?意思是嵇绍出仕不应该再受父亲的事情牵连。

乡品:乡里的口碑

> 温公初受刘司空使劝进,母崔氏固驻之,峤绝裾而去。迄于崇贵,乡品犹不过也。每爵,皆发诏。(尤悔33:9)

西晋灭亡后,北方并州刺史刘琨派右司马温峤南下,劝琅琊王司马睿即位,温峤的母亲崔氏坚决阻止他,不让他南下,温峤割断衣裾坚决地走了。后来他地位高贵了,乡品还是不获通过。每次升职,都要靠发诏书特进。

中正评定的品第称为乡品。乡品与被评者的仕途密切相关,因为中正品第写定并藏于司徒府的"黄籍"(黄纸写定),在复核后会送给吏部,作为选官的根据。

魏晋时的乡品制度中,宗族乡党舆论对士人进身之途和仕宦升迁影响极大,当时士人的品行、乡邑的评价和国家选拔三者紧密相连。自东汉末年以至魏晋,乡品的主要标准还是儒家的道德标准,即孝、悌为主,主要有"孝行""仁恕""义断",魏晋时也考察个人的能力。据《三国志·魏书·常林传》裴松之注引《魏略·清介传》说:"(王)嘉叙(吉)茂虽在上第,而状甚下,云:'德优能少。'茂愠曰:'痛乎,我效汝父子冠帻劫人邪。'"——乡品说了考评对象吉茂道德不错、能力一般。

乡品由各州设大中正、各郡设小中正评定。州郡下面还设有属员,即"访问",负责定期搜集乡党的舆论,在定品时协助中正进行乡品。按照惯例,魏晋时大小中正一月一会,以便听取"访问"意见,同时大小中正之间也要定时通气。

制度规定,乡品是三年一定品。如有人将家庭成员问题或者违犯清议的官员上报给中正,中正通过评议把"状",即发现的问题和自己的意见报告给朝廷,请求对该官员进行降品处罚。如果官员升职等,也要结合三年乡品来决定。

温峤违背母亲的意愿,绝裾而去,是非常不孝的行为,当地的宗族乡绅一直没有原谅他,所以他的乡品总是通不过,但他劝进的行为又是忠于晋朝的,于是只有靠发诏书特进了。

阮简因为在父亲丧期食用了肉食,后来乡品也一直通不过,将近三十年都得不到别人的原谅,所以也就不得叙用。

官品：官职的品第等级

三国时魏文帝定九品官人法，九品即九等，上上，上中，上下；中上，中中，中下；下上，下中，下下。因为各地中正都是皇帝任命的世家豪门，所以在评定士人品级时，只论其门第，不论其才能，就出现了"上品无寒门，下品无士族"的情况。九品是乡品，保证了士族入仕的特权。九品中以二品为界，士族间区隔明显，高门士族一般在二品。

刘万安，即道真从子。庾公所谓"灼然玉举"。又云："千人亦见，百人亦见。"（赏誉8：64）

刘绥（字万安）是刘宝的侄子，庾琮说他是"灼然科"的优秀人才。又说他：在千人眼中也显眼，在百人眼中也显眼。——这里的"灼然"，一般认为是晋察举的科目之名。《晋书·邓攸传》载邓攸"以孝著称，举灼然二品"。《晋书·温峤传》说温峤年轻时"后举秀才、灼然"，然邓攸、温峤皆非高门士族子弟。类似的还有"寒素二品""贤良二品""门第二品"等记载，有较多学者认为这些是二品的别称，均是汉以来直至曹魏的察举科目，当然也有学者认为二品别称概念并不存在，目前学界并无一致的意见。

魏末夏侯玄论中正，说中正考德行而台阁审才能。魏晋时起家的官品与中正所定之品会有差异，官品，即任命官职的品第等级，其

《世说新语》风物：魏晋人的生活日常与文化

与乡品有深刻的关系，一般来说乡品高，官品低，如中正上为二品者，起家官一般是六品或七品，即官职为第六品中的诸督军粮、度支中郎将、校尉、都督等。

登闻鼓：人有穷冤则挝

东晋初年，廷尉卿张闿夺了左右邻里的宅子来扩建，占地多了还在都中建了都门，因为门关得早，经常引起路过的百姓抱怨，他们到州府申诉，州府不愿意受理，他们去敲击登闻鼓，仍是不受理。后来老百姓申诉到了太常卿贺循（死后官赠司空）那里，张闿听说后才拆了都门。

元皇帝时，廷尉张闿在小市居，私作都门，蚤闭晚开，群小患之，诣州府诉，不得理；遂至挝登闻鼓，犹不被判。闻贺司空出，至破冈，连名诣贺诉。贺曰："身被征作礼官，不关此事。"群小叩头曰："若府君复不见治，便无所诉。"贺未语，令："且去，见张廷尉当为及之。"张闿，即毁门，自至方山迎贺，贺出见辞之，曰："此不必见关，但与君门情，相为惜之。"张愧谢曰："小人有如此，始不即知，蚤已毁坏。"（规箴10∶13）

敲登闻鼓都不受理，实属奇怪。为了方便百姓对国家或者国君进行批评，或者为了解决百姓之间的争讼，据说禹时就"立鼓于朝"，《容成民》22号简中记载："禹乃建鼓于廷，以为民之有讼告者鼓焉。"魏晋时开始出现登闻鼓，《晋书·武帝纪》说泰始五年

(269)"西平人麴路伐登闻鼓,言多妖谤,有司奏弃市。帝曰:朕之过也"。由此可见,晋时敲击登闻鼓,有看守和受理官员,受理官员把处理意见报给皇帝,由皇帝决定处理结果。廷尉卿张闿负责刑狱及审判,这里似乎有隐而不报的渎职之嫌。后来还是因为深得皇帝信任的太常卿贺循答应受理,张闿才还路于民。

后来,登闻鼓制度更加规范,由早期的言谏到晋时的申诉,由皇帝督办到清时由刑部查办。最后登闻鼓被人用为衙门前击鼓鸣冤,已经是晚清了。

中书令:皇帝身边的官员

魏晋时,中书监、中书令号为宰相之任,比尚书令光彩,当时中书之职有凤皇池、龙凤池之称。

晋武帝时,荀勖为中书监,和峤为令。故事,监、令由来共车。峤性雅正,常疾勖谄谀。后公车来,峤便登,正向前坐,不复容勖。勖方更觅车,然后得去。监、令各给车自此始。(方正5:14)

晋武帝时,荀勖为中书监,和峤为中书令。按照以前的规定,两人共乘一辆公车。和峤性正直,常反感荀勖的谄媚。他们的公车一来,和峤便登车朝前坐好,不给荀勖留位置。荀勖只好再找车才能回去。也因这个原因,以后中书监和中书令开始各配一辆公车。

荀勖担任过中书职务(中书监),后来调任尚书令,很多人前来祝贺,荀勖说:"勖久在中书,专管机事。及失之,甚惘惘怅怅。或

有贺之者,勖曰:'夺我凤凰池,诸君贺我邪!'"(《晋书·荀勖传》)

为什么职务升了,荀勖却生气了呢?原来中书监为天子的私人秘书,尚书省向皇帝奏事,都需要通过中书监接受,再转给皇帝;皇帝向尚书省所发的诏命,也是由中书监起草并下达。中书监掌握了上传下达和诏诰起草,既掌管机要,又接近皇帝,所以中书省被誉为凤凰池、龙凤池,他被调离了这个位置,当然不开心了。

名籍:政府税收的依据

《世说新语》中记载了很多不立民籍的事,这其中或者因为豪族庇佑或者因为流离失所。东晋前期,因为中原丧乱,很多流民离开了自己的故土来到南方,除了因为居无定所不立民籍外,很多都是因被世家富豪藏匿而不立名籍。当时逋亡者即因逃亡失去户籍的人很多,藏匿逃亡者是违法的行为,也是当时政府明令禁止的。

西晋实行的占田制,规定官兵不缴纳税收,也规定了百姓的课税限制和户调标准,即丁男按照50亩标准交税,次丁男按照25亩标准交税,丁女按20亩标准交税,每亩交8升田谷。除此以外,还需要上缴户调,即每户绢三匹、绵三斤。可是各级官员不用交任何税,而且还有荫客和荫亲特权,根据官员品级高低确定可以荫亲的数量,最多的可以荫九族,最少的可以荫三代;荫客也是如此,分为食客和佃客,食客可以荫三个到一个不等,佃客可以荫五十户到一户,这些被荫的人都有特权,都不用交税。占田制在曹操屯田制瓦解后确实发挥了作用,但不久以后就出现了有权势的人广占荒田,而贫穷的人无地可耕,但还要缴纳税收的情况,所以就出现了逋亡的现象,就是逃亡失籍,于是政府就下死命令不让百姓离开本土。

即使在屯田制之前,人口和户籍也是古代征税的唯一依据。三国时期会稽山阴籍的贺邵在孙休即位后,从中郎升任散骑中常侍,不久出京担任吴郡太守,刚到任时,被吴中豪强看不起,有豪强甚至在他的官府大门上题写了:"会稽鸡,不会啼。"贺邵听报后,走出门,要来笔后在后面加了一句:"不可啼,杀吴儿。"后他派专人去查看富豪们家里的仓库,果然查核到了顾、陆等大姓人家役使官兵和藏匿逋亡的现象,并把情况报告给了皇帝,获罪者非常多。当时陆抗担任江陵都督,也受到牵连,为此特意请求孙皓帮忙,才了结此事。

贺太傅作吴郡,初不出门。吴中诸强族轻之,乃题府门云:"会稽鸡,不能啼。"贺闻,故出行,至门反顾,索笔足之曰:"不可啼,杀吴儿!"于是至诸屯邸,检校诸顾、陆役使官兵及藏逋亡,悉以事言上,罪者甚众。陆抗时为江陵都督,故下请孙皓,然后得释。(政事3:4)

到了东晋谢安当政时,兵士和奴仆逃亡的现象也比较常见,在京城建康就有不少人逃到秦淮河南岸的画舫中。

谢公时,兵厮逋亡,多近窜南塘下诸舫中。或欲求一时搜索,谢公不许,云:"若不容置此辈,何以为京都?"(政事3:23)

当时逃亡的人多在南塘一带的船中,有人想对各条船进行搜查,谢安不允许,说:"如果不能包容和宽免这些人,怎么称得上京都呢?"京,大也。京都是天子居住的地方,众人聚集的场所。——可见谢安为政宽大,不严苛。

共天下:那时的明争暗斗

庾公权重,足倾王公。庾在石头,王在冶城坐。大风扬尘,王以扇拂尘曰:"元规尘污人!"(轻诋26:4)

王导居家时,每当刮起西风,便用扇子挡住风尘,不紧不慢地说:"这是庾亮吹起的灰尘吧,真脏呀。"庾亮字元规,又称元规尘或者庾尘。

其实这是王导与庾亮二人持续多年的权力斗争的结果,王导本是八面玲珑的人,宫廷争夺让这位左右逢源的人对政坛对手有了极深的怨恨,可见斗争的残酷和激烈。但二位都是政坛高手,一来一往都是高手出招,所以都无鄙语,王导还称庾亮的字,无轻视之意。

有往来者云:"庾公有东下意。"或谓王公:"可潜稍严,以备不虞。"王公曰:"我与元规虽俱王臣,本怀布衣之好。若其欲来,吾角巾径还乌衣,何所稍严。"(雅量6:13)

有身边人对王导说:"庾亮有要来朝廷执掌大权的意思。"还有人对王导说:"你可以暗中有所防备,以防有不测之祸。"王导说:"我和庾亮都是辅佐大臣,本来也是布衣之交的好友,如果他来执掌朝政,我回乌衣巷去做我的平民就是,何必防备。"——庾亮家世好,相貌好,学问还好,司马衍四岁为皇帝时,庾太后执政,庾亮成为国舅爷,苏峻反叛被平后,他又与王导争夺扬州的江西,两人不断明争暗斗。庾亮辅政后结束了"王与马,共天下"的政治局面,自此琅邪王氏由盛而衰,颍川庾氏家族开始崛起。

旧时王谢:原来矛盾也很大

谢安任中书监时,有一次王珣也有事上朝,王珣后到,坐榻狭窄,谢安还是收紧双腿腾出地方让王珣坐。坐下后,王珣神情安闲,谢公为此侧目,回去还和夫人说起了王珣。——要知道王谢两家矛盾很大。

谢公领中书监,王东亭有事应同上省,王后至,坐促,王、谢虽不通,太傅犹敛膝容之。王神意闲畅,谢公倾目。还谓刘夫人曰:"向见阿瓜,故自未易有。虽不相关,正是使人不能已已。"(赏誉8:147)

我们平时说:"旧时王谢堂前燕。"王谢连在一起,似乎也应关系不错,其实不然,他们隔阂大着呢。

王珣娶了谢万的女儿,王珣的弟弟王珉娶了谢安的女儿,也就是王珣兄弟两都是谢家女婿,可是后来王珣、王珉都与谢氏离婚了,自此二族成了对头。但在上朝时,原来的叔父谢安还是会让位置给王珣,而昔日的侄女婿坐在那里也神色安闲,这就是魏晋风度。

王谢二家的婚姻失败,实际上是复杂的政治斗争导致的,主要起源于王谢两家对桓温的不同态度。王珣受桓温赏识,桓温死后他作为其余党,政治上受到朝廷及谢氏的打压,太元十五年(390)九月,谢安去世五年后,王珣才以吴兴太守补尚书仆射、领吏部,领吏部第二年桓玄即被任命为太子洗马。王珣在朝廷也对谢氏有颇多的不友好,且王谢两家的隔阂直到东晋灭亡,都还未解。

不过《世说新语》记载,得知谢安去世,王珣还是去吊唁了。

王东亭与谢公交恶。王在东闻谢丧,便出都诣子敬道:"欲哭谢公。"子敬始卧,闻其言,便惊起曰:"所望于法护。"王于是往哭。督帅刁约不听前,曰:"官平生在时,不见此客。"王亦不与语,直前,哭甚恸,不执末婢手而退。(伤逝17:15)

王谢两家虽然已经交恶,但是当王珣听说谢安去世后,还是赶紧出都,和王献之说:"我想去哭吊谢公。"当时王献之正卧着,一听马上惊起来了,说这就是我期望你去做的。王珣于是前去哭吊,当时谢安手下的恶人还不让王珣去哭吊,王珣也不和他说话,直接前去,痛哭流涕,哭吊了后也不和孝子握手就直接走了。

驸马爷:皇帝选的女婿

王敦初尚主,如厕,见漆箱盛干枣,本以塞鼻,王谓厕上亦下果,食遂至尽。既还,婢擎金澡盘盛水,琉璃碗盛澡豆,因倒著水中而饮之,谓是干饭。群婢莫不掩口而笑之。(纰漏34:1)

西晋武帝时期,王敦刚和公主成亲时,因为不熟悉公主府那些精致的生活,所以闹了笑话。上厕所时,看到漆箱里有干枣,本来干枣是用来塞鼻子的,王敦以为是厕所吃食,竟然全部吃了。等从厕所出来,奴婢端来一盘水和一碗澡豆,王敦就把澡豆倒进水里吃了。那些奴婢们见此情景,都忍不住掩口而笑。

据周一良先生考证,与公主结婚后,驸马一般都住在公主府第,王敦闹了这么多笑话,应该是第一次去公主府。

娶了公主一般称为尚主,尚是娶帝王之女为妻之意。

桓宣武平蜀,以李势妹为妾,甚有宠,常著斋后。主始不知,既闻,与数十婢拔白刃袭之。正值李梳头,发委藉地,肤色玉曜,不为动容。徐曰:"国破家亡,无心至此。今日若能见杀,乃是本怀。"主惭而退。(贤媛19:21)

桓温有了南康长公主以后,还敢在外面娶小妾,可见桓温的霸道;南康长公主听了李势妹的一番话之后,能"惭而退",可见公主深明大义。

桓宣武作徐州,时谢奕为晋陵。先粗经虚怀,而乃无异常。及桓迁荆州,将西之间,意气甚笃,奕弗之疑。唯谢虎子妇王悟其旨。每曰:"桓荆州用意殊异,必与晋陵俱西矣!"俄而引奕为司马。奕既上,犹推布衣交。在温坐,岸帻啸咏,无异常日。宣武每曰:"我方外司马。"遂因酒,转无朝夕礼。桓舍入内,奕辄复随去。后至奕醉,温往主许避之。主曰:"君无狂司马,我何由得相见?"(简傲24:8)

南康长公主一句戏谑的话,也说出了桓温平时的作风,那就是桓温经常借故不到公主府去住。

袁羊尝诣刘恢,恢在内眠未起。袁因作诗调之曰:"角枕粲文茵,锦衾烂长筵。"刘尚晋明帝女,主见诗,不平曰:"袁羊,古之遗狂!"(排调25:36)

袁乔(小字羊)去拜访刘恢(应是刘惔),刘惔还在里面睡觉没有起来,袁乔为此写了一首诗调笑。刘惔娶了晋明帝的女儿,即庐陵公主,庐陵公主对袁羊这首不吉利的诗很反感,所以才会愤愤不平地反击,说袁羊是古代留下来的狂妄之徒。

驸马是驸马都尉的简称,原来是官名,汉武帝时始置,驸马都尉,驸即副,掌副车。三国时期魏国何晏被授官驸马都尉,魏晋以后,皇帝女婿都照例加封驸马都尉,自此驸马就用来称呼帝婿了。

《世说新语》中的驸马爷有:何晏(?—249),娶了魏武帝曹操的女儿金乡公主;嵇康(224—263),娶了魏武帝之子曹林的孙女,即长乐亭公主;杜预(222—285),娶了晋宣帝司马懿之女,司马炎建立西晋后追封为高陆公主;王济(生卒年不详),娶了晋文帝司马昭之女常山公主;王敦(266—324),娶了晋武帝之女襄城公主(即书中的舞阳公主);桓温(312—373),娶了晋明帝之女南康长公主;王献之(344—386),被挑选为新安公主司马道福的驸马,屡辞甚至自残都不得,最后和郗道茂和离,成为驸马爷;刘惔(约345前后存世),娶了晋明帝之女庐陵公主司马南弟;谢混(?—412),娶了晋孝武帝女儿晋陵公主。

风 尚

魏晋士人风尚，依今天的标准来看，可能很不健康，比如服五石散；也有在今天看来不可思议的，比如学驴鸣；还有的人有很奇怪的爱好，如喜欢捏着鼻子用洛阳腔说话；以及当时特别推崇的"见泰山崩于前而色不变、麋鹿兴于左而目不瞬"的喜怒不形于色，等等。真是一时有一时的流行，一代有一代的爱好，看魏晋士人的爱好，可以想见那时的风雅。

正始之音是谈玄声

殷中军为庾公长史,下都,王丞相为之集,桓公、王长史、王蓝田、谢镇西并在。丞相自起解帐带麈尾,语殷曰:"身今日当与君共谈析理。"既共清言,遂达三更。丞相与殷共相往反,其余诸贤略无所关。既彼我相尽,丞相乃叹曰:"向来语乃竟未知理源所归。至于辞喻不相负,正始之音,正当尔耳!"明旦,桓宣武语人曰:"昨夜听殷、王清言,甚佳,仁祖亦不寂寞,我亦时复造心,顾看两王掾,辄翣如生母狗馨。"(文学4:22)

王导为殷浩接风,出席人有桓温、王濛、王述和谢尚,当天王导与殷浩清谈到半夜三更,双方你来我往,谈得尽情尽兴,其他人都插不上嘴。王导说:"刚才谈论都不知道理源的归属,但在言辞义理上也差不多。正始年间,何晏、王弼诸人的谈理,大概不过如此吧。"

在这里,王导所说的正始之音,指的是正始年间魏晋的玄谈风气。

《世说新语》风物：魏晋人的生活日常与文化

正始是三国曹魏第三位皇帝曹芳的年号（240—249），当时魏晋玄谈之风开始出现，由早期的议论时政开始变成谈玄析理了。清谈以何晏、王弼为首，谈论的内容主要以老庄思想融和儒家经义，谈论过程讲究名士风流，崇尚放达不羁，一时在洛阳盛行。曹魏后期人们思想混乱，政治理想也逐渐回落，士人们普遍对现实感到困惑和无力，这是玄谈之风兴起的根源。

正始年间，何晏、王弼等崇尚老庄，倡导玄学，所谈的都是本与末、自然与名教等，与俗事之谈迥异，故名清谈，他们思想旷达、思维新颖，加上他们放荡不羁的行为，赢得了永嘉时期士人们的怀念。

> 王敦为大将军，镇豫章。卫玠避乱，从洛投敦，相见欣然，谈话弥日。于时谢鲲为长史，敦谓鲲曰："不意永嘉之中，复闻正始之音。阿平若在，当复绝倒。"（赏誉8：51）

西晋清谈名士卫玠为避战乱，从洛阳到南昌，投奔王敦大将军，二人见面非常高兴，谈了一整天。当时王敦对谢鲲说："想不到在永嘉年又听到正始之音。王澄（字平子）在此，大概会倾服得绝倒吧。"因为善于清谈的王澄，每次听到卫玠的清谈，都佩服得五体投地。《世说新语》中就有："王平子迈世有俊才，少所推服。每闻卫玠言，辄叹息绝倒。"《世说新语》"文学篇"中说卫玠与谢鲲清谈，通宵达旦，王敦根本插不上嘴。

> 卫玠始度江，见王大将军。因夜坐，大将军命谢幼舆。玠见谢，甚说之，都不复顾王，遂达旦微言。王永夕不得豫。玠体素羸，恒为母所禁。尔夕忽极，于此病笃，遂不起。（文学4：20）

卫玠刚渡江,去拜访王大将军。因夜谈,大将军找来谢鲲。卫玠喜欢谢鲲,一见面两人就热烈地辩论起来,也没有再理睬王大将军,王敦当然也插不上嘴。卫玠体弱,常被母亲约束,这一晚他因没有约束,劳累过度,终于卧床不起了。——正始之音在东晋被怀念,除了玄学清谈的内容之外,还有就是时人赞誉清谈者的言谈举止和神采风度。

服五石散的第一人

何平叔云:"服五石散,非唯治病,亦觉神明开朗。"(言语2∶14)

何晏,字平叔,是汉末大将军何进之孙,继父曹操,妻子金乡公主是曹操与杜夫人所生。他说:"服用五石散,不仅仅是为了治病,还觉得神明开朗。"

五石散,又名寒食散,据说此方出于汉代,是汉末张仲景所创,何晏增减了其方后服之。因为何晏的推崇,魏晋以来五石散大行于世。有论者认为,何晏服用此药,主要是耽于声色,开始服药时,心情开朗,体力转强,于是京师翕然,传以相授。

何晏这位公子哥在年近半百的时候,才开始被大将军曹爽重用,之前一直就是著书立说、玄谈、服五石散。何晏为什么会觉得服用五石散好呢?一般认为主要有三个原因。

一是五石散有美容的效果。当时的审美以白、弱为美,何晏就是这样的美男子。

何平叔美姿仪,面至白;魏明帝疑其傅粉。正夏月,与热汤饼。

既唊,大汗出,以朱衣自拭,色转皎然。(容止14:2)

何晏姿容美,脸很白,魏明帝怀疑他搽粉,有一个夏天,让人给何晏热汤面吃,何晏边吃边流汗,用红色的衣服拭脸上的汗水,擦拭过之后,他的脸色更白了。——据说服用五石散以后会使皮肤变得细腻白皙,有美容的效果。

当时卫玠等人也都是这种白而弱的美男子,所以有看杀卫玠之说。

二是生活放荡。何晏好色是史书上有记载的,他虽然娶了金乡公主,但一直以来放纵自己的行为,因为酒色过度,所以服用五石散以放纵情色,道家也将服药作为房中术之一。

三是满足延年益寿、长生不老的愿望。道家认为服五石散和丹药之类,可以让人飘飘欲仙,进入美好的境界,同时还会使人长寿。

王孝伯在京行散,至其弟王睹户前,问:"古诗中何句为最?"睹思未答。孝伯咏"所遇无故物,焉得不速老?":"此句为佳。"(文学4:101)

王恭(字孝伯)在京都服五石散后,行散到他弟弟王爽(小名睹)家门前,问王爽:"你觉得古诗中哪一句最好?"王爽考虑着还没回答,王恭就咏诗"所遇无故物,焉得不速老",并说这一句最好。"所遇无故物"这一句选自《古诗十九首》,故物就是原来旧有的人与物,服药的目的就是为了长生不老,原先旧有的都不见了,物不在人亦非,可见还是老得很快呀!

五石散是石钟乳、紫石英、白石英、石硫黄和赤石脂五味石药合成的一种散剂,本来是用来治疗伤寒病人的,何晏代言此方,说这五石散除了治病,还有美容、延年益寿等功效,以何晏的地位,五石散很快就被推广开来了,魏晋名士开始争相服用,一时以服用五石散作为时尚。

何晏之后,尤其是魏晋时服用五石散的人很多,很多人喜于近利,不计后患,因此死的人也很多,为此也有很多人认为何晏是罪魁祸首。

行散就是行走散药

初,桓南郡、杨广共说殷荆州,宜夺殷觊南蛮以自树。觊亦即晓其旨。尝因行散,率尔去下舍,便不复还?内外无预知者?意色萧然,远同斗生之无愠。时论以此多之。(德行1:41)

殷仲堪的堂兄殷觊听到桓玄等人劝殷仲堪,让他夺取殷觊的南蛮校尉之职以自代,殷觊明白了这些人的意思后,有一次趁着服完了五石散之后要行散的机会,就轻轻松松地离开了家,不再回来了,家里人和外人预先都不知道。殷觊神色悠闲,就像古代楚国的令尹子文一样没有怨言,时人对他的风评甚好。

魏晋时不少士大夫为了追求长生不老,都服用五石散,服下五石散后,需要快速行走来散发药性,这就叫行散,也叫行药。服散之后,忌安坐不动,应当强行起身调节身体的各个关节,如果不能走动的人服用了五石散也要强行扶其起来走动。

王羲之在他的帖子中,多处写到服食五石散的感受,如在《追寻帖》:"追寻伤悼,但有痛心,当奈何奈何。得告慰之。吾昨频哀感，便欲不自胜举。且复服散行之，益顿乏，推理皆如足下所诲。然吾老矣，余愿未尽，惟在子辈耳。一旦哭之，垂尽之年，将无复理，此当何益。冀小却，渐消散耳。省卿书，但有酸塞。足下念故言散，所豁多也。王羲之顿首。"

因散剂性子燥热，服后行散，此亦魏晋时特有的遛弯模式，只不过行散大都在早上。其中"且复服散行之，益顿乏"，早上服食五石散后要去行散，所以更加困顿和疲乏。

服用了五石散，如走不了就是迟散。如《得示帖》："得示，知足下犹未佳，耿耿。吾亦劣劣。明，日出乃行，不欲触雾故也。迟散。王羲之顿首。"

王羲之因为不想触雾，所以迟散。据葛洪《抱朴子》记载，当时雾天行散有人毙命，所以一般行散时遇到雾天，只得迟散。

服五石散后的禁忌

桓南郡被召作太子洗马，船泊荻渚，王大服散后已小醉，往看桓。桓为设酒，不能冷饮，频语左右令"温酒来"桓乃流涕呜咽。王便欲去，桓以手巾掩泪，因谓王曰："犯我家讳，何预卿事？"王叹曰："灵宝故自达。"（任诞 23：50）

桓玄（世袭南郡公，故称桓南郡）赴任太子洗马途中，船舶停在荻渚，王忱（小字佛大，世称王大）服了五石散后，有些醉意，借行散去看望桓玄。桓玄为他摆酒，王忱服了五石散后不能饮冷酒，就要人温一下酒。王忱在这里犯了桓玄的家讳，因为桓玄的父亲是桓温,当着儿子面说父亲的名字,这个是犯讳的。——当然,这里要温酒的细节,实际上和服五石散后的一些禁忌有关。一般认为服用了五石散,最禁忌三件事,其中首先就是忌冷酒,冷酒不利散发药性。

其次就是服了药忌不动。服了五石散就要行走,快速行走甚至快奔,才能有行散的作用。

王恭始与王建武甚有情,后遇袁悦之间,遂致疑隙,然每至兴会,故有相思时。恭尝行散至京口射堂,于时清露晨流,新桐初引。恭目之曰:"王大故自濯濯。"(赏誉8:153)

王恭本来和王忱(官至建武将军)交情很好,后因为袁悦离间,互生嫌隙,可是每到开心时,还是会想起王忱。一次王恭服了五石散后去行散,走到了京口射堂,当时晨露闪耀、新桐发芽,王恭说:"王忱确实清新明朗呀。"——看得见早晨的露水,说明行散确实都是在早上,行散时快速行走,散去药力,也让人心情愉悦,正所谓"观山则情满于山"。

最后就是忌热和火。服了五石散后浑身燥热,所以吃寒食,穿宽大衣服,甚至是破衣服,个别人还不穿衣服就躺在地上,如刘伶。他们躺在地上,本质上是因为服药后浑身燥热,无法着衣。

刘伶恒纵酒放达,或脱衣裸形在屋中,人见讥之。伶曰:"我以天地为栋宇,屋室为裈衣,诸君何为入我裈中?"(任诞23:6)

刘伶脱衣在屋中裸行,除了惯有的夸张的行为艺术表演外,还有一个重要的原因是服药后身体发热,宽衣大袍都嫌多余,因为身体发热,不能捂着,所以不穿衣服,"动散寝于地者,服寒食散后药动病发,必坐卧极寒之处以消息之,故寝于地也"。(余嘉锡《寒食散考》)

以上是服用五石散常见的禁忌,实际上,东汉末年张仲景、晋时皇甫谧、葛洪等人对服用五石散的一些状况,也是有比较细致的观察和研究的。比如,对服用五石散症状和注意事项,就有症候的四十二变等说法。这里罗列服用五石散后比较常见的症状和注意事项,概括起来就是"六反""七急""八不可""三无疑""十忌"。

"六反"是:重衣更寒,一反;饥则生臭,二反;极则自劳,三反;温则滞痢,四反;饮食欲寒,五反;痈疮水洗,六反。

"七急"是:当洗勿失时,一急也;当食勿忍饥,二急也;酒必醇清令温,三急也;衣温便脱,四急也;食必极冷,五急也;卧必衣薄,六急也;食不厌多,七急也。

"八不可"是:冬寒欲火,一不可也;饮食欲热,二不可也;当疹自疑,三不可也;畏避风凉,四不可也;极不欲行,五不可也;饮食畏多,六不可也;居贪厚席,七不可也;所欲从意,八不可也。

"三无疑"是:务违常理,一无疑也;委心弃本,二无疑也;寝处必寒,三无疑也。

"十忌"是:第一忌嗔怒,第二忌愁忧,第三忌哭泣,第四忌忍大小便,第五忌忍饥,第六忌忍渴,第七忌忍热,第八忌忍寒,第九忌忍过用力,第十忌安坐不动。

首过：五斗米道治病

五斗米道，除了用符箓咒术为人治病，也能为人谢罪除灾。五斗米道在治病前，教人不欺诈、要诚信。如有病就先自首其过，即首过，就是交代七岁有识以来所犯的过失，自己承认这些过失并作出忏悔，然后由"鬼吏"为病人请祷。

王子敬病笃，道家上章，应首过，问子敬："由来有何异同得失？"子敬云："不觉有余事，惟忆与郗家离婚。"（德行1：39）

王献之（字子敬）信奉五斗米道，其病重"鬼吏"来，问其首过，王献之说忏悔之后没有发现自己有什么过错，只是想到了和新安公主司马道福结婚，与郗道茂和离。

汉明帝时张角创太平道以默祷神灵的方式自行首过，后五斗米道在为病人治病时，也用"首过"法设坛以祭。"鬼吏"根据病人说的过失，开始请祷。"请祷之法，书病人姓名，说服罪之意。作三通，其一上之天，著山上；其一埋之地；其一沉之水。谓之'三官手书'。"一般认为，五斗米道对天、地、水三官的信仰和祭祀，源于先秦时期的祭天、祭川的祭祀仪式。

卫浴品：甲煎粉、沉香汁和干枣、澡豆

石崇家厕所除了有十几个穿着华丽服饰的婢女侍列，还摆着甲煎粉和沉香汁之类的清洁、化妆物品。据说如厕之后出厕都要换一身衣服，非常讲究，客人都害羞不好意思上厕所。王敦大将军去上厕所，脱了衣服，换了新衣，一点也不在乎。那些奴婢说："这个客人一定能作乱。"

石崇厕，常有十余婢侍列，皆丽服藻饰，置甲煎粉、沉香汁之属，无不毕备。又与新衣著令出，客多羞不能如厕。王大将军往，脱故衣，著新衣，神色傲然。群婢相谓曰："此客必能作贼。"（汰侈 30：2）

甲煎粉和沉香汁分别是洗脸、沐手后用到的护肤品，上厕所后一般都要洗手，有人如果认为身上有异味还会用到香料。不过也有人认为，这两样东西都是香料。甲煎，香料名，一般认为是由甲香和沉麝诸药物制成的，可作口脂，也可以入药。沉香汁一般认为是将沉香水煮，沉香汁除了有增香作用外，还有药用价值。甲煎粉中的甲煎、沉香汁以及沉香，在《本草纲目》中都有记载，这也说明古人很早就使用化妆品和香料了。

小赋：时髦的文学体裁

左太冲作《三都赋》初成，时人互有讥訾，思意不惬。后示张公。张曰："此《二京》可三，然君文未重于世，宜以经高名之士。"思乃询求于皇甫谧，谧见之嗟叹，遂为作叙。于是先相非贰者，莫不敛衽赞述焉。（文学4：68）

左思写好了《三都赋》后，当时人并不看好，他自己也不开心，后来他把文章给张华看，张华说："《三都赋》可以和张衡的《西京赋》《东京赋》并列为三，你的文章还不被世人看重，你应该让高人推荐一下。"左思就拿着文章去请皇甫谧看，皇甫谧看后赞叹不已，并帮他写了推荐文章。原来非议这篇文章的人，后来都夸奖这篇文章好。

在《世说新语》"文学"篇，有较多的篇幅都在称赞《二京赋》（张衡）、《三都赋》（左思）、《扬都赋》（庾阐），还有庾敳的《意赋》等。东汉末年，最有代表性的赋作者是张衡、左思等，他们影响着魏晋赋作的审美和风气。源自《离骚》的汉赋，经过两汉近400年的发展，到了这一时期已经发生了很大的流变，由大赋逐渐变成小赋。

或问顾长康："君《筝赋》何如嵇康《琴赋》？"顾曰："不赏者作后出相遗，深识者亦以高奇见贵。"（文学4：98）

顾恺之写了《筝赋》，嵇康写了《琴赋》，有人问顾恺之谁的作品更好。顾恺之说："不欣赏的人把它作为后出的作品，不予重视，有见识的人会因为高深奇妙而看重它。"嵇康、顾恺之用赋的形式写了琴和筝的弹奏方法和表现力,让赋的内容更贴近生活,赋由原来表现宫廷、田猎等宏大场面转到了一件小事一个小物件上,当时还有成公绥的《琵琶赋》、潘岳的《笙赋》、孙楚的《鹰赋》、傅玄的《斗鸡赋》等。

这些同这一时期大一统社会变化和经学思想衰微有密切的关系,当然也与这一时期士人的心态变化有深刻的关系。这一时期抒情小赋比散体大赋出现得多,内容上也开始较多以士人个性化的内心关照为主,体制上趋向小品化、结构更加灵活,语言也向更加通俗化和抒情化的方向发展。

庾仲初作《扬都赋》成,以呈庾亮,亮以亲族之怀,大为其名价,云可三《二京》、四《三都》。于此人人竞写,都下纸为之贵。谢太傅云:"不得尔,此是屋下架屋耳,事事拟学,而不免俭狭。"(文学4:79)

虽然庾亮以亲族的身份表扬了庾阐的《扬都赋》,但谢安对庾阐的这篇赋却提出了严厉的批评,指出这篇赋只是屋下架屋,不同意凡事都模拟仿效。两晋时期产生的抒情和咏物小赋,反映了晋时的社会思潮和士人心态,蕴含了时代气息。如潘岳《秋兴赋》、陆机《文赋》,郭璞《江赋》、陶渊明《感士不遇赋》等,今天读来,依然动人心弦。

王羲之喜欢音乐

谢太傅语王右军曰:"中年伤于哀乐,与亲友别,辄作数日恶。"王曰:"年在桑榆,自然至此,正赖丝竹陶写。恒恐儿辈觉,损欣乐之趣。"(言语2:62)

谢安对王羲之说:"人到中年因悲哀而伤神,与亲友别离后几天都很难过。"王羲之说:"到了这个年龄,感伤多是自然的,正好用音乐来排遣忧闷。"王羲之最后一句"恒恐儿辈觉损欣乐之趣",因为断句不同,这句话也有了两种迥然不同的意思。一种是"恒恐儿辈觉,损欣乐之趣",就是担心孩子发现了,所以偷偷摸摸,有损欢乐趣味;一种是"恒恐儿辈觉损欣乐之趣",总担心儿辈来打击,减少了欢乐趣味。这里取第一种意思。

东山丝竹是谢安隐居时的逸情,此处王羲之提起"丝竹陶写",当然是顺着谢安说话。为什么怕孩子们知道后会减少乐趣呢?隐居和"东山丝竹"都不是积极人生,老年人或者隐逸者可以以此为乐,但他们担心音乐消磨年轻人的上进心,故"恒恐儿辈觉"。《战国策》有魏文侯和田子方饮酒论乐,魏文侯听到背景音乐,说:"钟声不协调,左边的声音高了。"田子方马上说:"臣下听说,贤明的国君喜欢治官之道,昏庸的国君,就偏爱音乐。"古人认为沉迷于音乐,就是玩物丧志,儒家认为"君子不器",就是君子不应该让自己局限于或者只擅长某一项本领。——如此看来,他们还是担心自己喜欢听音乐,会给孩子带一个坏头,怕影响孩子的人生观。

《世说新语》风物：魏晋人的生活日常与文化

《广陵散》绝了吗？

> 嵇中散临刑东市，神气不变，索琴弹之，奏《广陵散》。曲终，曰："袁孝尼尝请学此散，吾靳固不与，《广陵散》于今绝矣！"太学生三千人上书，请以为师，不许。文王亦寻悔焉。（雅量6：2）

嵇康在就刑前说："袁准（字孝尼）曾向我学习弹奏《广陵散》，我总是固执地不教他，现在我马上要死了，《广陵散》也绝了。"——据此有人认为《广陵散》绝了。

有人说《广陵散》是嵇康所作，如韩皋说："案《困学纪闻》曰，韩皋谓嵇康作此曲当魏晋之际，以魏文武大臣败散于广陵。"（清代朱珔《文选集释》）不过很多人考证后，得出如下结论：第一，《广陵散》非嵇康所作，在嵇康之前有位雅乐郎杜夔就非常擅长弹奏此曲，嵇康弹奏《广陵散》还是同杜夔之子学习来的。第二，这里的"散"是曲名，顾况《广陵散汇》说，曲还有"日宫散""月宫散"，韩皋说"败散"太离谱。

至于嵇康说"《广陵散》于今绝矣"，可能是指其精妙的演奏之声，不复再有，而《广陵散》等曲却犹存。《广陵散》是慢商之声，有人认为是因为广陵复兴不举，所以有此曲。此说也有人批驳，《琴操》记载就说，此曲是表扬战国时聂政刺杀韩国相国的动人故事，与广陵复兴无关。

今天人们弹奏的《广陵散》是古琴家管平湖根据古代琴谱复原的，它依然是古琴演奏的重要曲目。

顾恺之以神统形

顾长康画裴叔则,颊上益三毛。人问其故,顾曰:"裴楷俊朗有识具,正此是其识具。"看画者寻之,定觉益三毛如有神明,殊胜未安时。(巧艺 21:9)

顾恺之画裴楷肖像,在颊上添了三撇胡须,即益三毛。他说只有这样才能表现裴楷的俊逸高迈。看画的人玩味再三,也觉得添了三撇胡须增加了裴楷这个人的神采气韵。

中国艺术有这样一个原则,就是"不似似之",太似呆滞,形要以神统形,以意融形,顾恺之也提出过"以形写神"的观点。画裴楷关键是要突出这个人的英武,增加三撇胡须,强调了人物的神韵。

顾恺之除了用胡子表现人物的气概和神情,还善于用眼睛来表达人物的神韵。他画人物,有时几年不点眼睛,就是要揣摩其人物的传神之处,即"传神写照,正在阿堵中",就是说画人物要突出眼睛。

顾长康画人,或数年不点目精,人问其故,顾曰:"四体妍蚩,本无关于妙处,传神写照,正在阿堵中。"(巧艺 21:13)

苏轼说:"论画以形似,见与儿童邻。"如果论画只以画得像不像为标准,那画手的见识与小孩子的水平差不多。画要画出神韵,要体会"象外之象",古画中山水林木都差不多,而其中蕴含的狂风怒号、无可奈何则是无形的,高明的画家和鉴赏家能表达和看出其中的不同意味,这才是对好的作品高明的品鉴。

洛生咏和吴越调

陈寅恪在《东晋南朝之吴语》文中说:"东晋南朝官吏接士人则用北语,庶人则用吴语,是士人皆北语阶级,而庶人皆吴语阶级……"所以,当时谢安就作洛生咏。

桓公伏甲设馔,广延朝士,因此欲诛谢安、王坦之。王甚遽,问谢曰:"当作何计?"谢神意不变,谓文度曰:"晋祚存亡,在此一行。"相与俱前。王之恐状,转见于色。谢之宽容,愈表于貌。望阶趋席,方作洛生咏,讽"浩浩洪流"。桓惮其旷远,乃趣解兵。王、谢旧齐名,于此始判优劣。(雅量6:29)

桓温埋伏士兵,然后设宴,请很多人来,然后想借机杀了谢安和王坦之。王坦之很害怕,问谢安怎么办,谢安面不改色地说:"晋室存亡,全看我们俩了。"然后两人一起去赴宴。从脸色就可以看出,一个人很惊恐,一个人很从容。进入宴席后,谢安还吟唱起来了。北方人说话语言重浊,南方说话语言轻浅,谢安因为鼻炎,所以语音浊,他仿照洛阳书生吟唱起了嵇康的《赠秀才入军诗》:"浩浩洪流,带我邦畿;萋萋绿林,奋荣扬晖……"桓温也因此折服。

不过也有看不起洛生咏的,比如顾恺之:

人问顾长康:"何以不作洛生咏?"答曰:"何至作老婢声!"(轻诋26:26)

尽管当时士林都仿照洛生读书、吟诗，但顾恺之却不以为然。顾恺之是无锡人，说话语音轻浅，但他不愿意学洛生咏，自己不学洛生咏，还讥笑谢安用鼻音来学洛生咏就是老妇人的声音，一则可能是艺术家的独立人格使然，一则与顾恺之追随桓温，对谢安一直很憎恶有关。

南渡来的士族都是洛阳口音，让南方士人争相学习，但也有不少士族，因为到了南方，所以也贴近当地，在讲话中学习吴地的方言。

刘惔（字真长）初次见到王导丞相，大热天看见王导将腹部贴在弹棋盘上，说："怎么这么淘？"这里的淘就是吴语，意思是冷。刘惔出了王丞相家，人家问王丞相人怎样，刘惔说就是听他说吴语，其他没有不一样。

刘真长始见王丞相，时盛暑之月，丞相以腹熨弹棋局，曰："何乃淘？"刘既出，人问见王公云何？刘曰："未见他异，唯闻作吴语耳！"（排调 25：13）

高僧支遁也说王徽之家人似一群白脖子乌鸦，只听到哑哑叫。——也是笑他们家满口吴语。

支道林入东，见王子猷兄弟。还，人问："见诸王何如？"答曰："见一群白颈乌，但闻唤哑哑声。"（轻诋 26：30）

非常有意思的是，到了东晋后期，也就是百年后，特别是刘宋时期，北方语言开始为南方人鄙视，当时南渡来的士族后代都开始以吴地语言为主，所以《梁书·儒林传》说："时北来人儒学者有崔

213

灵恩、孙详、蒋显,并聚徒讲说,而音辞鄙拙。"这真是三十年河东,三十年河西。早年都重洛生咏,后来都学吴越调。

开放的魏晋女子

王浑与妇钟氏共坐,见武子从庭过,浑欣然谓妇曰:"生儿如此,足慰人意。"妇笑曰:"若使新妇得配参军,生儿故可不啻如此!"(排调25:8)

西晋初年,王浑和妻子钟琰之坐在一块,看见儿子王济从庭前走过,王浑得意地对妻子说:"生儿子能这样,真是慰人心意。"他妻子钟琰之说:"假如让我嫁给你弟弟王沦(字太冲,历大将军参军),生的儿子本来可以不止如此。"可能因为王沦当时已经故去,钟琰之才会这样说。

不过由此可以看出魏晋妇女很开放,妻子可以和丈夫开这样的玩笑。《世说新语·排调》说,谢安夫人刘氏会开玩笑让谢安去学习成功的族人,说:"大丈夫不当如此乎?"

初,谢安在东山,居布衣,时兄弟已有富贵者,翕集家门,倾动人物。刘夫人戏谓安曰:"大丈夫不当如此乎?"谢乃捉鼻曰:"但恐不免耳!"(排调25:27)

在《世说新语·轻诋》中,刘夫人听到借宿在家的孙统、孙绰兄弟对话,觉得空洞芜杂。第二天谢安问客人怎么样,刘夫人对没有礼貌的客人也是直接斥责,直接说:"亡兄(指刘惔)门下从来没有这样的客人。"一句话让谢安羞愧不已。

孙长乐兄弟就谢公宿,言至款杂。刘夫人在壁后听之,具闻其语。谢公明日还,问:"昨客何似?"刘对曰:"亡兄门,未有如此宾客!"谢深有愧色。(轻诋 26:17)

《世说新语·排调》中,袁乔嘲笑刘惔和妻子庐陵长公主睡懒觉,公主奋起反驳。

袁羊尝诣刘恢,恢在内眠未起。袁因作诗调之曰:"角枕粲文茵,锦衾烂长筵。"刘尚晋明帝女,主见诗不平,曰:"袁羊,古之遗狂!"(排调 25:36)

因为袁乔(小字羊)所作的诗,语出《诗经·唐风·葛生》其中一节:"角枕粲兮,锦衾烂兮。予美亡此,谁与?独旦。"意思是他头下的角枕光鲜,他身上的锦被灿烂。我的爱人安眠在这,谁和他在一起?独枕待旦。这里的角枕、锦衾是殉葬之物。这首诗是对去世的配偶表达哀悼怀念的悼亡诗。公主见诗不平,说袁羊是古代狂徒的后代。

除了敢开玩笑,敢直接反驳,魏晋女子还敢对婚姻表达自己的意见。

王凝之谢夫人既往王氏,大薄凝之。既还谢家,意大不说。太傅慰释之曰:"王郎,逸少之子,人身亦不恶,汝何以恨乃尔?"答曰:"一门叔父,则有阿大、中郎;群从兄弟,则有封、胡、遏、末。不意天壤之中,乃有王郎!"(贤媛 19:26)

215

谢道韫嫁给王凝之后，婚姻很不幸福，她很看不起王凝之，回娘家，也因此很不开心。谢安安慰她说："你丈夫是王羲之的儿子，人也不错，你怎么那么愤恨不平呀？"谢道韫说："我们谢家一门中，不论是叔父还是兄弟们，个个都出色，想不到天地间还有王凝之这样差的人！"——如果嫁得满意，还会回家抱怨吗？

新安公主司马道福，暗恋王献之，离婚后就要皇帝下诏，让其与已有妻子的王献之结婚，王献之自残都不行，最后还是与妻子离婚，与公主结婚。

周浚作安东时，行猎，值暴雨，过汝南李氏。李氏富足，而男子不在。有女名络秀，闻外有贵人，与一婢于内宰猪羊，作数十人饮食，事事精办，不闻有人声。密觇之，独见一女子，状貌非常。浚因求为妾，父兄不许。络秀曰："门户殄瘁，何惜一女？若连姻贵族，将来或大益。"父兄从之。……（贤媛19：18）

魏晋时期将领周浚作安东将军时，出外打猎遇雨，就去拜访汝南李氏。富有的李家当时男子都不在家，女儿络秀听说来了贵客，和一个奴婢不声不响地做了一餐十几个人的饭。周浚偷偷一看，只见一个面貌非常的女子，于是就求为妾。李氏父兄本来都不答应，李络秀很有想法，想到自己家与高门大族联姻，有利于以后的发展，主动要求嫁到周家去，她的父亲和哥哥都觉得她说的有道理，听从了她的意见。

不论是谢道韫的怨恨、司马道福的执着，还是李络秀的主见，都说明魏晋女子对婚姻有主见，很开放。

打响指的前世今生

王导任扬州刺史时,把前来的几百名宾客都照顾得很好。只有临海一位姓任的客人和几个胡人似乎觉得他招待不周。王导便和那个姓任的客人说了几句,客人大喜,又走到胡人那里打了一个响指,那些胡人见此也高兴了起来。

王丞相拜扬州,宾客数百人并加沾接,人人有说色。唯有临海一客姓任及数胡人为未洽。公因便还到过任边云:"君出,临海便无复人。"任大喜说。因过胡人前,弹指云:"兰阇,兰阇。"群胡同笑,四坐并欢。(政事3:12)

弹指,就是今天所说的打响指。本来是印度的风俗习惯,后随佛教传入中国,印度风俗中弹指表示赞叹,也表达欣喜之情,同时还有敬重的意思。"流支读昙谟最《大乘义章》,每弹指赞叹,唱言微妙,即为胡书写之,传之于西域。"(杨衒之《洛阳伽蓝记·城西》)

弹指在魏晋也比较流行,并成为一种向僧人行礼的动作。王导用弹指向胡人敬礼,并说了一句胡语"兰阇",胡人当然开心。不过,经过千余年的演变,弹指的意思也发生了很大的变化,字面意义上的弹指在佛教中仅剩下时间概念,在日常中弹指动作也多表示心情不错。

学驴叫很时尚

> 王仲宣好驴鸣。既葬,文帝临其丧,顾语同游曰:"王好驴鸣,可各作一声以送之。"赴客皆一作驴鸣。(伤逝 17:1)

汉末名士王粲(字仲宣)喜欢学驴叫,后来下葬时,曹丕(即魏文帝)在葬礼上让来送葬的人都学一声驴叫,说:"他喜欢学驴叫,我们可以每人学一声来送他。"送葬的人果真都学了一声驴叫。

在魏晋时,很多文人雅士喜学驴叫,这与惊世骇俗的士人风度有密切的关系。魏晋很多文人信仰道教,道教认为"永啸长吟,颐性养寿"(葛洪《抱朴子·外篇·正郭》),据此当时有学鸟叫的,有学蝉鸣的,还有学猿嚎的,边啸叫边配合行气修炼。道家认为导引、行气、炼丹和房中术是四大养生术,啸叫就是导引和行气。当然,当时士人也认为"丝不如竹,竹不如肉",撮口发出的啸叫声,更让崇简尚真的文人觉得是在直抒胸臆。

驴是西域传来的一种牲畜,汉时有东方朔"驾蹇驴而无策兮"之语和戴良学驴鸣娱母的记载,王粲是曹魏时期最爱驴鸣的人之一,喜欢听也喜欢学驴鸣。之后,西晋诗人孙楚、其好友王武子都喜欢驴鸣。驴鸣对后来的文化也有不小的影响,"驴鸣"表示送丧,"驴鸣一声"指伤悼故友;驴鸣还有卓尔不群、恃才傲物的意思。驴鸣进入文人视野后,古代诗词作品中也就有了不少关于驴鸣的作品。

魏晋时啸咏极为流行，神仙家将其作为行气修炼的养气术。西晋成公绥著有《啸赋》一书，详细介绍了啸"激于舌端，动唇有曲，发口成音"。阮籍的啸咏声可闻几百步。据说他在苏门山遇到一位真人，其啸叫"如数部鼓吹，林谷传响"，像几个乐队在演奏一样，山谷都有回响。

《世说新语·言语》篇中有周仆射拜见王导丞相，落座后就自顾自地啸咏的记载；《文学》篇中桓玄登江陵城楼，啸吟良久；《雅量》篇中谢安与人行船遇风浪，从容吟啸；《任诞》篇中说刘道真年轻时就善于啸咏；《简傲》篇中阮籍箕踞啸歌，等等。在个性张扬的魏晋时代，名士们的啸吟表演实在是不胜枚举，驴鸣只是啸吟中的一种而已。

高人脸上无喜怒

王戎云："与嵇康居二十年，未尝见其喜愠之色。"（德行1∶16）

王戎说与嵇康在一起二十年，从没有看到嵇康喜怒形于色。有人认为这是嵇康在力行老庄之道，无喜亦无悲，也有人认为这是嵇康的避祸之术。

周馥的司马劝酒，裴遐因为只顾下棋没有回应，这位司马觉得丢了面子，就把裴遐从坐榻上拽下来摔在地上了，裴遐却自己爬起来回到坐榻，举止正常，脸色也没有变化，继续下棋。

裴遐在周馥所，馥设主人。遐与人围棋。馥司马行酒，遐正戏，不时为饮,司马恚,因曳遐坠地。遐还坐,举止如常,颜色不变,复戏如故。王夷甫问遐:"当时何得颜色不异?"答曰:"直是暗当故耳。"(雅量 6 : 9)

魏晋人以率真为尚,不管举止如何,大家追求真实自然,率直坦诚,不做作,不伪饰,但还有一个特点,那就是在突发事情面前,以喜怒不见于形色为上。如谢安见儿辈大获全胜的书信后,默默无言,声色如常,让人惊叹。

谢公与人围棋,俄而谢玄淮上信至,看书竟,默然无言,徐向局。客问淮上利害,答曰:"小儿辈大破贼。"意色举止,不异于常。(雅量 6 : 35)

王献之在着了火这样的突发事情面前,仍能神色恬淡,慢慢叫来左右佣人搀扶自己出去。

王子猷、子敬曾俱坐一室,上忽发火,子猷遽走避,不惶取屐;子敬神色恬然,徐唤左右,扶凭而出,不异平常。世以此定二王神宇。(雅量 6 : 36)

非常有意思的是,《世说新语》的《方正》篇和《雅量》篇,为了表现另一人的穆然清恬和精神气宇,每篇差不多都采用对比的手法来写,用二人或多人对一件事的态度来做对比,突出某人的镇定自若,如上面就是用子猷的慌乱来比衬子敬的安闲。

庾太尉与苏峻战,败,率左右十余人乘小船西奔。乱兵相剥掠,射,误中舵工,应弦而倒。举船上咸失色分散,亮不动容,徐曰:"此

手那可使著贼!"众乃安。(雅量6:23)

庾亮与苏峻大战失败,就率领身边的十余人乘船往西逃。当时叛军正在大肆抢掠,有一箭正好射倒了舵工,当时全船的人都大惊失色,纷纷乱窜,只有庾亮面不改色,慢慢地说:"这个射技怎么可以用来杀贼呢?"众人见庾亮如此镇定,才安定下来。

以形色加人,也就是对人发怒逞威,一般被人轻视,即毫无风度。比如桓温就因为常"作色",被人诟病。

王、刘与桓公共至覆舟山看。酒酣后,刘牵脚加桓公颈。桓公甚不堪,举手拨去。既还,王长史语刘曰:"伊讵可以形色加人不?"(方正5:54)

可能因为平时受过桓温的"形色加人",那天桓温把刘惔架在自己脖子上的脚拨开了,王濛和刘惔都愤愤不平。

用数字来归纳人

太傅府有三才:刘庆孙长才,潘阳仲大才,裴景声清才。(赏誉8:28)

东海王司马越("八王之乱"中自任太傅)府里有三位人才:刘舆刘庆孙是长才,潘滔潘阳仲是大才,裴邈裴景声是清才。

东汉以后,特别是魏晋,文人们喜欢在一起品评人物,品评人物时,也喜欢用数字来合并同类项,颇为有趣。比如"建安七子",就是汉末建安年间孔融、陈琳、王粲、徐干、阮瑀、应玚和刘桢等七位文

221

学家的合称。

陈蕃、窦武和刘淑为汉末三君,他们因痛恨时弊,被宦官所杀。

在一家内的,有陈寔、陈纪、陈谌,一门父子三人,世号"三君";荀淑有八个儿子,俭、绲、靖、焘、汪、爽、肃、敷,世号"八龙"。谢鲲、王敦、庾敳和阮修为太尉王衍所善,时人称之为"衍之四友"。

洛中雅雅有三嘏:刘粹字纯嘏,宏字终嘏,漠字冲嘏,是亲兄弟……(赏誉8:22)

洛阳城中有三位温文娴雅的人物,是三嘏,他们是:刘粹,字纯嘏;刘宏,字终嘏;刘漠,字冲嘏。

阮光禄云:"王家有三年少:右军、安期、长豫。"(赏誉8:96)

王家有三年少,他们是右军(王羲之)、安期(王应)、长豫(王悦)。

有以籍贯为主的,如陈寔、荀淑、钟皓和韩韶,四人均是颍川人,因为清高有德行,世号"颍川四长"。

正始中,人士比论,以五荀方五陈:荀淑方陈寔,荀靖方陈谌,荀爽方陈纪,荀彧方陈群,荀顗方陈泰。又以八裴方八王:裴徽方王祥,裴楷方王夷甫,裴康方王绥,裴绰方王澄,裴瓒方王敦,裴遐方王导,裴頠方王戎,裴邈方王玄。(品藻9:6)

除了五荀、五陈、八裴、八五,晋时最有名的是竹林七贤。

陈留阮籍、谯国嵇康、河内山涛,三人年皆相比,康年少亚之。

预此契者:沛国刘伶,陈留阮咸,河内向秀,琅邪王戎。七人常集于竹林之下,肆意酣畅,故世谓"竹林七贤"。(任诞23:1)

这是早期对魏末晋初嵇康、阮籍、山涛、阮咸、向秀、王戎、刘伶七位名士的描写,当时称为七贤,常集于竹林之下,故称为"竹林七贤"。

人数最多的是金谷二十四友,这二十四位是贾谧从当时的文人中挑选出来的,他们经常在石崇的金谷园聚会,他们中比较著名的有潘岳、陆机、陆云、石崇、左思、刘琨等当时的文人代表。

人 物

魏晋人物都很有个性，这里精选的是一些具有代表性的人物，有沾沾自喜于一头黑发的简文帝，也有写文章攀附名人的孙绰，还有和王羲之有拐弯抹角亲戚关系的胡毋氏。本篇也写了一部分族群，比如著名士族、魏晋的僧人图谱，还有那些当时同名同姓的人。另外，当时喜欢用"气"来品评人物，我们可以领略一下其中的妙处。

一头乌发:简文帝的得意

顾悦与简文同年,而发蚤白。简文曰:"卿何以先白?"对曰:"蒲柳之姿,望秋而落;松柏之质,经霜弥茂。"(言语2:57)

有一次简文帝司马昱召见顾悦,也就是画家顾恺之的父亲,看见顾悦头发斑白,便问他为什么头发这么白了。顾悦说:"蒲柳之姿,望秋先落;松柏之质,经霜弥茂。"意思是蒲柳这样的柔姿,近秋树叶凋零;松柏这样的质地,经霜枝叶更茂。据说这句话让简文帝高兴了很久。顾悦与简文帝司马昱同龄,当时均是五十多一点的人,一个头发斑白,一个一头乌发,由此可以看出简文帝保养得很不错。

顾悦之(320—?),又名顾悦,晋陵无锡人,字君叔,从小讲义气,曾经担任过殷浩别驾,殷浩被黜和去世后,他抗表讼之,在殷浩亲戚都不看好的情况下,顾悦之还是通过努力,让皇帝下诏追复殷浩官爵。

简文帝司马昱(320—372),是东晋第八位皇帝,太和六年

（371）十一月十五日，晋废帝司马奕被大司马桓温废为东海王后，同日司马昱被桓温拥立为皇帝，改年号为咸安。简文帝崇尚清谈，性格温顺敦厚，桓温也是看其年过半百且徒有虚名，才立其为帝。司马昱即位之后，桓温把持朝政，他整天提心吊胆，常常坐卧不安。咸安二年（372）七月，在位仅仅八个月的简文帝就病逝了，年五十二。

著名士族：数百年世家

正始年间，主要的高门士族有以荀淑为代表的颍川荀氏，以陈寔为代表的颍川陈氏，以裴楷为代表的河东裴氏，以诸葛诞为代表的琅琊诸葛氏和以王衍为代表的太原王氏。到了东晋，皇权弱小，士族对巩固皇权起了很大的作用，所以著名的士族也就更多了，这些士族除了有代表人物以外，还都延续了近百年的繁荣。

先说"王与马，治天下"，琅琊王氏代表人物有王衍、王导、王敦、王羲之、王献之、王洵等；温县的司马氏掌握天下，代表人物有司马懿、司马孚、司马师、司马昭、司马昱等。其他的还有陈郡谢氏，代表人物有谢鲲、谢尚、谢安、谢万等；太原王氏，代表人物有王湛、王承、王述、王坦之等；龙亢桓氏，代表人物有桓彝、桓温、桓玄等；陈郡殷氏，代表人物有殷浩、殷仲文等；新野庾氏，代表人物有庾亮、庾皇后、庾翼等；陈留阮氏，代表人物有阮籍、阮咸等；陈郡袁氏,代表人物有袁乔、袁宏等;高平郗氏,代表人物有郗鉴、郗愔、郗超等;泰山羊氏,代表人物有羊祜、羊孚等。这里既有传统的士族,也有新兴的士族。

谢万在兄前,欲起索便器。于时阮思旷在坐曰:"新出门户,笃而无礼。"(简傲24:9)

谢万在兄长面前就想起身找便壶。当时阮裕(字思旷)在座,说:"新兴门第,果然无礼。"主要原因是谢氏在晋以前,门户不盛,谢衡为晋国祭酒后,经几代人的努力才兴盛,但时人还是不以谢氏为第一流的门阀。

晋时的江南氏族,主要有以顾荣为代表的吴郡顾氏,以陆晔为代表的陆氏,其他还有义兴周氏、丹阳纪氏、吴兴沈氏等。在会稽郡,也有四个大家族,即孔、魏、虞、谢,各个家族也有自己杰出的代表。在南方有寻阳的陶侃等。

会稽孔沈、魏颉、虞球、虞存、谢奉,并是四族之俊,于时之杰。孙兴公目之曰:"沈为孔家金,颉为魏家玉,虞为长、琳宗,谢为弘道伏。"(赏誉8:85)

除了这些在东晋王朝政权周围的士族,当时北方的少数民族和南方的偏远地区也出现了一些著名的宗族。匈奴族的刘渊、刘和、刘聪、刘粲等,羯族的石勒等,氐族的苻健、苻坚、苻登等,羌族的姚苌、姚兴等,鲜卑族的慕容廆等。

《世说新语》风物：魏晋人的生活日常与文化

当时人的身高

《世说新语》载嵇康高七尺八寸，其风度神采，秀美出众。看到他的人，说他风姿潇洒、仪态严明、爽朗明快、清高俊逸，说他就像松林中嗖嗖作响的风一样潇洒，清高又舒缓绵长。其老友山涛说，嵇康高峻如孤松，昂然独立，醉酒时倒下去如一座玉山崩塌。

嵇康身长七尺八寸，风姿特秀。见者叹曰："萧萧肃肃，爽朗清举。"或云："肃肃如松下风，高而徐引。"山公曰："嵇叔夜之为人也，岩岩若孤松之独立；其醉也，傀俄若玉山之将崩。"（容止 14：5）

因为古代各个朝代尺的长短并不完全统一。在隋朝之前，一尺稳定在20—30厘米，隋之后一尺稳定在30—32厘米。魏晋时候的一尺，一般认为是24厘米左右，十分为寸，十寸为尺，十尺为丈。嵇康七尺八寸，计算下来应该是1.87米左右，即接近1.9米。这个身高在今天也是比较高的，加上嵇康注意锻炼，没事就锻铁，怪不得众人对其体貌赞叹不已。

《世说新语》中说："刘伶身长六尺，貌甚丑悴，而悠悠忽忽，土木形骸。"（容止 14：13）刘伶相貌不佳，首先是身材，身长六尺，计算下来应该只有1.44米左右，不占优势。

丈夫这个词其实也和身高有关系，源自商代，当时的一尺约为

16.95厘米,按照这一尺度,一丈就是十尺,就是1.7米左右,也就是说古代一个男子的正常身高就是这样,故称男子为丈夫。

同名同姓人

东晋蓝田侯王承(273—318),字安期,太原王氏,其父是西晋汝南太守王湛。

东晋王应(?—324),字安期,琅琊王氏,其父是东晋征东将军、都督扬州江西诸军事的王含,叔父王敦是东晋丞相,因为王敦无子,王应为其嗣子。

因为在同一时代,古人多称字,故两位王安期的事迹,有时会被人混淆。

阮光禄云:"王家有三年少:右军、安期、长豫。"(赏誉8∶96)

这里的安期,从刘孝标开始就都注为王敦嗣子王应,因为都是琅琊王氏。如果是琅琊王安期,其实不知道"三年少"的标准是什么。王应在王敦起兵去世后,和父亲王含将王敦埋在议事厅,然后继承王敦职位继续叛乱。叛乱被平定后,王应父子二人又错误地投靠了王舒,被王舒沉入长江。不知道为什么王应被列入王家三少,所以一直以来有人怀疑这个安期是王承,王承是东晋第一名士,曾任东海太守,《晋书》卷七十五有传。

在西晋时有两位孙秀,一位字俊忠,琅琊临沂人,西晋的大臣,积极跟随赵王司马伦,并帮助司马伦登上帝位。其为人贪婪残暴,后司马伦被反,孙秀在中书省被杀死。同时代的另一位孙秀,字彦才,吴郡富春人,三国孙吴宗室,在夏口带领身边人投奔西晋,被晋武帝任命为骠骑将军等职。《世说新语》中有三篇关于孙秀的文字。

孙秀降晋,晋武帝厚存宠之,妻以姨妹蒯氏,室家甚笃。妻尝妒,乃骂秀为"貉子"。秀大不平,遂不复入。……(惑溺35:4)
这位被妻子骂为貉子的,就是江南投奔西晋的孙秀。

李平阳,秦州子,中夏名士,于时以比王夷甫。孙秀初欲立威权,咸云:"乐令民望,不可杀,减李重者又不足杀。"遂逼重自裁。……(贤媛19:17)
——通过逼人自杀来树立自己权威的是琅琊孙秀。

孙秀既恨石崇不与绿珠,又憾潘岳昔遇之不以礼。后秀为中书令,岳省内见之,因唤曰:"孙令,忆畴昔周旋不?"秀曰:"中心藏之,何日忘之!"岳于是始知必不免。后收石崇、欧阳坚石,同日收岳。……(仇隙36:1)
——收拾了自己早年政敌的是琅琊孙秀。

这位杀气腾腾的孙秀是拥司马伦上位引起八王之乱的孙秀,据《晋书》载:"初,孙秀为琅琊郡吏,求品于乡议,戎从弟衍将不许,戎劝品之。及秀得志,朝士有宿怨者皆被诛,而戎、衍获济焉。"王衍、孙秀同为琅琊郡人,孙秀因为人品比较卑劣,不为乡里清议所重,所以一直没有获得中正品第,后来王衍领琅琊郡中正,他从兄王戎害怕得罪地方豪强,劝王衍帮助孙秀定品,孙秀因此获得了日后仕途腾达的机会,等到后来他依附上赵王司马伦,"遂恣其奸谋,多杀忠良,以逞私欲"(《晋书·列传第二十九》)。

当时同名同姓的人还有很多,比如王澄,最有名的是王澄(王平子),琅琊临沂人,名满天下,后被王敦所杀。西晋还有一个王澄(王道琛),太原晋阳人,是王浑的三子,平吴后获封亭侯。东晋还有一个王澄,魏兴(今湖北郧西)人,曾于东晋初奉表劝进晋元帝,历任魏兴太守、散骑常侍等职。

孙绰:成也是文败也是文

孙兴公、许玄度皆一时名流。或重许高情,则鄙孙秽行;或爱孙才藻,而无取于许。(品藻9:61)

孙绰(字兴公,封长乐侯)、许询(字玄度)都是当时的名士。有人看重许询的高洁情操,鄙视孙绰的污秽行径;有人喜爱孙绰的才华辞藻,而不看重许询的道德修养。一句话,孙绰有才无行。

孙绰有才,却因秽行被人鄙视。孙绰的什么行径被人如此鄙视呢?

孙绰作《列仙·商丘子赞》曰:"所牧何物?殆非真猪。傥遇风云,为我龙摅。"时人多以为能。王蓝田语人云:"近见孙家儿作文,道何物、真猪也。"(轻诋26:15)

孙绰写了《列仙·商丘子赞》,里面说:"放牧的是什么?大概并非是猪。假使遇到风云,会帮我像龙一样腾飞。"当时很多人都觉得很好,王述却不以为然,言语中充满了鄙视。

孙绰写文有文采,也爱自吹自擂。孙绰写好《天台赋》,给范荣期看,说:"你把这些文章摔地上,可以听见金石之声。"范荣期说:"你的金石声,不是宫商正音。"这是说孙绰的文字不合规范。

孙绰被人看不起还和他喜欢写悼念文章有关。一位著名人物去世,他就要写一篇文章悼念,借机炫耀和大人物的交往。当时的大人物温峤、王导、郗鉴、庾亮等人去世,孙绰都写诔文,用今天的话说就是吃老人饭。为此,孙绰还常常被这些著名人物的后辈指责。孙绰哭刘惔,让从不说人坏话的褚裒大怒,说刘惔和你又没有交游,你哭什么。孙绰耍赖说:"你得理解我呀!"当时的人都看不起他的品性。

褚太傅南下,孙长乐于船中视之。言次及刘真长死,孙流涕,因讽咏曰:"人之云亡,邦国殄瘁。"褚大怒,曰:"真长平生,何尝相比数,而卿今日作此面向人!"孙回泣向褚曰:"卿当念我!"时咸笑其才而性鄙。(轻诋 26∶9)

王濛去世,孙绰写文章说他们的交往如君子之交,"余与夫子,交非势利,心犹澄水,同此玄味。"王濛孙王恭看见后,说:"我爷爷和你有过交往吗?"庾亮去世,孙绰写纪念文章,写好后交给庾亮的儿子庾羲(小字道恩)看,庾羲看后,生气地掷还给他,说:"我父亲与你的交情,没到这个份上吧。"

孙兴公作庾公诔，文多托寄之辞。既成，示庾道恩。庾见，慨然送还之，曰："先君与君，自不至于此。"（方正5：48）

至于孙绰嫁女，将女儿嫁给王坦之的弟弟王虔之（小字阿智），后来孙绰被调侃为猪，生的女儿也是猪一样又蠢又固执。寒门攀高枝，门不当户不对，世人也鄙之。

另外，孙绰兄弟俩在谢家过夜，因为晚上胡说八道，被谢安的妻子刘夫人听到了，刘夫人第二天问谢安，昨天晚上来的都是什么乱七八糟的客人，弄得谢安脸有惭色。

孙长乐兄弟就谢公宿，言至款杂。刘夫人在壁后听之，具闻其语。谢公明日还，问昨客何似？刘对曰："亡兄门未有如此宾客！"谢深有愧色。（轻诋26：17）

看了孙绰以上言行，我们再看当时的评价，说："绰虽有文采，而诞纵的秽行，时人鄙之。"（刘孝标引《续晋阳秋》）就会觉得这个评价确实有一定的道理。

谢安：扬州的邵伯

桓玄率大军入建康，欲行废晋称帝之事。他想用谢安的家宅做军营驻军，谢安之孙谢混说："周代召公的仁德，还能惠及甘棠树，而我爷爷谢安（谥号文靖）的仁德，难道还保不住这个五亩之宅吗？"桓玄才羞愧地放弃了这个驻军计划。

桓玄欲以谢太傅宅为营，谢混曰："召伯之仁，犹惠及甘棠；文靖之德，更不保五亩之宅。"玄惭而止。（规箴10：27）

　　甘棠树，因为召公曾经在树下决狱，公道正派，所以人们怀念他，不忍心砍召公曾经荫过的甘棠树。《史记·燕召公世家》载："召公巡行乡邑，有棠树，决狱政事其下，自侯伯至庶人各得其所，无失职者。召公卒，而民人思召公之政，怀棠树不敢伐，歌咏之，作《甘棠》之诗。"召公也就是召伯，这里的甘棠也被称为召公棠。

　　谢混用了这个典故，不知道他知道不知道，当年谢安在扬州任职时，留下了很好的政绩和口碑，现在扬州就有邵伯这个地名，还有甘棠树和甘棠庙。邵伯这个地方原来叫步邱，太元十年（385）四月，谢安借口救援苻坚，主动交出手上的权力，自请出镇广陵的步丘，建筑新城以避祸。为防止城北的湖泊涨水，淹没四周农田，谢安在城北修筑了一道湖埭，以控制湖水，有效防止了水患，当地老百姓感激谢安的恩德，召（邵）伯、召（邵）公是有政绩的地方官的代称，所以当地百姓在谢安去世后，将其修筑的湖埭命名为邵伯埭。

　　史载谢安没有私宅，在建康病逝后，孝武帝诏令其家人在官府中备办丧事仪式。东晋末年桓玄攻入建康看中乌衣巷，要征用谢家宅子，谢混用爷爷谢安的仁德来阻止桓玄。这个宅子应该是谢家的祖宅，不一定就是谢安的宅子。

道人也是僧人

　　道人，修道或得道之人，是和尚的旧称，魏晋时称僧人为道人。

> 高坐道人不作汉语。或问此意,简文曰:"以简应对之烦。"(言语2:39)

高坐道人,即沙门弟子尸黎密。尸黎密,佛教经典中一般写作帛尸黎密多罗尊者,亦写作帛尸黎密多罗(srimitra),曾经翻译《灌顶拔除生死过罪得度经》。尸黎密能翻译著作,可见是通汉语的。说尸黎密不学或不说汉语,不一定确实,简文帝司马昱就认为他是"为了减少与别人应酬的麻烦"。

> 竺法深在简文坐,刘尹问:"道人何以游朱门?"答曰:"君自见其朱门,贫道如游蓬户。"或云卞令。(言语2:48)

晋代名僧竺法深是简文帝的座上客,刘惔(曾为丹阳尹)问他:"一个道人怎么和达官贵人交往。"竺法深说:"你看到的是朱门,我看到的是蓬户。"也有人说是卞壸问的。这里的道人指竺法深。竺法深是东晋僧人,俗姓王,因为佛教来自天竺,故当时僧人以竺为姓。

《世说新语》中出现的僧人,主要有高坐道人(言语2:39、言语2:48)、道壹道人(言语2:93)、法冈道人(文学4:64)、愍度道人(假谲27:11),还有其他没有具体姓名的"北来道人"(文学4:30)等,这几位道人都是高僧。

在《世说新语》中,用道人称呼僧人的地方比比皆是。那么信奉道教的道士在书中称为什么呢?

> 嵇康游于汲郡山中,遇道士孙登,遂与之游。康临去,登曰:"君才则高矣,保身之道不足。"(栖逸18:2)

这里与嵇康游玩的就是著名的道教人士孙登。道教称孙登为孙真人或孙真人先师,并将农历正月初三定为其诞生日。这里孙登就预测到了嵇康下山后会面临被杀的危险,说嵇康才气很高但保身之道不够。

其实道人就是对修道或者得道之人的尊称,旧时也是对道士的尊称。不过即使到了宋代,道人都还可用来指僧人,如曾巩《元丰类稿》卷五《京师观音院新堂》诗曰:"道人谁氏斥佳境,决汉披霄敞华屋?"此处的道人,即是僧人。

郑玄家的文化气息

郑玄欲注《春秋传》,尚未成,时行与服子慎遇,宿客舍。先未相识,服在外车上与人说己注《传》意,玄听之良久,多与己同。玄就车与语曰:"吾久欲注,尚未了。听君向言,多与吾同,今当尽以所注与君。"遂为《服氏注》。(文学4:2)

东汉大儒郑玄听到与他在同一旅店的服虔(字子慎)在和别人谈其想注《春秋传》,他的思路和意图大多与自己相同,于是郑玄就把自己所注的《春秋左氏传》全部给了服虔,也就有了后来的《春秋左氏传解谊》。

古代经典著作称为经,如上文的《春秋》就是经书。传,解释经文著作的为传,即传述的意思,如上文说到的《春秋左氏传》。笺,本来是对传的阐发和补充,后来专指注解。据说这一文体来自于郑玄,西汉毛亨传、东汉郑玄笺的《毛诗传笺》,"毛义若隐略,则更表明。如有不同,即下己意。按注诗称笺,自说甚明"(段玉裁《说文解字注》卷五)。注,除了解释思想内容外,侧重文字解释,以扫除阅读的文字障碍。疏,在"注"的基础上再进一步对经、传作疏导说明。至于"解谊",有的称"解宜"、"解诂"或"解故",解就是分析解释之意。

> 郑玄家奴婢皆读书。尝使一婢,不称旨,将挞之,方自陈说,玄怒,使人曳著泥中。须臾,复有一婢来,问曰:"胡为乎泥中?"答曰:"薄言往愬,逢彼之怒。"(文学4:3)

郑玄家的奴婢都是文化人,一开口都是《诗经·邶风·式微》,其中的"微君之躬,胡为乎泥中"意思是如果不是为了君主,何以还在泥浆中。回复的也是另一篇《诗经·邶风·柏舟》中的一句,即"薄言往愬,逢彼之怒",意思是前去诉苦求安慰,竟然遇到了他发怒。

胡毋氏:源于齐鲁的复姓

《世说新语》中关于胡毋辅之(字彦国)的内容一共有三处:

> 王平子、胡毋彦国诸人,皆以任放为达,或有裸体者。乐广笑曰:"名教中自有乐地,何为乃尔也!"(德行1:23)

王澄(字平子)和胡毋辅之等人,都以放纵任性为通达,有的人甚至赤身裸体,露丑恶、同禽兽。乐广讥笑这些人,说:"礼教中自有让人快乐的地方,何必要这样呢?"这是说这位胡毋辅之平生嗜酒放达,不拘小节。

胡毋彦国吐佳言如屑,后进领袖。(赏誉8:53)

这里说胡毋辅之口中吐露出来的美好言辞就如锯木头时不断散出的木屑,是后辈中的领袖人物。可见胡毋辅之有见解、善言辞。

王大将军下,庾公问:"闻卿有四友,何者是?"答曰:"君家中郎,我家太尉、阿平、胡毋彦国。阿平故当最劣。"庾曰:"似未肯劣。"庾又问:"何者居其右?"王曰:"自有人。"又问:"何者是?"王曰:"噫!其自有公论。"左右蹑公,公乃止。(品藻9:15)

庾亮问王大将军他的四位朋友的优劣,王敦说,阿平(王澄)是最差的,庾亮又问谁最好呢?王敦回答自然有人是最好的,庾亮再问那到底是谁呢?王敦说这个自然有公论。本来庾亮还要问到底是谁,左右的人踩了庾亮的脚一下,庾亮才停下没有追问。其实王敦恨庾亮没有眼力见,王敦差一点说他自己是最优。胡毋辅之与王敦等结为四友,时人评论他"少有雅俗鉴识"。

胡毋辅之生了一位更加放荡不羁的儿子胡毋谦之。王羲之的从妹嫁给了胡毋谦之。

王羲之在《胡毋帖》中说:"胡毋氏从妹平安。故在永兴居,去此七十也。吾在官,诸理极差,顷比复勿勿。来示云与其婢,问来信,不得也。"王羲之先是向嫁给胡毋氏的堂妹问好,说她原来住在永兴,离这里(会稽)大约七十里地。自己在目前的官职上,诸事极不顺利,近来又非常忙碌、匆忙。堂妹来信说,有信交给其家婢女,但问此来信,并没有收到。——王羲之也就是在信中和堂妹说了一点家常。

《世说新语》中关于胡毋氏的篇目不多,我们从这些篇目中可以看到王羲之的堂妹嫁了一个什么样的人家。晋时胡毋辅之是有名的名士,嗜酒放达,不拘小节,与当时的太尉王衍等关系很好,与王敦等关系也很不错,其儿子胡毋谦之据说才学堪比其父,但傲纵比父亲更甚,每次喝多了酒就直呼父亲的字,他父亲听了当然也不生气,还邀请儿子一起喝酒。因为太放纵自己,胡毋谦之未满30岁就去世了。

竹林七贤也分为三派

陈留阮籍、谯国嵇康、河内山涛,三人年皆相比,康年少亚之。预此契者:沛国刘伶、陈留阮咸、河内向秀、琅邪王戎。七人常集于竹林之下,肆意酣畅,故世谓"竹林七贤。"(任诞23:1)

竹林七贤中,嵇康无疑是七人中的精神领袖。嵇康20岁时成了沛王曹林的女婿,但他不愿意和曹魏皇室合污,当然更不满司马氏的政权,22岁来到山阳县归隐寓居。嵇康除了出身高贵,还有就是人很俊秀,高大帅气,文武兼备,七贤中他作为精神领袖是实至名归的。

七贤中阮籍应该是入会的审批人,谁可以谁不可以,阮籍会直接说。七贤中被嘲笑为"俗物"的王戎,是阮籍邀请加入的。阮籍家里有多人想加入,阮籍说阮浑不行,但阮咸不错,可以加入。

阮浑长成,风气韵度似父,亦欲作达。步兵曰:"仲容已预之,卿不得复尔。"(任诞 23:13)

如果说嵇康是精神领袖,阮籍是审批人,那么山涛就是竹林之游的组织者。山涛器量大,嵇康作《与山巨源绝交书》,山涛也没有真的和嵇康绝交。嵇康临死前,把自己的儿子嵇绍托付给山涛,山涛后来也确实照顾了他儿子,举荐嵇绍担任秘书丞一职。

嵇康被诛后,山公举康子绍为秘书丞。绍咨公出处,公曰:"为君思之久矣。天地四时,犹有消息,而况人乎!"(政事 3:8)

七贤中的其他人,如向秀、刘伶等,都是竹林七贤中的会员罢了。

竹林七贤毕竟是一个松散的组织,这七个人中,有人被杀、有人逃避、有人高升,他们的政治命运不尽相同,他们内部的思想也有三派,正是这三种不同的思想导致了三种不同的命运。

嵇康是一派。他是反对以司马氏为首的世族统治的儒道对立派。嵇康在姻亲上和曹氏宗室有着亲戚关系,在政治上与曹氏集团有密切的联系。

阮籍是偏向司马氏为首的世族统治的中间派。他一方面不拘礼俗,讥笑儒家君子,但同时又声言刑教、礼乐都不能不要,虽然有儒有道,重心还在儒。

王戎是一派,他是西晋世族的拥护者。圣人贵明教,老庄明自然,但他认为这二者是"将无同",将儒道同,名教与自然同,所以是世族的拥护者。

七贤就政治态度来说,反对派以嵇康为首,属曹魏集团,被杀了。中间派阮籍因为站在了世族一边,不说有功于司马氏(司马昭假意让九锡,阮籍负责写劝进文),但基本是不反对司马氏的,这一派中的阮咸、刘伶等人,虽然内心很痛苦,纵酒任性,但还是能保全自己。拥护派中王戎自己就是大官僚大富豪,这一派还有向秀、山涛,先看看向秀怎么向司马氏表达忠心的。

> 嵇中散既被诛,向子期举郡计入洛,文王引进,问曰:"闻君有箕山之志,何以在此?"对曰:"巢、许狷介之士,不足多慕。"王大咨嗟。(言语2:18)

向秀(字子期)向晋文帝(司马昭)表达"巢、许狷介之士,不足多慕",就是抛弃孤傲、舍弃狷介、走向尧心,准备维护司马氏统治的宣言。至于山涛,本来就是司马氏集团的一员,山涛姑奶奶的女儿张春华,嫁给了司马懿,司马懿的儿子司马师、司马昭对母亲娘家的亲戚比较好,到后来都很信任山涛,司马昭平定蜀地作乱时,把监督邺城曹魏诸王的任务交给了山涛,说:"西偏吾自了之,后事深以委卿。"可见皇帝对他不是一般的信任。

"气"人

魏晋时多用"气"来品评人,这主要源于先秦至汉末,人们认为气是构成宇宙万物的基本元素,所以用气来解释包括人的心理、意识、性格、才能等万事万物也就理所当然。

《世说新语》中品评人的时候，也多用"气"来解释他们的性格特征。

> 刘伶著酒德颂，意气所寄。（文学 4：69）

刘伶写《酒德颂》，寄托了他的意志和气概。意气，指意志和气概。其他的，如"和峤虽备礼，神气不损"（德行 1：17）、"褚季野虽不言，而四时之气亦备"（德行 1：34）、"毛伯成既负其才气"（言语 2：96）、"林公辩答清析，辞气俱爽"（文学 4：30）、"王本自有一往隽气"（文学 4：36）、"孙语道合，意气干云"（文学 4：56）、"嵇中散临刑东市，神气不变"（雅量 6：2）、"骨气不及右军，简秀不如真长"（品藻 9：30）、"懔懔恒如有生气"（品藻 9：68）、"桓既素有雄情爽气"（豪爽 13：8）、"王夫人神情散朗，故有林下风气"（贤媛 19：30）、"西山朝来，致有爽气"（简傲 24：13）"左右以为实，谋逆者挫气矣"（假谲 27：3）等。其中"纯和之气""清明之气"和"禀气清纯"等是称道人的美好品质和超人智慧的；"志气忠烈""沉勇之气"和"志壮气刚"等是称赞人的坚毅果敢的。还有"神气""骨气""生气""爽气"等，至于"侠气"之类是指英雄人物，如"周处年少时，凶强侠气，为乡里所患。"（自新 15：1）

> 王平子与人书，称其儿："风气日上，足散人怀。"（赏誉 8：52）

王澄给人写信时，称赞自己的儿子："他的风采气质蒸蒸日上，越来越能够让人畅怀。"如果了解当时的哲学思想和社会风气，就比较容易理解这里的风气，指的是风采和气质。

辨　析

囿于当时的认识，古人的一些说法可能是值得推敲的，比如说鹰化为鸠；还有一些比喻虽然很新奇，但实际上是错的，比如认为月亮阴影和人眼的瞳仁一样；还有一些可能是多义字或者形似字的以讹传讹。至于一些辩论，如圣人是否有情之类，其实是很难做出裁定的。但根据上下文来推定袁虎是一个大胖子，还是有一定依据的。

辨析

圣人是否有情

僧意在瓦官寺中,王苟子来,与共语,便使其唱理。意谓王曰:"圣人有情不?"王曰:"无。"重问曰:"圣人如柱邪?"王曰:"如筹算。虽无情,运之者有情。"僧意云:"谁运圣人邪?"苟子不得答而去。(文学4:57)

僧意在瓦官寺,王修(小字苟子)来了,他们一起讨论。僧意问王修:"圣人有情吗?"王修说:"没有。"又问:"没有感情,那么圣人是不是像柱子?"王修说:"像计数时的筹码,虽然没有感情,但使用筹码的人有感情。"僧意继续问:"那么谁是使用圣人的人呢?"王修答不出来掉头走了。

魏晋时人们喜欢谈论圣人到底是有情还是无情。圣人,也就是具有理想人格的人。情,情欲,以及欲望得到满足后而有的喜怒哀乐。老子、庄子强调自然,否定圣人有情欲,《老子》第五章说:"圣人不仁,以百姓为刍狗。"圣人给人带来好坏,并非是有仁爱之情而为之。《庄子·德充符》说:"吾所谓无情者,言人之不以好恶内伤其身，常因自然而不益生也。"庄子认为圣人忘情、太上忘情，并且解释说他所说的无情是指人不要因好恶之情损害自己的身心，应该顺应自然而不是人为地去增益形貌与德性。

魏晋时玄学之风日炽，《老子》《庄子》是大家熟读和不断注疏的作品，关于圣人有情还是无情，向秀、郭象、何晏、钟会、王弼等人都有精辟的论述，以何晏为代表的一批人，认为圣人无喜怒哀乐之情，而王弼等就认为圣人和常人一样，但"圣人之情，应物而无累于物"。

魏晋时期的价值观是矛盾的，也体现在玄学盛行，推崇老庄上，但是老庄是否定情欲的，可当时以孝和礼为治国之本，又是崇尚强烈情感的，关于圣人有情还是无情的讨论，实际上正是这一矛盾的学术思想的体现。于是，比较一致的看法是，理论上不否定"圣人无情"，但明言自己并非圣人，做不到无情。

王戎丧儿万子，山简往省之，王悲不自胜。简曰："孩抱中物，何至于此！"王曰："圣人忘情，最下不及情。情之所钟，正在我辈。"简服其言，更为之恸。（伤逝17：4）

王戎的儿子王绥（字万子）早夭，山简去看望他，王戎悲伤不已。山简说："只是一个抱在怀里的孩子，怎么这么悲伤。"王戎说自己非圣人，也非最下等人，所以不能忘情。这一观点在魏晋有一定的代表性。和才性论一样，圣人是否有情也是魏晋时清谈的主题之一。

郗鉴讲不讲卫生

郗鉴本是西晋重臣,西晋末年避乱回乡,在他人接济下生活,他带着侄子和外甥一起去,后来人家说我们接济你,不包括你的侄子和外甥,郗公没有办法,就自己吃饱后,再用两腮含饭,回来吐出来给孩子们吃。

郗公值永嘉丧乱,在乡里,甚穷馁。乡人以公名德,传共饴之。公常携兄子迈及外生周翼二小儿往食。乡人曰:"各自饥困,以君之贤,欲共济君耳,恐不能兼有所存。"公于是独往食,辄含饭著两颊边,还,吐与二儿。后并得存,同过江。郗公亡,翼为剡县,解职归,席苫于公灵床头,心丧终三年。(德行1:24)

永嘉之乱爆发后,庶民流离,当时的官员也纷纷辞别朝堂回到老家。因为郗鉴为人方正,乡亲们都愿意轮流供养他,郗鉴在困难时为了将侄子和外甥养活,用了比较特殊的方式,那就是自己吃饱饭后,然后再用两腮含着饭带回家,到家后吐出来给这两个孩子吃。后来侄子郗迈长大后官至护军,外甥周翼长大后为剡县县令。周翼后来在郗鉴去世后辞职回乡,在郗公灵床前,铺设草垫,不穿孝服,为郗鉴服丧三年。

在今天看来这种喂养方式肯定是不卫生的,但在物质非常缺乏的年代,还是比较正常的,一是食物比什么都重要,还有就是那时候没有讲卫生的概念。看《帝企鹅日记》纪录片,你会看到帝企鹅的

《世说新语》风物：魏晋人的生活日常与文化

爸爸在孵出小企鹅后，如果小企鹅的妈妈还没有回来，企鹅爸爸就会吐出自己的胃液（有的说是食道内腺体分泌出来的类似乳汁的液体）来哺育小企鹅。

天人能否感应

汉末及魏晋时讲究天人合一，互相感应，即人间有什么情况，天上就会有什么相对应的天文景象。所以，历朝历代都有钦天监（太史令）这样的机构来监测天象、地震等情况，有关人员收集到情况后会及时上报给皇帝。

陈寔带着两个儿子、一个孙子驾车去拜访了城东边的荀淑，当天的太史令就观察到天象中有德星往东移动，于是上奏说真人东行，有贤人聚。

陈太丘诣荀朗陵，贫俭无仆役，乃使元方将车，季方持杖后从，长文尚小，载著车中。既至，荀使叔慈应门，慈明行酒，余六龙下食，文若亦小，坐著膝前。于时太史奏："真人东行。"（德行1：6）

太史就是掌管天文历法的官员，他负责向皇上汇报星象的变化情况。真人是有才德的贤人，太史官说天上星象显示真人东行，那天正好陈太丘去城东了。——由此可见陈太丘德行之高。

殷荆州也曾说及"铜山西崩，灵钟东应"，即魏时殿前大钟无故自鸣，张华说这是蜀郡的山崩了，是感应。后来蜀地果然上报了山崩事件。

殷荆州曾问远公:"《易》以何为体?"答曰:"《易》以感为体。"殷曰:"铜山西崩,灵钟东应,便是《易》耶?"远公笑而不答。(文学4:61)

天垂异象示吉凶,古代很多懂天象的人通过观察天象,预知大事的发生或者朝代的变迁。火星是很早被古人认识的一颗行星,当时叫荧惑星。《汉书·翟方进传》载汉成帝绥和二年(公元前7年),出现了"荧惑守心"的天象,即火星运行到了心宿,这个星象对于拥有天命的君主不利,为了改变不利的天命,汉成帝逼迫丞相翟方进自尽,以迎天象,同时也为自己阻挡灾祸。据说火星进入太微星中时,桓温废海西公立了简文帝。简文帝登基后,也观测到荧惑星进入了太微星,心中特别恐慌,担心自己被废。

初,荧惑入太微,寻废海西;简文登阼,复入太微,帝恶之。时郗超为中书,在直。引超入曰:"天命修短,故非所计。政当无复近日事不?"超曰:"大司马方将外固封疆,内镇社稷,必无若此之虑。臣为陛下以百口保之。"帝因诵庾仲初诗曰:"志士痛朝危,忠臣哀主辱。"声甚凄厉。郗受假还东,帝曰:"致意尊公,家国之事,遂至于此。由是身不能以道匡卫,思患预防。愧叹之深,言何能喻!"因泣下流襟。(言语2:59)

最初火星运行到了太微星区,海西公被废了。简文帝即位后,火星又进入了太微星区,简文帝很厌恶。当时郗超担任中书侍郎,正在值班,简文帝把他叫来说:"天命长短不是我能预料的,只是不会发生最近那样的事吧?"郗超说:"大司马正想对外巩固边疆,对内安定国家,肯定没有这个打算。我愿意用我们家百余口的性命为你担保。"简文帝就读起了庾阐的《从征诗》,声音凄厉。后来郗超请假去看望父亲,简文帝说:"向你的父亲表达我的问候之意,王室和国家的事情竟然到了这个地步,都是因为我以前没有纠偏和提前做好防范。我的羞愧、感慨,无法用言语来表达。"说完泪水沾满了衣襟。

火星的外表是红色,荧光似火,红色意味着鲜血和战争,被视为邪恶、不祥的征兆。太微是古代星官名,太微垣中有五帝座,整个太微垣中星都不是太亮,最亮的就是五帝座,五帝座形似大写的X,五颗亮星是古代帝王的五个座位。相对应,太微也指朝廷或者帝王之居。古代候星者重视对荧惑星的观测,当火星进入到太微星,特别是逼近五帝座时,就认为这是帝祚不祥的征兆。

天人感应的天文星占学是建立在中国古代天人合一的思想基础上的,君主借助天上星宿的变化来证明自己权力的正当性,士大夫阶层借助天象变化来警示古代的君主要注意言行,和现代的天文学不是一回事。

月亮和眼睛是一回事吗

徐孺子年九岁,尝月下戏,人语之曰:"若令月中无物,当极明邪?"徐曰:"不然。譬如人眼中有瞳子,无此必不明。"(言语2:2)

假如月中无物,会不会更明亮呢?九岁的徐穉(字孺子)说:

不是这样的,就如人眼中有瞳仁,没有黑色的瞳仁,眼睛肯定不明亮。——以近譬远,以小喻大,浅显易懂,确实机智。

眼睛中的虹膜呈圆盘状,中间有一个黑色的小圆孔,这就是我们所说的瞳孔,也叫瞳仁、瞳子,是光线进入眼睛的通道。

不过月亮里面的阴影和瞳仁不是一回事。月亮中的阴影是月海,月海虽然叫海,里面却没有水,是月亮中比周围低洼的大平原。我们平时看到的明亮的是月陆,假如月亮中都是月陆,没有深色的月海,肯定会更加明亮。

人眼中没有瞳仁肯定是不明,月亮中没有月海可能会更加明亮,徐孺子的比喻很形象,也非常机灵,但囿于当时的认知,他的说法并无道理。

室如悬磬是有多穷

东晋名将陶侃的母亲湛氏在同郡范逵来投宿时,"室如悬磬",范逵的马仆很多,她还是将头发做假发卖掉,换来了米菜等,好好款待了投宿的客人,因为范逵在洛阳向羊晫、顾荣等人称道,特别是羊晫作为十郡中正,举陶侃为鄱阳小中正,这让陶侃慢慢开始实现年少时的梦想。

陶公少有大志,家酷贫,与母湛氏同居。同郡范逵素知名,举孝廉,投侃宿。于时冰雪积日,侃室如悬磬,而逵马仆甚多。侃母湛氏语侃曰:"汝但出外留客,吾自为计。"湛头发委地,下为二髲,卖得数斛米。斫诸屋柱,悉割半为薪,剉诸荐以为马草。日夕,遂设精食,从者皆无所乏。逵既叹其才辩,又深愧其厚意。明旦去,侃追送不已,且百里许。逵曰:"路已远,君宜还。"侃犹不返,逵曰:"卿可去矣!至洛阳,当相为美谈。"侃乃返。逵及洛,遂称之于羊晫、顾荣诸人,大获美誉。(贤媛19:19)

室如悬磬,磬是打击乐乐器,这里难道是穷得叮当响的意思?可是室内像悬挂的穷得叮当响的乐器,也解释不过去。再查,磬可以通"罄",古代这两个字可以通用。阮元《左传·僖公二十六年》校勘引程瑶田《通艺录》说:"罄有房屋中空之象,室无资粮,故曰悬罄也。"原来此处"磬"应该是"罄"。罄,器中空也。器皿中空无一物,即为罄。罄,有尽、空的意思。有一个词叫"罄身人",意思是身无分文的人。罄身(空着身子)、罄然(空无一物)、罄竹难书(用尽竹书都写不完)。

虽然罄为名词时通"磬",但此处室如悬磬应为"室如悬罄",室如悬罄有多穷,家里空空如也,没有粮食等东西。当时陶侃家,就是这么穷。

穿墉还是穿牅

山涛的妻子听山涛说他当今可以认作朋友的只有嵇康和阮籍,就很想见见这两位。有一天两人来了,山涛妻子准备好了酒肉,让山涛把他们留下,夜里"穿墉"而看,发现山涛的才华根本不及嵇康和阮籍,只是器度强于他们。

山公与嵇、阮一面,契若金兰。山妻韩氏觉公与二人异于常交,问公,公曰:"我当年可以为友者,唯此二生耳!"妻曰:"负羁之妻亦亲观狐、赵,意欲窥之,可乎?"他日,二人来,妻劝公止之宿,具酒肉。夜穿墉以视之,达旦忘反。公入曰:"二人何如?"妻曰:"君才致殊不如,正当以识度相友耳。"公曰:"伊辈亦常以我度为胜。"(贤媛 19∶11)

"穿墉",一般是指穿过墙壁。可是山涛的妻子怎么能穿过墙壁呢? 墉读 yǒng 时通"牖",指窗户,读一声的时候,指墙壁。此处墉,疑指窗户。段玉裁《说文解字注》说:"交窗者,以木横直为之,即今之窗也。在墙曰牖,在屋曰窗。"都是窗户的意思。根据上下文,这里的墉应该是指墙上的窗户,山涛的妻子是从窗户外往里看,所以穿墉应该是穿牖。这样解释,似乎比较妥帖。

中国不仅仅指中原

在《世说新语》中,"中国"一共出现了四次,其中三次的意思都是指中原。

苻朗初过江,王咨议大好事,问中国人物及风土所生,终无极已。……(排调 25∶57)

……东亭曰:"此丞相乃所以为巧。江左地促,不如中国;若使阡陌条畅,则一览而尽。故纡余委曲,若不可测。"(言语 2∶102)

……潜曰:"使居中国,能乱人,不能为治。若乘边守险,足为一方之主。"(识鉴7:2)

上面三个中国,指的都是长江以北的中原。

可也有特殊之处。

羊绥第二子孚,少有俊才,与谢益寿相好。尝蚤往谢许,未食。俄而王齐、王睹来,既先不相识,王向席有不说色,欲使羊去。羊了不昉,唯脚委几上,咏瞩自若。谢与王叙寒温数语毕,还与羊谈赏,王方悟其奇,乃合共语。须臾食下,二王都不得餐,唯属羊不暇。羊不大应对之,而盛进食,食毕便退。遂苦相留,羊义不住,直云:"向者不得从命,中国尚虚。"二王是孝伯两弟。(雅量6:42)

羊绥的二儿子羊孚,从小就很有才华,和谢安之孙谢混(字益寿)关系很好,曾经很早去谢家参加宴会,早饭都没吃。不久王恭的两个弟弟王熙(小字齐)、王爽(小字睹)来了。开始他们不认识羊孚,所以没有给羊孚好脸色,甚至还表现出让羊孚离开的意思。羊孚不看他们,自顾自把脚放在几上,神情自若。谢混出来后,和王齐、王睹打了一个招呼后,就和羊孚畅谈了起来,这时王齐、王睹才知道这个不认识的小子不简单。开始吃饭后,王齐、王睹都不怎么吃,只有羊孚不怎么说话,不停地吃,吃好后就告退了。两人苦苦相留,羊孚不肯,说:"开始我没有如你们的愿离开,是因为'中国'尚虚。"这里的中国,指肚子,中国尚虚指肚子里没有东西、饥饿。

一般认为,中国指中原地区,至于用中国指肚子,目前还没有其他书证,只能算是孤证吧。

水镜是见识还是人

西晋初年,卫瓘(字伯玉)任尚书令,看见乐广和洛阳名士谈玄理,大吃一惊,说:"自从过去的名士去世后,我常常担心清谈会消失,今天竟然能够在你这里听到真正的清谈。"随后命弟子去拜访乐广,并说:"这人就是人中之水镜,拜会他就像拨开云雾见青天。"

卫伯玉为尚书令,见乐广与中朝名士谈议,奇之,曰:"自昔诸人没已来,常恐微言将绝,今乃复闻斯言于君矣!"命子弟造之,曰:"此人,人之水镜也,见之若披云雾睹青天。"(赏誉8:23)

人中之水镜,一般都认为此处水镜是比喻人见识清明,也就是像静水、像明镜一般清明,多指人见识清明或性格爽朗。后来苏轼在《次韵僧潜见赠》:"道人胸中水镜清,万象起灭无逃形。"

水镜,也指能洞悉世事的人。南朝宋裴松之注《三国志·蜀志》引《襄阳记》曰:"诸葛孔明为卧龙,庞士元为凤雏,司马德操为水镜。"故司马德操即司马微有水镜先生之称。

卫瓘是三国曹魏后期和西晋初年的大臣,以魏镇西军司参与伐蜀,应该不会不知道水镜先生,水镜先生在他出生前12年去世,应该说也不是太远。此处"人中之水镜"当是指人,即水镜先生。聊备此说,仅供参考。

《世说新语》风物：魏晋人的生活日常与文化

吴方言"伊"的登堂入室

诸葛恢大女适太尉庾亮儿，次女适徐州刺史羊忱儿。亮子被苏峻害，改适江虨。恢儿娶邓攸女。于时谢尚书求其小女婚。恢乃云："羊、邓是世婚，江家我顾伊，庾家伊顾我，不能复与谢裒儿婚。"……（方正5：25）

东晋大臣诸葛恢的大女儿嫁给了庾亮的儿子，二女儿嫁给了羊忱的儿子。庾亮儿子被害后，大女儿改嫁给了江虨。诸葛恢的儿子娶了邓攸的女儿。当时谢裒（谢安之父）请诸葛恢将小女儿嫁给自己的儿子谢石。诸葛恢说："羊邓两家是世代婚姻，江家是我照顾他，庾家是他照顾我，不能再与谢家的孩子结亲了。"——伊是第三人称他的意思。

用伊来表示"他"的地方，《世说新语》中还有不少。据统计，全书有15个地方使用"伊"作为第三人称代词。

……乃叹曰："我入，当泊安石渚下耳。不敢复近思旷傍，伊便能捉杖打人，不易。"（方正5：53）

……既还，王长史语刘曰："伊讵可以形色加人不？"（方正5：54）

小庾临终，自表以子园客为代。朝廷虑其不从命，未知所遣，乃共议用桓温。刘尹曰："使伊去，必能克定西楚，然恐不可复制。"（识鉴7：19）

……

可以说在魏晋之前,几乎没有什么典籍使用"伊"作为第三人称代词。在魏晋时期,伊作为第三人称开始不断出现在口语中。为什么呢？王力先生等人认为伊作为第三人称代词是从上古汉语指示代词"伊"发展而来,即"蒹葭苍苍,白露为霜,所谓伊人,在水一方",逐渐转变为人称代词。也有很多学者根据语音演变,认为伊是吴方言,是由第三人称代词"渠"逐渐演变而成的。在《三国志》中已经出现渠作为第三人称:"女婿昨来,必是渠所窃。""渠"又是由"其"发展而来。

南渡到吴郡后,很多官员都在积极学习当地的方言。

刘真长始见王丞相,时盛暑之月,丞相以腹熨弹棋局,曰:"何乃渹？"刘既出,人问:"见王公云何？"刘曰:"未见他异,唯闻作吴语耳！"（排调 25：13）

上文"渹"就是吴方言。具有当地方言色彩的"伊"被广泛地运用到书面语中,也属于正常情况。直到今天,在吴方言区,伊还在作为第三人称代词使用。

袁虎是个大胖子吗

袁虎倚马成篇,"会须露布文,唤袁倚马前令作。手不辍笔,俄得七纸,殊可观。东亭在侧,极叹其才"。（文学 4：96）《世说新语》中说了他的才干,却没有告知他长什么样子。

《世说新语》风物：魏晋人的生活日常与文化

桓公入洛,过淮、泗,践北境,与诸僚属登平乘楼,眺瞩中原,慨然曰:"遂使神州陆沈,百年丘墟,王夷甫诸人不得不任其责!"袁虎率尔对曰:"运自有废兴,岂必诸人之过?"桓公懔然作色,顾谓四坐曰:"诸君颇闻刘景升不?有大牛重千斤,啖刍豆十倍于常牛,负重致远,曾不若一羸牸。魏武入荆州,烹以飨士卒,于时莫不称快。"意以况袁。四坐既骇,袁亦失色。(轻诋26:11)

不过我们据上文,还是可以推测得出袁虎是个大胖子。当时桓温进兵洛阳,到达了北方地区,和下属们坐在船上,面对失守的中原感慨说:"导致中原沦陷,已成废墟现状,王衍等人负有责任。"这时袁虎不假思索地说:"国运本有兴衰,他们个人哪有什么过错。"袁虎的反应激怒了桓温,他神色严肃地说:"大家听说过刘表(字景升)吧,刘表有一头千斤重的大牛,吃草量是其他牛的十倍,载重却不及其他羸弱的母牛。曹操到荆州后就杀了这头大牛犒赏士兵,当时无人不说痛快。"桓温用大牛比袁虎,一说完,众人无不惊骇,袁虎更是吓得变了脸色。根据上下文可知,袁虎肯定身重如牛,是个大胖子,桓温所言才有针对性。如果知道这些细节,再读原文就更有身临其境的感觉。

《世说新语》中有不少人长得很有特点。比如,长得高大的人是嵇康,大约接近1.9米(身长七尺八寸);最矮小的是刘伶1.44米(身长六尺);身材最为畸形的大概是庾敳,"身高不满七尺,腰带十围",初步计算身高大概是1.68米,腰围大概是1.2米。长得胖的人是满奋,《异苑》说:"晋司隶校尉高平满奋,字武秋,丰肥,肤肉溃裂。每至暑夏,辄膏汗流溢。"关键是这么胖还怕风,"满奋畏风。在晋武帝坐,北窗作琉璃屏,实密似疏,奋有难色"(言语

2∶20）；长了一头黄发的是晋明帝司马绍，其母亲荀氏是北燕胡人，所以他也继承了一些胡人血统，比如毛发都是黄色的；当然，长得最具有异域风采的是康僧渊，"康僧渊目深而鼻高，王丞相每调之。僧渊曰：'鼻者面之山，目者面之渊；山不高则不灵，渊不深则不清。'"（排调25∶21）

鹰能变鸠吗

苏峻时，孔群在横塘，为匡术所逼。王丞相保存术，因众坐戏语，令术劝酒，以释横塘之憾。群答曰："德非孔子，厄同匡人。虽阳和布气，鹰化为鸠，至于识者，犹憎其眼。"（方正5∶36）

东晋初年，苏峻叛军占领建康，孔群在横塘曾被苏峻亲信匡术威胁要杀了他，后匡术投降且被丞相王导保下来了。一次酒宴中，王导让匡术给孔群敬酒以化解当年的积怨。孔群说："我德不如孔子，却遭遇了和孔子一样的厄运——被匡人围困，现在春天阳气上升，鹰变成了鸠，但认识它的人还是憎恶鹰眼。"

无独有偶，《世说新语》中，同一人在另外一个场合，也说了类似的话，只是这一次差点丢了脑袋。

孔车骑与中丞共行，在御道，逢匡术宾从甚盛。因往与车骑共语。中丞初不视，直云："鹰化为鸠，众鸟犹恶其眼。"术大怒，便欲刃之。车骑下车抱术曰："族弟发狂，卿为我宥之！"始得全首领。（方正5∶38）

车骑将军孔愉和御史中丞孔群,走在御道上遇到了匡术,当时匡术的跟随者很多。匡术便上前和孔愉交谈。孔群开始装作没有看见这个人,并且说:"鹰即使化成了鸠,但其他鸟还是厌恶它的眼睛。"匡术大怒,就要用刀杀了孔群。孔愉下车紧紧抱住匡术,说:"我族弟孔群发疯乱说话,你给我面子原谅他吧。"孔群得以保住脑袋。——看来孔群与匡术确实结下了梁子,孔群多次说匡术就是鹰化为鸠。

　　先说说匡术这个人。匡术是阜陵令,咸和二年(327),劝苏峻反,并和苏峻一道举起反叛旗帜。第二年,温峤、陶侃举兵讨伐苏峻,苏峻迁石头城,匡术奉命守苑城(即成帝居住的宫城)。匡术曾劝苏峻杀死王导等大臣,苏峻没有采纳,转向与王导等接触。苏峻死后,匡术把苑城归附给温峤、陶侃,算是阵前起义的将士,事情平息后,王导曾想给他爵位,在温峤的反对下才作罢。后来匡术跟随陶侃,平郭默,败石勒,克马头坞,立了不少战功。但在孔群眼里,匡术就是鹰化为鸠一样的人物。

　　鹰怎么会变成鸠呢?古书确实是这样说的,《礼记·月令》说:"仲春之月,鹰化为鸠。"《礼记·王制》说:"鸠化为鹰,然后设罻罗。"今人已经发现,这是古人观察鸟类迁徙的误解,鸠是布谷鸟、杜鹃类,是夏候鸟,所以仲春季节开始飞回,鹰一般在丛林捕捉猎物,冬季山林秃,容易看见,到了春季因为枝叶茂密所以不易看见。为了附会鹰化为鸠的说法,《章龟经》上说:"仲春之时,林木茂盛,口喙尚柔,不能捕鸟,瞪目忍饥如痴而化,故名曰鸤鸠。"鸤鸠是布谷,也叫尸鸠。《郁离子·鹰化为鸠》篇描绘得更加细致,详细说明了鹰是怎样化为鸠的,主要是说感阴气,喙钩,善搏攫,感阳气,喙柔,仁而不鸷。所以,民间说春季惊蛰节气有三候,一候桃始华,二候仓庚鸣,三候鹰化为鸠。这里说的鸠,就是布谷鸟。

春天来了,鹰真的会变成鸠吗?肯定不会。鹰和鸠完全不是同一种鸟。布谷鸟是鹃形目杜鹃科,鹰是隼形目鹰科,差太远了。鹰是凶猛的鸷鸟,鸠却是一种象征敬老和长寿的鸟。

《风俗通》曰:"俗说高祖与项羽战,败于京索,遁丛薄中,羽追求之。时鸠正鸣其上,追者以鸟在无人,遂得脱。后及即位,异此鸟,故作鸠杖,以赐老者。案:少暤五鸠,鸠者,聚民也。《周礼·罗氏》'献鸠养老'。汉无罗氏,故作鸠杖扶老。"

《后汉书·礼仪志》曰:"仲秋之月,县道皆案户比民。……八十九十,礼有加赐。王杖长(九)尺,端以鸠鸟为饰。鸠者,不噎之鸟也。欲老人不噎。"

鸠鸟是"不噎之鸟",可以保佑老年人吃饭不被噎住,所以也就成了祥瑞之鸟了。

主要参考书目

[1] 张万起,刘尚慈.世说新语译注[M].北京：中华书局,2009.

[2] 刘义庆.世说新语笺疏[M].刘孝标,注.余嘉锡,笺疏.北京：中华书局,2011.

[3] 周一良.魏晋南北朝史札记[M].北京：中华书局,1985年.

[4] 万绳楠.魏晋南北朝文化史[M].上海：东方出版中心,2007年.

[5] 许建良.魏晋玄学伦理思想研究[M].北京：人民出版社,2008.

[6] 周赟.中国古代礼仪文化[M].北京：中华书局,2019.

[7] 理洵.魏晋风流多少事[M].北京：语文出版社,2016.

[8] 文震亨著.长物志[M].听潮,注评.北京：人民文学出版社,2021.

[9] 艺术研究中心.中国服饰鉴赏[M].北京：人民邮电出版社,2016.

[10] 袁济喜.人海孤舟:汉魏六朝士的孤独意识[M].郑州:河南人民出版社,1995.

[11] 张道一.汉画故事:刻在石头上的记忆[M].北京:中华书局,2020.

后　记

汉儒说"一物不知,儒者之耻"(语出扬雄《法言》"圣人之于天下,耻一物之不知"),于今来说,已然是不可能实现的目标,然于一位案头编辑来说,有时还不得不勉力为之,职业使然,几十年下来,积久成习,养成了看书时遇到"一物不知"就去查核考证的习惯。在一次次阅读《世说新语》时,因为这个习惯,积累了两本笔记,最后按门类整理,就有了读者手中的这一本书。

唐修《晋书》时将笔记体小说《世说新语》作为史料之一,后世因此对《晋书》褒贬不一,毁誉参半。于《世说新语》来说,也说明了其所载事迹是根据史迹和传闻凝练而成的,其所载人物是历史上的真实人物,其所载的饮食、服饰、礼仪等民俗和风物是当时最真实的记录。本书主要是想努力还原或考证《世说新语》中记载的魏晋民俗和风物,除了查核考证不熟悉的风物,偶尔看到文中不通的地方,也会争取去贯通。如"敕左右多与茗汁,少著粽,汁尽辄益,使终不得食"(轻诋26:7),这里的"粽"显然不是粽子,当时粽子叫角黍,一般都认为"粽"是茶食即蜜渍的瓜果之类,查"粽"在《康熙字典》中的解释是蜜渍瓜实,据此推测此处"粽"似乎应为"糁",或是手民之误,讹传至今。再如,"侃室如悬磬"(贤媛

19：19），难道是说穷得叮当响吗？显然不是，后查阮元引程瑶田《通艺录》说："罄有房屋中空之象，室无资粮，故曰悬罄也。"虽说"罄"与"磬"会通假，但此处应是"罄"更妥。还有"贤媛"中说山涛妻子"夜穿墉以视之"，墉是墙壁，山公妻子应该穿不过去，查墉读上声时通"牖"，指窗户，故此"牖"更为妥当。诸如此类的细读文本，考镜源流，确实让人乐在其中。如果阅读本书能让喜欢《世说新语》的读者少一点阅读障碍，多一点兴趣，特别是增加读者对魏晋时世情百态和日常生活的了解，那也就实现了撰写此书的初衷。

书稿很多地方都是点到即止，固然可以说是文体需要，但也是藏拙，假如书中还有错讹之处，也恳请读者谅宥。一本书的出版离不开师友的帮助，陈大博士的专业审定、编辑们的精到建议、细致用心和精美编排，这些都让我感动和感激，在此一并致谢。

开卷有益。一本书不论是愉悦心情还是传播知识，总要给读者一点东西，才是一本有价值的书，魏晋距今已经一千五百多年，魏晋的风骨和风流却通过《世说新语》至今让我们神往，可见其中文字魅力的久远。阅读使人充盈和睿智，希望读者喜欢阅读，当然也希望读者喜欢阅读这一本小书。

余佐赞
壬寅年杪秋

图书在版编目（CIP）数据

《世说新语》风物：魏晋人的生活日常与文化 / 余佐赞著 .—武汉：华中科技大学出版社，2023.5
ISBN 978-7-5680-9339-2

Ⅰ.①世… Ⅱ.①余… Ⅲ.①《世说新语》—小说研究 Ⅳ.①I207.419

中国国家版本馆CIP数据核字（2023）第055231号

《世说新语》风物：魏晋人的生活日常与文化　　　　　　　　　　　余佐赞　著
《Shishuoxinyu》Fengwu：Weijinren de Shenghuo Richang yu Wenhua

策划编辑：陈心玉	
责任编辑：林凤瑶	
营销编辑：李升炜　胡康平	
封面设计：三形三色	
责任校对：李　琴	
责任监印：朱　玢	
出版发行：华中科技大学出版社（中国·武汉）　电话：（027）81321913	
武汉市东湖新技术开发区华工科技园　邮编：430223	
录　　排：孙雅丽	
印　　刷：湖北新华印务有限公司	
开　　本：880mm×1230mm　1/32	
印　　张：9.125	
字　　数：196千字	
版　　次：2023年5月第1版第1次印刷	
定　　价：68.00元	

本书若有印装质量问题，请向出版社营销中心调换
全国免费服务热线：400-6679-118竭诚为您服务
版权所有　侵权必究